Chères lectrices,

Qu'est-ce qu'une lettre ? Un message, un échange, une information ? C'est un peu tout cela à la fois, et c'est en tout cas ce qui compose celle que je vous adresse chaque mois. Message d'amitié d'abord, destiné à vous toutes que je n'ai jamais vues, mais dont je me sens proche car nous avons beaucoup de points communs, à commencer par notre passion, la lecture. Echange d'impressions ensuite, partage de mes moments d'émotions. Page d'information enfin, puisque cette lettre est là aussi pour vous présenter un ou plusieurs romans.

Ainsi, ce mois-ci, je vous parlerai d'un livre en particulier. *Secrète Louisiane* (Emotions N° 880) dans lequel vous allez retrouver les personnages des « héritiers de Bellefontaine » et faire la connaissance de Noelani, la demi-sœur cachée de Casey et Jackson Fontaine. En débarquant dans le pays de son père, la jeune fille venue d'Hawaii pour réclamer sa part d'héritage va devoir affronter l'hostilité de toute une famille… Et c'est l'amour qui la retiendra en Louisiane, terre sauvage et fascinante que nous retrouverons avec bonheur le mois prochain pour le troisième volet de cette passionnante saga.

Mais avant que vous ne tourniez la page, je ne résiste pas au désir de connaître vos réactions sur la collection EMOTIONS qui attaque en ce début d'été son deuxième mois d'existence. Parmi les romans que j'ai choisis pour vous, lesquels avez-vous préférés ? Le programme est-il assez riche et varié à votre goût ? Parlez-moi de vos coups de cœur, aidez-moi à vous offrir encore plus de bonheur en écrivant tout simplement aux Editions Harlequin – à l'attention de la responsable de la collection EMOTIONS.

En attendant de vous lire à mon tour, je vous dis à bientôt et bonne lecture à toutes !

Secrète Louisiane

ROZ DENNY FOX

Secrète Louisiane

ÉMOTIONS

éditions **Harlequin**

Cet ouvrage a été publié en langue anglaise
sous le titre :
THE SECRET DAUGHTER

Traduction française de
FABRICE CANEPA

HARLEQUIN®

est une marque déposée du Groupe Harlequin
et Émotions® est une marque déposée d'Harlequin S.A.

Photos de couverture
Paysage : © ROYALTY FREE / CORBIS
Femme : © PHOTO ALTO

Prologue

— Betty ? Betty Rabaud ? Je me disais bien que je finirais par tomber sur toi, un de ces jours ! J'ai entendu parler de ce qui était arrivé à Jackson et Casey. C'est affreux…

Betty observa son amie, Marie-Louise Chastain. Celle-ci avait servi comme cuisinière à Woodlands, la propriété de Roland Dewalt qui jouxtait celle des Fontaine où Betty exerçait la même activité depuis près de trente ans.

Betty adorait bavarder : rien ne lui faisait tant plaisir que d'échanger les derniers commérages avec ses amies. Le fait d'être gouvernante à Bellefontaine lui permettait d'ailleurs d'être à l'origine de nombre de ces bavardages. Et la série de malheurs qui s'était abattue sur la famille Fontaine ces derniers temps avait fourni matière à maintes discussions.

Il y avait eu l'incendie sur la propriété, le vol de la moissonneuse, l'accident d'avion qui avait causé la mort de Duke et Angélique Fontaine et, à présent, cette histoire d'héritière illégitime.

Casey et Jackson, les enfants de Duke, avaient en effet découvert que, des années auparavant, leur père avait eu une liaison avec une mystérieuse jeune femme habitant Hawaii. De cette liaison était née une fille illégitime qui figurait sur le testament de Duke…

Jetant un coup d'œil à droite puis à gauche comme si elle s'attendait à voir surgir quelqu'un, Betty retira la cigarette éteinte qu'elle arborait éternellement au coin des lèvres et la plaça sur son oreille.

— C'est vrai, concéda-t-elle gravement. Mais comment est-ce que tu l'as appris, Marie-Louise ?

— Eh bien… Murray Dewalt est passé me voir. C'est lui qui m'a annoncé que Casey s'apprêtait à épouser Nick Devlin, le propriétaire du casino, après l'avoir repoussé. Oh, il ne me l'a pas avoué de son plein gré, ajouta Marie-Louise avec un clin d'œil. Mais je le connais depuis suffisamment longtemps pour savoir comment le faire parler… En plus, il se sent terriblement coupable depuis que son père m'a mise à la porte dans un accès de mauvaise humeur. Remarque bien que je ne regrette rien : pour rien au monde, je ne retournerais à Woodlands.

— Je pensais que c'était Roland Dewalt qui répandait ce genre de rumeurs sur le compte des Fontaine. Depuis que Duke lui a volé Angélique, il lui en veut énormément…

— C'est vrai, concéda Marie-Louise. Le vieux Dewalt ne porte pas les Fontaine dans son cœur. Mais je doute qu'il puisse répandre la moindre rumeur sur leur compte : il ne voit quasiment plus personne et vit comme un véritable ermite à Woodlands !

— Nous devrions rentrer manger un morceau, suggéra Betty. C'est mon jour de congé, aujourd'hui, et je ne suis pas pressée…

— Moi non plus. Depuis que je travaille pour les Baumgartner, j'ai beaucoup plus de temps libre. Roland Dewalt, lui, considérait que j'étais de service sept jours sur sept et vingt-quatre heures sur vingt-quatre.

Les deux amies entrèrent dans le café et s'installèrent à l'une des tables libres.

— Crois-tu qu'Angélique était au courant des frasques de son mari ? demanda Marie-Louise en baissant la voix pour ne pas être entendue des autres consommateurs.

— Elle n'en a jamais rien dit… Mais j'ai entendu Casey piquer une colère noire à ce sujet. Apparemment, Angélique avait appris l'infidélité de Duke et l'existence de sa fille illégitime mais elle avait décidé de passer l'éponge. Nul n'en a jamais rien su… Pas même Esme Fontaine…

— Cela vaut peut-être mieux, observa Marie-Louise. Quand on voit la façon dont elle a réagi en apprenant que son neveu avait une fille illégitime… Elle a mis longtemps à accepter la présence de Megan à Bellefontaine.

— Cela ne va pas s'arranger, répondit Betty. La fille cachée de Duke doit assister aujourd'hui même à la lecture du testament de son père. J'avoue que j'aimerais beaucoup être là pour voir cela ! C'est sans doute la raison pour laquelle Esme m'a donné ma journée. Et elle fera sans doute tout ce qu'elle peut pour que cette fille reparte dès demain vers Hawaii !

— Quels que soient tes griefs à l'encontre de Esme, tu ne peux pas lui en vouloir, observa Marie-Louise. Elle a passé la moitié de sa vie à supporter les cancans des gens de la ville sur la façon dont Roland l'avait laissée tomber après avoir rencontré Angélique…

— Franchement, s'il ne s'agissait que d'Esme, je ne m'inquiéterais pas, répondit Betty en haussant les épaules. Mais Casey n'a pas besoin que de tels événements viennent assombrir son mariage. Quant à ce pauvre Jackson, il se retrouve brusquement à la tête des affaires familiales alors que son père s'est toujours efforcé de le tenir à l'écart…

— En cela, Duke ressemblait à Roland, remarqua Marie-Louise. Lui non plus n'a jamais associé Murray à la gestion de Woodlands alors que son fils sera appelé tôt ou tard à prendre sa succession…

— Sauf que Duke ne comptait probablement pas partir si tôt…

— C'est vrai… Bon sang… J'ai du mal à croire qu'il est mort. En plus, il paraît que c'est lui qui pilotait l'avion dans lequel ils se sont écrasés. Je plains vraiment Casey et Jackson.

Comme la serveuse s'approchait de leur table pour prendre leur commande, les deux femmes jugèrent plus sage d'interrompre leur conversation.

1.

Maui, Hawaii

— Salut, Midori ! s'exclama Noelani Hana en pénétrant à toute allure dans les bureaux de la Shiller Cane Company.

Elle s'arrêta devant la secrétaire de Bruce Shiller, rejetant ses longs cheveux couleur d'ébène en arrière en un geste qui lui était familier.

— Que se passe-t-il de si urgent pour que le patron m'envoie un coursier à la raffinerie ? Est-ce qu'il s'inquiète toujours pour ce problème informatique ?

— Je ne sais pas. Il s'est contenté d'ouvrir la porte de son bureau et de me dire qu'il voulait te voir le plus vite possible.

Noelani hocha la tête et ôta ses gants de travail qu'elle rangea dans la poche arrière de son short kaki.

— Ça a l'air sérieux, observa-t-elle. Je ferais mieux d'aller le voir tout de suite. Mais dis-moi juste une chose : a-t-il revu ces types ? Tu sais, ceux qui voulaient transformer les champs de canne à sucre en plantation de tomates ?

— Cela fait des semaines qu'il ne m'a pas parlé d'eux. Mais je sais qu'il pense toujours à l'éventualité d'une vente.

Après tout, c'est la quatrième année de suite que nos profits baissent…

Noelani hocha la tête et se dirigea à grands pas vers la porte de Shiller à laquelle elle frappa avant d'ouvrir.

— Vous m'avez fait appeler, ô grand maître ? demanda-t-elle à Bruce.

C'était un homme d'une soixantaine d'années qui trônait derrière un imposant bureau d'acajou verni. Pour la première fois depuis très longtemps, il ne rendit pas à la jeune femme son charmant sourire, se contentant de lui indiquer gravement une des chaises qui lui faisaient face. Noelani s'assit, vaguement inquiète de le voir si sérieux.

— Si tu comptes me faire un nouveau sermon au sujet de la baisse de nos profits, remarqua-t-elle, je peux tout de suite te promettre que je ferai tout mon possible pour tirer le rendement maximum de nos équipements, si vétustes soient-ils. Je suis certaine que le nouveau programme informatique que j'ai rédigé fera des merveilles !

— Je ne t'ai pas appelée pour parler de la raffinerie, répondit Bruce en s'emparant d'une épaisse enveloppe couleur crème qui se trouvait posée devant lui.

Noelani le contempla avec une appréhension accrue. Elle connaissait Bruce quasiment depuis qu'elle était née. Sa mère avait en effet tenu la comptabilité des entreprises Shiller durant de longues années.

Et la dernière fois que Bruce lui avait parlé avec autant de sérieux, c'était quatorze ans plus tôt. Elle venait juste de fêter son treizième anniversaire et il lui avait annoncé que sa mère était morte des suites du cancer qui l'avait clouée durant si longtemps dans une chambre d'hôpital…

— Noelani, reprit Bruce, j'ai une bien triste nouvelle à t'annoncer…

Il s'interrompit un instant et soupira.

12

— Duke Fontaine et sa femme Angélique sont morts dans un accident d'avion. Leur avocat, Shelburne Prescott, m'a écrit pour me signaler que tu figurais dans le testament de ton père avec ses deux autres enfants, Cassandra et Jackson Fontaine.

— Fontaine ? Dois-je en déduire qu'ils étaient reconnus, eux ? demanda Noelani avec une pointe de sarcasme dans la voix.

— Noelani ! s'exclama Bruce, choqué.

— Que suis-je censée ressentir ? répliqua la jeune femme. De la tristesse ? Pour quelqu'un qui se souciait de moi comme d'une guigne ? Pour quelqu'un que je n'ai même jamais vu ?

— Tu aurais dû aller le voir après la mort de ta mère, lui rappela Bruce.

— Je n'avais pas besoin de lui, protesta-t-elle. J'avais grand-mère. Et toi... D'ailleurs, il n'est pas venu à l'enterrement de maman ! Il n'a même pas envoyé de fleurs. Pourtant, tu l'avais averti...

Noelani était furieuse, à présent, comme chaque fois qu'elle pensait à cet homme pour lequel sa mère avait gâché sa vie.

Pourtant, presque malgré elle, elle ne pouvait s'empêcher de se demander à quoi pouvaient bien ressembler ce demi-frère et cette demi-sœur qu'elle ne connaissait pas. Lui ressemblaient-ils ? Avaient-ils tous trois des traits de caractère communs ?

— Duke tenait suffisamment à toi pour t'inscrire sur son testament, remarqua Bruce. Pourquoi refuser cette opportunité ? Pourquoi repousser une chance dont les autres jouissent depuis leur naissance ?

Noelani hésita, considérant la remarque de Bruce avec un peu plus de recul. Après tout cet argent ne pouvait pas lui faire de mal. Et cela aiderait également la compagnie Shiller dans laquelle elle pourrait investir.

Mais accepter cette somme, quelle qu'elle soit, revenait à admettre qu'elle était la bâtarde de Duke Fontaine.

— Je doute fort que les enfants de Fontaine considèrent ma venue comme une bonne nouvelle, remarqua-t-elle. Quel âge ont-ils ?

— Cassandra a une trentaine d'années, Jackson est un peu plus jeune. Franchement, quoi qu'ils pensent de toi, tu te dois d'y aller. Qui sait ? Tu apprécieras peut-être tellement la Louisiane que tu décideras de t'y installer…

— Certainement pas ! s'exclama la jeune femme d'un ton qui n'admettait pas de réplique. J'ai bien l'intention d'utiliser cet argent pour moderniser notre équipement.

— Noelani, il n'est pas question que tu perdes ton argent en investissant dans cette entreprise !

— Pourquoi pas ? Tu as plus été un père pour moi que ne l'a jamais été Duke Fontaine. Et tu sais que je compte racheter tes parts lorsque tu décideras de prendre ta retraite… Alors le plus simple, c'est que tu appelles l'avocat des Fontaine et que tu lui demandes de m'envoyer la part d'héritage qui me revient. Il est inutile que je fasse un aller-retour aux Etats-Unis…

— Très bien, soupira Bruce, résigné. Si c'est vraiment ce que tu veux, je vais le faire.

Après avoir vérifié le décalage horaire, il décrocha le téléphone et composa le numéro de Prescott. La jeune femme écouta attentivement ce qu'il disait, essayant d'imaginer les réponses de l'avocat. Finalement, il raccrocha et se tourna vers elle.

— Le testament de Duke stipule que tu dois assister à la lecture pour pouvoir hériter. L'avocat t'a déjà réservé un billet d'avion pour demain, si tu es d'accord. Je te conseille d'aller faire tes bagages.

— Pas question ! Qu'ils gardent leur argent ! Je n'ai jamais eu besoin de Duke Fontaine et je refuse de m'humilier en l'acceptant...

— Si tu ne le fais pas pour toi-même, fais-le pour ta mère, lui dit Bruce très doucement. Anela n'a jamais cessé d'aimer Duke Fontaine. Ce sera peut-être l'occasion pour toi de comprendre pourquoi...

Noelani serra les dents, refusant de céder aux larmes qui lui montaient aux yeux.

— C'est un coup bas, remarqua-t-elle durement. Mais je suppose que, sur ce point, au moins, tu as raison... J'irai donc. Mais dès que j'aurai réglé cette affaire, je rentrerai directement à Maui. Durant mon absence, demande au fils de Midori de s'occuper du système informatique...

— D'accord, acquiesça Bruce. Mais je voulais aussi te parler d'autre chose...

— Je sais que tu penses toujours à vendre l'entreprise, l'interrompit Noelani. Mais qui sait ? En revenant, j'aurai peut-être assez d'argent pour racheter tes parts...

Sans laisser à Bruce le temps de protester, la jeune femme sauta sur ses pieds et se dirigea vers la porte.

Noelani ouvrit un œil et constata avec soulagement que le décollage du Boeing 747 s'était effectué sans incident. C'était la première fois qu'elle voyageait sur un long courrier de ce type et, malgré elle, elle se sentait un peu angoissée.

Relâchant les accoudoirs du fauteuil qu'elle étreignait convulsivement, la jeune femme rajusta la veste du sobre tailleur noir qu'elle avait choisi de revêtir pour assister à la lecture du testament.

— Moi aussi, je me sens toujours nerveuse au moment des décollages et des atterrissages, lui confia sa voisine, une charmante vieille dame au visage souriant. Vous allez à Dallas ?

— Non, je dois prendre une correspondance pour la Louisiane.

— Il paraît que La Nouvelle-Orléans est magnifique en automne. Vous passerez certainement de bien belles vacances.

— Oh, je ne vais pas en vacances, répondit Noelani. Je rends visite à certains membres de ma famille. Ils possèdent une plantation de canne à sucre dans la région de Baton Rouge.

Elle s'interrompit, surprise d'avoir fait allusion aux Fontaine de cette façon.

— En réalité, il s'agit de la famille de mon père, reprit-elle. Ma mère était hawaïenne.

— Alors vous êtes *hapa haoli*. C'est pour cela que vous avez de si jolis reflets auburn dans vos cheveux noirs. Votre père était-il d'origine écossaise ?

— Je ne sais pas, au juste. Nous ne nous sommes jamais rencontrés et, maintenant qu'il est décédé, nous ne nous verrons jamais… En tout cas, je suis née avec des cheveux très noirs. Ce n'est que vers l'âge de dix ans qu'ils ont pris ces reflets étranges.

— Que faites-vous, dans la vie ? demanda la vieille dame qui paraissait très intéressée par le récit de la jeune femme.

— Je travaille pour Shiller. C'est l'une des plus grandes plantations de canne à sucre de l'île. Nous avons notre propre raffinerie…

— Alors vous exercez le même métier que ce père que vous n'avez jamais connu, remarqua sa voisine, surprise.

16

— Oui. Mais ce n'est pas vraiment un hasard : ma mère travaillait déjà pour Shiller et c'est comme cela qu'elle a rencontré mon père.

— Je vois. C'est dommage que tant de couples divorcent de nos jours… Mais je suis certaine que la famille de votre père appréciera que vous soyez venue lui rendre hommage de si loin.

— Peut-être, répondit Noelani évasivement.

En réalité, elle était loin de partager cette conviction.

— Et vous ? demanda-t-elle pour changer de sujet. Que faites-vous à Hawaii ?

— Oh, j'y étais simplement en vacances. Je viens deux semaines par an, toujours à la même époque. Des amis à moi possèdent une maison à Kauai. Je ne sais pas comment ils font pour y rester toute l'année, d'ailleurs. Cela doit être un peu ennuyeux de vivre sur une petite île, non ?

— Ennuyeux ? répéta Noelani, surprise.

Elle-même ne s'ennuyait jamais, mais elle n'avait pas vraiment de point de comparaison. Le simple fait de vivre dans l'une des grandes cités du continent lui paraissait relever de la plus pure folie.

— Je ne sais pas, avoua-t-elle. J'habite une petite ville en bord de mer. Presque tout le monde y travaille dans la culture ou le raffinement de la canne à sucre… Shiller ne ferme que deux mois par an, lors de la révision du matériel. Mais, en général, je reste dans la région pour rendre visite à ma *tutu*, ma grand-mère maternelle. Elle m'emmène aux *luaus*, aux *huki-laus* et aux *huli-hulis*.

— Je connais les *luaus*, ces repas à base de porc grillé, et les *huki-laus* sont des parties de pêche traditionnelle. Mais j'avoue que j'ignore ce qu'est un *huli-huli*…

— Je suppose que les continentaux appelleraient cela un barbecue de poulet. Nous le cuisinons avec une sauce douce à base de mélasse… Mais c'est surtout l'occasion de se retrouver, de chanter et de danser.

— Je suis sûre que vous savez danser la *hula* ! s'exclama la vieille dame.

— Pas très bien… Par contre, je suis assez douée pour la lutte maorie traditionnelle.

— Ça alors ! Je pensais que seuls les hommes pratiquaient ce sport…

L'hôtesse leur apporta leurs plateaux-repas, interrompant leur conversation.

En réalité, c'était la grand-mère de Noelani qui avait encouragé la jeune femme à commencer la lutte, lorsqu'elle avait treize ans. Elle avait déclaré que c'était le moyen idéal pour évacuer la colère et le chagrin qui hantaient parfois Noelani. Et celle-ci n'avait pas tardé à réaliser l'efficacité de cette pratique…

Après le repas, la voisine de Noelani s'endormit et ne se réveilla pas avant l'arrivée à Dallas. La jeune femme eut à peine le temps de lui dire au revoir avant de foncer vers la salle d'attente où attendaient les passagers en partance pour Baton Rouge.

Après un autre vol bien plus court, elle atterrit en Louisiane et constata avec résignation qu'il pleuvait des cordes. Le tonnerre grondait et de grands éclairs zébraient le ciel gris et bas.

Heureusement qu'elle n'était pas venue ici pour y passer ses vacances, songea-t-elle.

Une fois qu'elle eut récupéré ses bagages, Noelani quitta la zone de transit et se retrouva dans la salle principale de l'aéroport de Baton Rouge. Regardant autour d'elle, elle chercha des yeux un panneau sur lequel figurerait son nom.

Son demi-frère et sa demi-sœur étaient-ils là pour l'accueillir ? se demanda-t-elle avec une pointe d'angoisse. Elle ignorait même à quoi ils pouvaient bien ressembler.

Ne voyant personne, la jeune femme se demanda si la fameuse hospitalité des gens du Sud n'était pas surfaite. C'était sa mère qui avait mentionné ce trait de caractère des habitants de la Louisiane, l'une des rares fois où elle avait accepté de parler de son père à Noelani.

Elle lui avait dit que Duke Fontaine était un véritable gentleman, un homme dont l'aspect impérieux cachait un cœur d'or. Elle lui avait aussi avoué qu'elle l'aimait encore et l'aimerait jusqu'au jour de sa mort.

Ce n'était que bien plus tard que Noelani avait appris comment les choses s'étaient réellement passées entre eux. Apparemment, Duke avait décidé de quitter sa femme et sa plantation de Louisiane pour venir s'installer à Hawaii avec Anela. Celle-ci avait refusé, lui expliquant qu'elle ne voulait pas qu'il gâche sa vie pour elle.

Duke était donc rentré chez lui. Et c'est alors qu'Anela avait réalisé qu'elle était enceinte. Pourtant, cette découverte n'avait en rien altéré sa décision de le laisser partir...

Après une dizaine de minutes, Noelani renonça à trouver quelqu'un venu l'attendre et se dirigea vers la station de taxis. Elle donna au chauffeur l'adresse de Bellefontaine.

Bien sûr, elle aurait préféré passer la nuit à l'hôtel, mais Jackson Fontaine lui avait envoyé un télégramme pour lui proposer de séjourner chez eux. Soucieuse de ne pas se fâcher d'emblée avec sa nouvelle famille, Noelani avait décidé d'accepter.

A travers la fenêtre du véhicule, la jeune femme regarda s'éloigner la ligne grise des immeubles de Baton Rouge. Puis ils traversèrent une immense étendue d'eau boueuse que le chauffeur lui désigna comme étant le Mississipi. Jamais Noelani ne s'était sentie à ce point hors de son élément.

Bientôt, les dernières traces d'urbanisme disparurent pour laisser place à de vastes champs de canne à sucre. Cela, au moins, était familier : depuis son enfance, elle fréquentait ce genre de plantations. Elle y avait joué à cache-cache avant d'y travailler.

Elle connaissait la délicieuse odeur de sucre brûlé qui flottait sur les champs lorsque l'on incinérait les débris de canne, après la moisson. Elle connaissait le nom des diverses espèces de plantes et celui des engrais et des pesticides que l'on utilisait pour les traiter.

— Nous arrivons, lui signala le chauffeur. Cette route bordée de magnolias conduit à la propriété de Bellefontaine. Elle porte ce nom à cause de toutes les fontaines qui sont installées dans les jardins. Il y en a des dizaines...

Noelani se pencha en avant, le cœur battant, observant avec curiosité la propriété à laquelle Duke avait failli renoncer pour venir vivre avec sa mère. A la voir, il n'était pas difficile de comprendre pourquoi il n'en avait rien fait : la plantation était tout simplement magnifique.

D'immenses pelouses parfaitement entretenues couraient derrière le rideau de magnolias. On y voyait effectivement de nombreuses fontaines que Noelani renonça vite à compter.

Puis elle aperçut enfin le bâtiment proprement dit. C'était une immense bâtisse de style colonial, plus grande encore que le palais d'été de la reine Emma, la très aimée souveraine de Hawaii.

Le souffle coupé, Noelani observa la maison. Lorsque le taxi s'arrêta devant le perron majestueux, elle sortit sous la pluie pour mieux la contempler. Immédiatement, elle fut assaillie par l'odeur qui flottait dans l'air.

C'était une senteur riche et musquée dans laquelle se devinaient les essences de bois rares, les remugles terreux et l'odeur omniprésente de la canne à sucre.

Surprise, la jeune femme constata alors que l'une des façades de la maison était calcinée. Apparemment, un incendie avait détruit ce qui avait dû être une cuisine. Des travaux de rénovation avaient été entrepris et un échafaudage se dressait contre la façade.

Là se tenait un ouvrier qui était en train d'installer une bâche pour recouvrir un trou percé dans la toiture de la cuisine. Se penchant en avant, il se retint à une gouttière. Mais, à ce moment précis, l'échelle sur laquelle il se tenait en équilibre bascula en arrière et tomba dans un massif de fleurs, en contrebas.

L'homme se retrouva donc accroché à la gouttière, suspendu au-dessus du vide. Hélas, ladite gouttière n'avait pas été conçue pour supporter une telle charge et céda à son tour, obligeant l'homme à s'agripper des deux mains à la bâche qu'il avait fixée d'un côté seulement du trou.

S'il tombait, réalisa Noelani, le cœur battant, il risquait fort de se casser une jambe ou pire. Sans attendre, la jeune femme se précipita donc en avant, sans tenir compte du chauffeur de taxi qui lui demandait de payer la course.

Adam Ross poussa un chapelet de jurons hauts en couleur en regardant l'échelle qui gisait en contrebas. Décidément, songea-t-il, la chance était contre lui.

Non seulement cette tempête l'empêchait de procéder aux rénovations qu'il avait décidé d'entreprendre ce jour-là, mais voilà qu'il se retrouvait suspendu au-dessus du vide au risque de se casser une jambe !

Et si les catastrophes continuaient à s'enchaîner de façon aussi impitoyable, il finirait par perdre ce chantier de rêve avant la fin de cette journée.

— Nom de Dieu ! jura-t-il rageusement.

Du pied, il essaya de trouver une aspérité qui aurait pu lui permettre d'envisager une descente. Mais il n'en repéra aucune. Par contre, sous l'effet de ses mouvements, la bâche glissa vers le bas de quelques centimètres. Adam s'immobilisa, se forçant à respirer profondément et à maîtriser les battements désordonnés de son cœur.

— Bon sang de bon sang ! s'exclama-t-il.

— Arrêtez de jurer et tenez-vous tranquille ! fit alors une voix féminine en contrebas. Est-ce que vous vous êtes fait mal ?

— Je n'ai que quelques égratignures, répondit-il. Peut-être un bleu au niveau des côtes. Mais si vous voulez bien redresser l'échelle, mon cœur, je crois que je survivrai à l'expérience.

— Je n'ai aucune intention de le faire si vous vous avisez de m'appeler encore de cette façon, répliqua vertement la jeune femme qu'il ne voyait toujours pas.

Une chose était certaine : il ne la connaissait pas. Elle avait un curieux accent qu'il ne parvenait pas à identifier. C'était aussi la voix la plus délicieusement sexy qu'il eût entendue depuis longtemps...

D'un autre côté, songea-t-il avec une pointe d'autodérision, on ne pouvait pas dire qu'il avait fréquenté beaucoup de femmes, ces derniers temps. Depuis qu'il avait terminé ses études d'architecture et monté son entreprise, il n'avait guère eu le temps de penser à autre chose qu'à son travail.

Du coin de l'œil, Adam vit l'échelle se redresser. La jeune femme parvint à la placer juste à côté de lui, faisant preuve d'une dextérité que lui aurait enviée l'ouvrier le plus expérimenté. Mieux encore, il l'entendit grimper lestement et sentit qu'elle lui prenait un pied pour le placer sur le barreau le plus proche.

— Merci, dit-il tandis qu'ils descendaient l'un derrière l'autre. Vous m'avez sauvé la vie…

— N'exagérons rien, répondit-elle en riant. En tout cas, je suis ravie de vous avoir été utile…

Noelani atteignit le bas de l'échelle et s'écarta pour regarder l'homme descendre à son tour. Il devait avoir une trentaine d'années et portait un T-shirt collé par la pluie à son torse musclé.

— Etes-vous Jackson Fontaine ? demanda-t-elle, le cœur battant la chamade à l'idée qu'elle venait peut-être de rencontrer son demi-frère.

Adam sauta à terre et observa la superbe jeune femme qui venait de le sauver. Elle était si belle qu'il en oublia de répondre à la question qu'elle venait de lui poser, se contentant d'admirer ses longs cheveux noirs, ses yeux de jais et la couleur délicieusement dorée de sa peau.

Brusquement, un coup de vent fit claquer la toile plastifiée au-dessus d'eux, le rappelant à la réalité.

— Est-ce que vous pouvez tenir l'échelle ? demanda-t-il. Je vais aller attacher cette bâche avant qu'elle ne s'envole.

Elle n'eut pas le temps de protester : il avait déjà regagné le toit sur lequel il se hissa. La jeune femme se résigna à tenir l'échelle tandis qu'il s'activait. Ce devait être Jackson Fontaine, se dit-elle. Qui d'autre laisserait une invitée sous la pluie pour aller protéger sa précieuse demeure ?

Et, si c'était bien lui, il valait mieux qu'elle l'aide et lui évite un nouvel accident. Après tout, elle avait fait des milliers de kilomètres en grande partie pour le rencontrer.

La pluie tombait de plus belle, trempant Noelani jusqu'aux os. Heureusement, il s'agissait d'une pluie chaude et elle ne risquait pas de s'enrhumer.

— Excusez-moi, mademoiselle, fit alors le chauffeur de taxi qui venait de la rejoindre. Est-ce que vous comptez me payer ? C'est que j'aimerais bien pouvoir rentrer chez moi, vous voyez…

Au-dessus de leurs têtes, Adam finissait d'attacher la bâche. Il redescendit rapidement le long de l'échelle et rejoignit Noelani qui fouillait dans son sac à la recherche de son porte-monnaie.

— Attendez ! s'exclama-t-il en sortant son portefeuille de la poche arrière de son jean défraîchi. Pour vous remercier de m'avoir aidé, je vais régler votre taxi.

Noelani voulut protester mais elle jugea préférable de se mettre d'abord à l'abri. Le chauffeur empocha donc le montant de la course que lui régla Adam — celui-ci prit la valise de la jeune femme avant même qu'elle ait pu s'en emparer.

— Passons par la porte de derrière, suggéra-t-il.

Elle le suivit sans mot dire tandis qu'il devisait joyeusement.

— Ne pensez pas que le fait de passer par l'arrière de la maison soit insultant. Autrefois, c'est là que les voitures déposaient les jeunes femmes élégantes qui venaient assister aux bals donnés à la plantation…

— J'ai bien peur de ne pas être vêtue pour l'occasion, observa la jeune femme avec un demi-sourire.

Adam éclata de rire, enchanté de découvrir que son mystérieux ange gardien avait le sens de l'humour.

— Dites-moi à combien s'élevait la course, dit-elle lorsqu'ils atteignirent la grande terrasse couverte qui courait sur l'arrière de la maison. Je tiens à vous rembourser.

— N'y pensez pas ! Vous m'avez sauvé la mise… Disons que nous sommes quittes.

— Il n'est pas question que j'abuse de votre générosité. Vous êtes déjà bien assez aimable de m'accueillir dans votre maison étant donné les circonstances…

Adam ouvrit de grands yeux, comprenant brusquement qui était la mystérieuse jeune femme qui se trouvait à ses côtés. Nick Devlin, le mari de Casey Fontaine, était l'un de ses plus vieux amis. Il lui avait parlé des étranges événements qui s'étaient déroulés à Bellefontaine au cours de ces dernières semaines.

Et, bien sûr, il avait mentionné la venue prochaine de la fille illégitime de Duke Fontaine…

En la regardant, Adam se demanda si sa mère avait été aussi belle qu'elle. Si tel était le cas, on ne pouvait en vouloir au vieux Fontaine de s'être laissé séduire. Noelani était tout simplement sublime.

— Je ne suis pas Jackson Fontaine, lui dit-il, soucieux de corriger son erreur. Mon nom est Adam Ross et je suis chargé de rénover la demeure. Je loge dans l'une des maisons d'amis qui se trouvent sur la propriété. Jackson, lui, est à La Nouvelle-Orléans pour affaires…

— Vous êtes architecte ? demanda Noelani, surprise.

— Oui. Spécialisé dans les vieilles bâtisses de ce genre…

— Eh bien… Peut-être pourriez-vous me dire où trouver Cassandra Fontaine, dans ce cas.

— Devlin, la reprit-il. Casey se nomme Devlin, maintenant qu'elle a épousé Nick. Ils se sont mariés la semaine dernière. Mais elle n'est pas là non plus. Je crois qu'elle supervise la récolte de canne à sucre. Ils ont été obligés de la retarder, vous savez…

Noelani s'abstint de lui dire que c'était hautement improbable : personne n'aurait pu couper la canne par un temps pareil sans prendre le risque de la voir réduite en bouillie.

— Je suppose qu'il vaut mieux que vous voyiez tante Esme, reprit Adam.

— Tante Esme ? répéta la jeune femme en levant un sourcil.

— Oh, ce n'est pas ma tante mais celle de Casey et Jackson... Et la vôtre aussi, bien sûr... Esme est la sœur de Duke. Elle vit également à Bellefontaine. C'est d'ailleurs la seule personne présente, en ce moment. Tanya est allée chercher Megan à l'école...

Noelani le regarda sans comprendre.

— Vous n'avez jamais entendu parler de Megan ? C'est la fille de Jackson. Elle vit avec lui depuis peu de temps...

La jeune femme fut prise d'une brusque sensation de vertige : en quelques instants, elle venait d'apprendre qu'elle avait une tante, une nièce et même un beau-frère... A moins que, dans ce cas précis, on ne doive parler de demi-beau-frère...

— Au fait, reprit Adam, quel est votre nom exact ?

— Noelani Hana... Ecoutez, je viens de faire un très long voyage et je suis trempée jusqu'aux os. Serait-il possible d'avoir une serviette ?

— Mais bien sûr ! s'exclama Adam en ouvrant la porte pour la laisser entrer dans la maison. Excusez mon manque de manières... Tante Esme ! appela-t-il à tue-tête. Tante Esme ! Nous avons de la visite !

Se tournant vers Noelani, Adam lui adressa un petit sourire désolé.

— Tante Esme est un peu sourde, expliqua-t-il. Casey prétend d'ailleurs que, lorsqu'elle regarde la télévision, elle n'entendrait pas une explosion de dynamite si elle se produisait dans la pièce voisine. Je ferais mieux d'aller la chercher…

Sur ce, il s'éloigna, laissant Noelani seule dans le hall immense. Malgré elle, elle se sentait impressionnée par les lieux. Le plafond était d'une hauteur vertigineuse, le plancher méticuleusement ciré, les meubles aussi anciens que parfaitement assortis.

De grandes toiles ornaient les murs, représentant divers paysages européens. Un lustre splendide illuminait les lieux, ses cabochons de cristal reflétant la lumière comme autant de diamants.

Gagnant la double porte entrouverte qui se trouvait au fond du hall, Noelani jeta un coup d'œil par l'embrasure, découvrant une pièce si somptueusement meublée qu'on se serait cru dans un musée. Tout était parfaitement rangé et entretenu, témoignant d'un soin de chaque instant.

Des craquements dans l'escalier se firent alors entendre et la jeune femme se retourna, avisant une vieille dame qui descendait pour venir à sa rencontre. Il n'y avait pas trace d'Adam Ross et elle le maudit en silence de l'avoir abandonnée de cette façon.

Avisant l'expression sévère qui se lisait sur le visage de sa tante, Noelani comprit aussitôt que, contrairement à ce qu'elle avait espéré, celle-ci ne ressemblait en rien à sa *tutu*.

Esme Fontaine était vêtue d'une robe à la coupe stricte et guindée. Impeccablement coiffée, elle portait un collier assorti à ses boucles d'oreilles qui devaient coûter une petite fortune.

Si c'était ainsi qu'elle s'habillait pour rester chez elle et regarder la télévision, songea Noelani, il était difficile d'imaginer ce qu'elle pouvait bien porter dans les grandes occasions. Même le petit chien qui la suivait paraissait sortir tout droit d'une gravure de mode…

Fort heureusement, il y avait dans les yeux de la vieille dame plus de curiosité que d'hostilité. Des yeux, remarqua la jeune femme, qui par leur couleur verte rappelaient beaucoup ceux de Duke Fontaine, s'il fallait en croire le seul cliché de lui qu'elle eût jamais vu.

— Ainsi, vous êtes la fille cachée de Duke ? murmura Esme avec une légère pointe d'accent français, comme si l'anglais n'était pas sa langue natale.

Noelani savait que beaucoup d'habitants de Louisiane s'exprimaient encore en français. Anela le parlait couramment et avait enseigné à sa fille quelques rudiments de cette langue.

— C'est bien moi, répondit-elle.

— Ma chère, vous êtes trempée de la tête aux pieds. J'ai envoyé Adam vous chercher une serviette. Ce devrait être à Betty de le faire mais Jackson lui a donné sa journée. En attendant, venez, ne restez pas au milieu du hall. Vous allez attraper la mort.

Noelani s'empara de ses valises et fit mine de se diriger vers les escaliers.

— Laissez vos bagages, Adam les prendra. N'est-ce pas, mon cher ? ajouta-t-elle en se tournant vers le palier où ce dernier venait de reparaître.

Il hocha la tête et dévala prestement l'escalier pour rejoindre Noelani. Celle-ci ne put s'empêcher de remarquer qu'il était beaucoup plus séduisant qu'elle ne l'avait cru au premier abord.

Mais elle n'était pas là pour se laisser charmer. Surtout pas par un homme du Sud, comme celui qui avait ruiné la vie de sa mère. D'ailleurs, elle ne comptait pas rester assez longtemps pour nouer une quelconque relation avec cet Adam Ross.

S'écartant légèrement, elle le laissa prendre ses valises et le suivit dans l'escalier. Tante Esme les précéda jusqu'à une porte blanche qui s'ouvrait sur le palier.

— Ce sera votre chambre au cours de votre séjour à Bellefontaine, expliqua-t-elle.

Noelani hocha la tête et pénétra dans la pièce. Là, elle ne put retenir une exclamation admirative.

— Elle est magnifique ! s'écria-t-elle.

La chambre était charmante et meublée de façon très originale mais le plus surprenant, c'était que des ananas étaient sculptés sur les montants du lit et sur le médaillon de plafond. Ce motif était même repris sur les rideaux et le dessus-de-lit.

— Je pensais bien que cela vous plairait, remarqua tante Esme avec un sourire satisfait.

— Je ne savais pas que vous faisiez pousser des ananas à Bellefontaine, observa Noelani.

— Oh, mais ce n'est pas le cas ! En fait, il s'agit d'une allusion à une très vieille coutume. Autrefois, la tradition voulait que l'on offre aux invités un demi-ananas en signe de bienvenue. Si les invités restaient plus longtemps qu'on ne le souhaitait, leurs hôtes posaient une autre moitié d'ananas sur leur table de nuit pour leur signaler qu'il était temps de partir.

— Merci de l'avertissement, répondit Noelani avec une pointe de sarcasme dans la voix. Mais je ne compte pas rester plus longtemps que nécessaire.

— Pas de doute, vous êtes bien la fille de Duke, remarqua tante Esme en souriant. Avec vous, Jackson et Casey en verront de toutes les couleurs… Si vous voulez que je vous fasse visiter Bellefontaine, je serai dans la dernière chambre à droite. Le dîner est servi à 8 heures. Je sais que vous avez hâte de reprendre votre travail, ajouta-t-elle en se tournant vers Adam. Mais j'espère que vous dînerez avec nous.

— Certainement, répondit-il.

Sur ce, tous deux quittèrent la chambre, laissant Noelani seule. Aussitôt, celle-ci sentit monter en elle une brusque bouffée de mal du pays. Elle se laissa tomber sur le lit à baldaquin, luttant contre les larmes qui lui montaient aux yeux.

Elle ne s'était pas attendue à être accueillie à bras ouverts par Jackson et Casey mais elle était choquée qu'ils n'aient même pas eu la curiosité de venir voir à quoi elle pouvait bien ressembler.

Ce n'est qu'alors qu'elle se souvint de ce que lui avait dit tante Esme : « Avec vous, Jackson et Casey en verront de toutes les couleurs. » Qu'avait-elle voulu dire ? Croyait-elle donc qu'elle était venue se venger ?

La jeune femme fronça les sourcils, se demandant si, d'une certaine façon, tel n'était pas effectivement le cas.

30

2.

Ce fut avec soulagement qu'Adam quitta la chambre de Noelani. Il n'avait pas aimé l'expression de tristesse et de vulnérabilité qu'il avait lue dans les yeux de la jeune femme. En fait, il regrettait presque d'avoir accepté l'invitation à dîner de tante Esme : ce repas risquait en effet de s'avérer passablement lugubre...

Peut-être pourrait-il s'excuser et prétendre qu'il voulait profiter des derniers rayons du soleil pour vérifier les dégâts causés par la tempête et pour rattraper un peu du temps perdu.

En attendant, il décida de regagner la cuisine qu'il rénovait et de prendre les mesures des différents meubles dont il comptait faire l'acquisition pour redonner à la pièce sa splendeur passée.

Mais, tout en travaillant, il ne cessait de repenser à Noelani Hana. Elle avait paru si seule, si désemparée. Et cela n'avait fait que renforcer à ses yeux le charme qui émanait d'elle.

Pourtant, il n'était pas question de s'y abandonner. Adam ne pouvait s'offrir le luxe de perdre son temps en romances sans lendemain. Il avait trop de travail pour cela. Dès que le chantier de Bellefontaine prendrait fin, il lui faudrait en trouver un nouveau.

Et, cette fois, il n'aurait peut-être pas la chance d'obtenir un emploi aussi près de la maison de sa propre famille, Magnolia Manor.

Sa mère l'avait vendue à la suite de son hospitalisation dans l'une des meilleures cliniques psychiatriques de Louisiane où elle tentait de surmonter une terrible dépression nerveuse. Adam rêvait de racheter l'endroit et de le rénover.

Or l'Etat avait l'intention de le mettre en vente sous peu. Il devait donc plus que jamais se concentrer sur son objectif et se méfier de toutes les distractions, sans aucune exception.

Hélas, c'était beaucoup plus facile à dire qu'à faire. En effet, à plusieurs reprises, il entendit le rire charmant de la jeune femme s'élever, quelque part dans la maison, alors que tante Esme lui faisait visiter les lieux. Et, à chacune de ces occasions, il se sentit traversé par un délicieux frisson et se surprenait malgré lui à attendre avec impatience que l'heure du dîner arrive.

Tante Esme ne faisait apparemment jamais les choses à moitié. La visite guidée qu'elle fit faire à Noelani était si approfondie que l'esprit de la jeune femme ne tarda pas à bourdonner de noms, de dates et d'anecdotes surgies du passé.

Visiblement, sa tante éprouvait une immense fierté à l'idée de pouvoir faire remonter son arbre généalogique jusqu'aux premiers colons français. Elle connaissait également chaque événement qui s'était déroulé à Bellefontaine depuis la construction de la maison, dans les années 1800.

A l'entendre parler, on aurait dit que ces faits s'étaient produits la veille. Et la rancœur qu'elle éprouvait pour ceux qu'elle appelait « ces maudits yankees » était aussi vivace qu'anachronique.

Lorsque la jeune femme put enfin regagner sa chambre, il lui restait seulement une heure pour faire la sieste avant de descendre dîner. Elle s'allongea donc, bien décidée à se réveiller rapidement.

Mais elle fut tirée de son sommeil par des bruits de pas et de voix provenant du hall. Se redressant, elle consulta sa montre et constata qu'il était presque 7 heures et demie. Elle se leva donc rapidement et alla ouvrir l'une de ses valises, se demandant comment il convenait de s'habiller pour un dîner à Bellefontaine.

Elle aurait sans doute mieux fait de poser la question à tante Esme. Finalement, elle opta pour une robe rouge dont elle savait qu'elle lui allait à ravir. Tous les moyens étaient bons pour se donner l'assurance nécessaire pour affronter les héritiers légitimes de Duke Fontaine.

Après s'être aspergé le visage d'eau froide, elle enfila sa tenue et une paire de chaussures assorties puis, quittant sa chambre, elle descendit le grand escalier en priant pour ne pas être la dernière à arriver.

Hélas, tel était bien le cas. Lorsqu'elle entra dans la salle à manger, les conversations s'interrompirent brusquement et tous les regards convergèrent vers elle.

— Je suis désolée d'être en retard, murmura-t-elle, le cœur battant et les mains moites. Je me suis endormie... Ce doit être le décalage horaire.

Tous se levèrent et tante Esme lui indiqua une chaise vide.

— Asseyez-vous, dit-elle.

Noelani s'exécuta, impressionnée par l'apparence de la table. L'argenterie, les assiettes, les chandeliers, tout paraissait vieux d'un siècle au moins. Les serviettes étaient ornées de dentelle, les chandeliers étaient en étain massif, les verres en cristal de Bohême.

Tout respirait le luxe et la tradition, renvoyant à un monde que Noelani ne connaissait pas et dans lequel ces gens paraissaient pourtant évoluer avec aisance. La jeune femme se sentait terriblement nerveuse à l'idée de ne pas être à la hauteur.

— Noelani, vous avez déjà rencontré Adam, reprit tante Esme. Jackson est assis au bout de la table et c'est sa fille, Megan, qui se trouve à votre droite. A côté d'elle, Tanya Carson, sa nourrice.

Se tournant vers sa famille, tante Esme désigna la jeune femme.

— Et voici Noelani Hana, conclut-elle.

Tous la saluèrent d'un signe de tête ou d'un sourire puis Esme demanda à son neveu de servir la soupe. Ce dernier s'exécuta tandis que Noelani ne quittait pas des yeux ce mystérieux demi-frère.

Par certains côtés, il ressemblait à la photographie de Duke Fontaine qu'avait gardée sa mère. Il était grand, athlétique et avait les mêmes cheveux châtains auxquels le soleil donnait des reflets plus blonds. Ses yeux étaient bleus et bordés de longs cils dont avait hérité sa propre fille.

Par contre, Megan avait les cheveux bouclés et plus foncés que ceux de son père.

Tanya Carson paraissait très jeune. Elle avait une bouche légèrement boudeuse et de grandes lunettes qui donnaient à ses yeux bleus, presque violets, un regard rêveur.

Avant l'entrée de Noelani, Adam et Tanya discutaient de musique et ils reprirent leur conversation comme si de rien n'était. Apparemment, Tanya étudiait le jazz et c'était une passion que son voisin partageait.

Noelani remarqua également que Tanya jetait régulièrement des regards à la dérobée en direction de Jackson, ce dont ce dernier semblait ne pas s'apercevoir.

Megan dodelinait de la tête, visiblement fatiguée par sa journée. Tante Esme et Jackson mangeaient en silence.

Noelani, quant à elle, brûlait de poser à Jackson certaines questions. Elle aurait notamment voulu savoir si sa sœur était bien en train de procéder à la récolte, comme le lui avait dit Adam, et, dans ce cas, comment elle s'y prenait.

Elle aurait aussi voulu lui demander quelle espèce de canne ils cultivaient, combien ils avaient d'hectares, quel était le cours du sucre aux Etats-Unis…

Mais Jackson paraissait préoccupé et absent et elle n'osa pas le questionner à voix haute. Elle tenta bien d'engager la conversation avec Megan, mais la fillette était apparemment trop fatiguée et trop timide pour discuter avec elle.

Résignée, Noelani se concentra donc sur le repas. La soupe était délicieuse. Elle fut suivie par une salade d'épinards frais suivie d'un roast-beef sur un lit de pommes de terre et de carottes. Tous les convives mangeaient avec un appétit que la jeune femme aurait été bien en mal d'égaler.

Elle avait l'estomac noué et le silence total qui ne tarda pas à tomber sur la petite assistance ne contribua guère à la détendre.

Elle réalisa alors qu'Adam la regardait attentivement. Il lui adressa un sourire chaleureux qu'elle essaya de lui rendre sans trop y parvenir.

— Le rouge vous va bien, observa-t-il d'un ton léger.

— C'est ma couleur favorite, avoua-t-elle d'une voix qui sonna faux à ses propres oreilles.

La gêne qu'elle éprouvait perçait de façon si évidente dans son ton que Jackson releva la tête.

— Apparemment, vous êtes la bonne personne, dit-il en posant ses couverts sur le bord de son assiette. Mais avez-vous par hasard apporté un acte de naissance ?

— Oui. Mais ce n'est pas par hasard, répondit la jeune femme avec une pointe d'amertume. Votre avocat me l'a demandé. Par contre, si vous vous attendez à y trouver le nom de votre père, vous risquez d'être déçu. Il n'y figure pas. Je suis Noelani Hana, fille d'Anela Hana.

Avisant la lueur de défi qui brillait à présent dans les yeux de la jeune femme, Jackson rougit et détourna son regard.

— Je sais. Duke a conservé une copie de votre acte de naissance dans ses papiers. Vous êtes née le 8 octobre 1975 à Waikuku, Maui. Je tiens juste à comparer les deux certificats pour m'assurer qu'ils correspondent.

— Eh bien, je vous donnerai le mien et vous pourrez les comparer à loisir, répondit sèchement Noelani.

— Une chose est certaine, déclara tante Esme en français avec un sourire ironique, cette jeune fille a bien le même caractère que Duke.

— Et cette jeune fille comprend le français, répliqua Noelani dans la même langue. Je préfère vous le dire tout de suite pour éviter un quelconque impair…

Le sourire de tante Esme s'élargit un peu plus tandis que Jackson fronçait les sourcils.

— Je ne suis pas en train de mettre en cause la légitimité de votre…

Une sonnerie lugubre retentit, faisant sursauter Noelani malgré elle.

— C'est la porte d'entrée, indiqua Jackson. Une fantaisie de l'un de nos ancêtres… Si vous voulez bien m'excuser, ce doit être Shel Prescott. Je vais aller l'accueillir. Tante Esme, voudrais-tu prévenir Casey et me rejoindre dans le bureau avec Noelani et elle, lorsque vous aurez fini de dîner ?

— Je n'ai plus faim, de toute façon, déclara Noelani. Voulez-vous que je vous aide à débarrasser la table ?

— Tanya le fera, répondit tante Esme. Allez chercher votre acte de naissance pendant que j'appelle Casey.

Noelani hocha la tête et quitta la pièce, se dirigeant vers les escaliers. Elle se demanda si Jackson cherchait un moyen de l'évincer, de l'empêcher de toucher sa part de l'héritage. C'était d'autant plus troublant qu'elle-même n'était toujours pas certaine de vouloir l'accepter.

Depuis que Bruce lui avait annoncé la mort de son père, elle n'avait guère eu le temps de réfléchir à la question. En venant à Bellefontaine, elle s'était dit qu'elle improviserait sur place mais, à présent, elle ne savait que faire.

Elle alla donc chercher son acte de naissance avant de rejoindre tante Esme. Mais, au détour du couloir, elle faillit percuter de plein fouet Adam Ross qui venait en sens inverse.

— Je venais vous chercher, expliqua-t-il. Casey et Nick sont arrivés et ils sont déjà dans le bureau de Duke, avec Jackson et l'avocat. Je dois vous y emmener.

— Je sais où il se trouve, répondit la jeune femme. Tante Esme me l'a montré. Merci quand même... A moins, bien sûr, que vous n'ayez été envoyé pour me retenir, pendant qu'ils complotent contre moi.

— J'ai l'impression que vous êtes un peu paranoïaque, est-ce que je me trompe ? dit Adam en riant.

La jeune femme haussa les épaules.

— Pourquoi cela ? Je suis certaine que Casey et Jackson regrettent amèrement que leur père ne se soit pas débarrassé de moi à la naissance.

— J'en doute fort, répondit Adam. Ce n'est vraiment pas leur genre...

Tout en devisant, ils étaient parvenus devant la porte du bureau.

— Nous y voici… Je vous aurais bien proposé de vous accompagner mais, à vous entendre, j'ai l'impression que vous êtes parfaitement capable de les affronter seule.

Reculant de quelques pas, Adam s'inclina devant elle, balayant le sol d'un chapeau imaginaire.

— A bientôt, dit-il avant de tourner les talons pour s'éloigner.

Noelani le regarda disparaître avec un mélange d'amusement et d'exaspération. Ce n'était vraiment pas le moment de plaisanter de cette façon…

Essuyant ses paumes moites, elle prit une profonde inspiration et posa la main sur la poignée de la porte qu'elle ouvrit d'un geste décidé.

La première personne qu'elle avisa fut sa demi-sœur, Casey Fontaine. Ses traits étaient caractéristiques de la famille : un visage fin et aristocratique, un menton légèrement pointu, de magnifiques yeux verts et de longs cheveux auburn.

Son expression trahissait un certain désarroi, une incertitude comparable à celle de Noelani.

Derrière le bureau était assis un homme aux cheveux blancs qui faisait tourner un peu de bourbon au fond de son verre en cristal.

Jackson s'approcha de Noelani.

— Noelani, je vous présente Casey, Nick Devlin et Shelburne Prescott.

Nick Devlin, un bel homme d'une trentaine d'années, se leva à son tour pour venir à la rencontre de la jeune femme. Il lui tendit une main qu'elle saisit d'une poigne mal assurée.

Casey se contenta de hocher la tête, une expression douloureuse dans les yeux.

— Pourrions-nous procéder rapidement ? demanda-t-elle à Prescott. Certains d'entre nous doivent se lever à l'aube, demain, pour assurer notre avenir.

Jackson fronça les sourcils et Nick décocha à sa femme un regard teinté de reproche.

— Noelani, dit Jackson, asseyez-vous près de tante Esme.

La jeune femme s'exécuta et l'avocat de la famille s'éclaircit la gorge, comme pour dissiper le malaise qui pesait sur la petite assemblée.

— Cela ne sera pas long, assura-t-il. Les dispositions prises par Duke et Angélique Fontaine sont assez simples.

Ouvrant son attaché-case, il en tira une liasse de documents officiels qu'il posa sur le bureau devant lui.

— Angélique avait établi une liste de ses bijoux destinée aux assurances. A l'exception de ceux qu'elle portait le jour de son mariage et qui reviendront à la femme qu'épousera Jackson, tous les autres ont été répartis équitablement entre vous pour que vous en disposiez à votre guise. C'est également le cas de l'argent qui se trouve sur son compte en banque personnel. Etant donné que c'était elle qui avait financé le voyage en Europe de vos parents, cette somme s'élève seulement à trente mille dollars.

— Pourquoi est-ce maman qui a financé ce voyage ? demanda Casey. Duke le considérait comme un cadeau pour leur anniversaire de mariage ou, plus exactement, comme une seconde lune de miel.

En disant cela, elle n'avait pu s'empêcher de jeter un regard de défi à Noelani, comme pour lui rappeler que c'était bien sa mère, et non celle de la jeune femme, que son père avait choisie.

— J'y viendrai plus tard, répondit Prescott. Mais laissez-moi d'abord terminer. Duke a accordé une pension annuelle à sa sœur Esme. Et, bien qu'il lègue la maison familiale à Jackson, il ne le fait qu'à condition qu'Esme puisse y vivre jusqu'à la fin de ses jours. Le cas de Wisteria Cottage est différent. Il appartenait à la mère de Duke et est mis à la disposition des héritiers présents ou futurs des Fontaine. J'ai cru comprendre que Nick et toi y viviez, Casey ?

— Oui, momentanément, répondit la jeune femme. Mais qu'adviendra-t-il de la raffinerie et des champs de canne à sucre ?

C'était évidemment la question qui intéressait le plus tous ceux qui assistaient à l'ouverture du testament. Et le silence qui suivit cette question témoignait, s'il en était besoin, de la tension qui les habitait tous.

— Les champs, bâtiments agricoles, entrepôts et raffineries doivent être répartis à égalité entre les trois héritiers légitimes de Duke : Jackson Fontaine, Casey Fontaine Devlin et Noelani Hana. J'ai ici une liste de tous les biens et de toutes les sommes que représente ce legs. J'ai également le rapport d'audit indépendant effectué par la banque qui permet de déterminer la valeur exacte de chacun.

L'avocat tendit aux trois héritiers un dossier contenant lesdits documents. Jackson et Casey parcoururent les leurs des yeux mais Noelani toussota, attirant leur attention.

— Jackson… Je ne sais pas si vous avez conscience du fait qu'avant de recevoir la lettre de M. Prescott, j'ignorais tout de cet héritage et même de votre existence… Je n'ai jamais eu l'intention de faire irruption dans vos vies de façon aussi brutale. Aussi serait-il préférable que vous rachetiez ma part de l'héritage et vous vous répartissiez les biens qu'elle représente.

— Je suis d'accord, acquiesça Casey sans prendre la peine de dissimuler son soulagement. C'est la seule chose sensée à faire. Qu'en penses-tu, Jackson ?

40

— Il n'y a qu'un problème, soupira ce dernier. Regarde le dernier paragraphe de l'audit. Apparemment nous sommes riches en terre et en biens matériels, mais terriblement pauvres en liquidités.

— C'est impossible ! s'exclama Casey.

Elle feuilleta le rapport et avisa la partie concernant leurs divers comptes en banque.

— Qu'est-ce qui s'est passé ? demanda-t-elle à Prescott, sidérée.

— Eh bien… Votre père a récemment racheté la raffinerie de Roland Dewalt, contre mon avis et celui de son banquier, d'ailleurs. Il paraissait y tenir assez pour prendre une deuxième hypothèque sur la maison. Dieu merci, cela n'a pas été nécessaire…

— Et nos récentes spéculations n'ont pas dû arranger les choses, renchérit Jackson. Duke avait acheté plusieurs tonnes de sucre brut en prévoyant une hausse alors que les cours ont nettement chuté. Il en a résulté de lourdes pertes, au cours de cette année.

— Tout de même, protesta Casey, nos rendements ne cessent de progresser d'année en année !

Noelani avait suivi l'échange avec attention, réalisant qu'apparemment Duke Fontaine était aussi piètre homme d'affaire que père.

— Duke a toujours pris beaucoup de risques sur le plan financier, expliqua Prescott. Il vous laissait dépenser ce que vous vouliez dans le cadre de vos activités respectives. Il ne refusait jamais rien à Angélique. Il organisait de grandes réceptions. Même l'entretien de Bellefontaine est exorbitant… Récemment, Casey a fait renouveler toute la flotte de camions. Elle a également acheté une moissonneuse. Tout cela sans compter les frais pour votre éducation et celle de Noelani…

— Attendez une minute ! protesta vivement celle-ci. Je suis allée à l'université grâce à une bourse. Quant à ma mère, elle travaillait comme comptable chez Shiller pour gagner sa vie…

— C'est ce que Duke vous laissait croire, soupira Prescott avec un sourire de sympathie. En réalité, c'est lui qui payait le salaire de votre mère, par l'intermédiaire de Bruce Shiller. Il payait aussi votre propre salaire et c'est lui qui a financé la bourse accordée par l'université. Vous pouvez vous en assurer en lisant l'audit. Tout y est écrit noir sur blanc.

Les yeux de Noelani s'emplirent brusquement de larmes tandis qu'elle réalisait que sa vie jusqu'alors n'avait été qu'un tissu de mensonges.

Ce n'était pas possible. Ils devaient lui mentir. Pour la culpabiliser…

Elle se leva brusquement, traversa la pièce en courant et sortit, bien décidée à appeler Bruce pour en avoir le cœur net. Se ruant sur le téléphone qui se trouvait au bas de l'escalier, elle composa le numéro de l'entreprise à Hawaii. Etant donné le décalage horaire, Bruce devait être à son bureau…

— Midori ? dit-elle lorsque la secrétaire de ce dernier décrocha. C'est Noelani. Il faut absolument que je parle à Bruce. C'est très urgent.

Quelques instants plus tard, le vieil homme prit la communication.

— Bruce ? Les Fontaine prétendent que c'est mon père qui payait mon salaire et celui de maman. Ils disent aussi que c'est lui qui a financé mes études à l'université !

Un profond silence fut la seule réponse à ses questions.

— Bruce ? insista-t-elle. Tu m'entends ?

— C'est la vérité, reconnut-il enfin.

— Comment as-tu pu faire une chose pareille ? s'exclama la jeune femme, furieuse. Tu aidais Duke Fontaine à soula-

ger sa conscience alors qu'il avait brisé le cœur de maman !
Comment as-tu pu ?

— Je n'avais pas le choix, répondit Bruce gravement.
Sans Duke, ma compagnie aurait connu la faillite depuis
longtemps. C'est lui qui finançait nos pertes chaque fois que
j'étais sur le point de renoncer et de vendre… Et c'était un
ami, Noelani, quoi que tu penses de lui…

La jeune femme fut prise d'un brusque vertige, ne sachant
comment réagir à ces révélations aussi inattendues que difficiles à accepter.

Qu'était-elle censée faire, à présent ? Tout laisser tomber et rentrer à Hawaii. La tentation était grande mais cela
signifiait qu'elle condamnerait définitivement les entreprises
Shiller.

Si elle voulait racheter la plantation de Bruce, elle devait
accepter cet héritage et attendre que les Fontaine aient assez
de liquidités pour lui racheter sa part…

— Très bien, déclara-t-elle en essuyant ses larmes du
revers de la main. Je n'ai donc pas d'autre choix que de
rester en Louisiane. Mais j'aurais préféré que tu me dises
la vérité au lieu de me laisser l'apprendre de la bouche des
enfants légitimes de Duke.

— Je suis désolé, Noelani. Je t'assure que je pensais
bien faire.

Le cœur de la jeune femme se radoucit : elle ne pouvait en
vouloir à cet homme qui lui avait tenu lieu de père, qui lui
avait offert l'amour que Duke ne lui avait jamais donné.

— D'accord, soupira-t-elle. Je te tiendrai au courant…

Elle raccrocha et vit alors Jackson qui se tenait sur le
seuil du bureau, la regardant avec sympathie.

— Ça va ? demanda-t-il doucement.

— Apparemment, Prescott a raison, déclara-t-elle. Mais
je vous jure que j'ignorais que ma mère ou moi-même avions

touché de l'argent de votre père. Et je suis désolée d'avoir réagi aussi violemment…

— Il n'y a pas de quoi, dit Jackson, rassurant. D'ailleurs, cette sortie n'était pas si différente de celle qu'a faite Casey lorsqu'elle a appris votre existence.

— Cela a dû lui faire un choc, concéda Noelani. Mais je n'avais pas demandé à naître, vous savez.

— Moi non plus, lui rappela-t-il gentiment. Nous voilà tous dans le même bateau, à présent. Et il y a énormément de choses en jeu… Mieux vaut donc essayer de collaborer.

— Et que proposez-vous ?

— Eh bien, vous pourriez rentrer à Maui et nous laisser nous occuper de tout ça.

— Il n'en est pas question. Et je suis prête à engager un avocat si vous comptez me forcer à le faire.

— Ce ne sera pas nécessaire. D'après mon expérience, plus il y a d'avocats impliqués dans les affaires et plus les problèmes deviennent inextricables et les solutions coûteuses.

— Bien… Dites-moi donc ce que vous comptez faire pour résoudre notre problème.

— Tout d'abord, je suggère que vous signiez un contrat au terme duquel vous acceptez de nous laisser gérer la propriété, Casey et moi, jusqu'à la fin de la récolte ou, au moins, jusqu'à ce que l'assurance nous rembourse la moissonneuse.

— Je ne signerai rien ce soir, répondit Noelani d'un ton sans appel.

— Cela vous ennuierait-il de me dire pourquoi ?

— Parce que je pense m'y connaître autant que vous en matière de culture de la canne à sucre. Je pense donc que je pourrai vous être très utile au cours de la récolte.

— Très bien, soupira Jackson, résigné. Nous en rediscuterons demain…

44

Tous deux revinrent dans le bureau et reprirent leurs places respectives en face de Prescott qui avait profité de l'intermède pour se servir un autre verre de bourbon.

— Je suggère que nous remettions la fin de cette discussion à demain, déclara Jackson. D'ici là, l'un de nous aura peut-être une idée concernant ce qu'il convient de faire. Quant à Shelburne, il m'a promis de rappeler l'assurance pour voir où en est notre dossier.

Casey hocha la tête tout en se massant la nuque. Elle paraissait littéralement épuisée.

— Je crois que tu as raison, approuva à son tour Nick. Nous avons tous les nerfs à fleur de peau, ce soir.

— Mais il faudra que nous nous retrouvions à l'aube, intervint Casey. Je dois absolument poursuivre la récolte : à terme, c'est la seule façon de résoudre notre problème.

— Betty doit arriver à 6 heures, nous pourrions donc déjeuner à 6 heures et demie, si cela vous convient, Noelani.

— Bien sûr. De toute façon, je n'ai pas grand-chose d'autre à faire…

— Tante Esme, tu es restée étonnamment silencieuse, ce soir, observa Jackson.

— Bellefontaine a survécu à bien des épreuves, déclara sentencieusement la vieille dame. Lorsque mon frère en a hérité, la plantation était au bord de la faillite. Il a réussi à la hisser aux premiers rangs. Vous êtes tous trois du même sang et je suis convaincue que si vous collaborez, vous parviendrez à nous tirer de ce mauvais pas.

Sur ce, tante Esme se leva et, après leur avoir adressé un petit signe de tête royal, se dirigea vers la porte d'un pas mesuré.

Peu après, Casey et Nick prirent congé à leur tour. Jackson resta à sa place et Noelani comprit qu'il désirait s'entretenir avec l'avocat.

— J'ai fait une sieste avant le dîner, dit-elle. Je ne suis pas très fatiguée... Puis-je aller faire un tour dans la propriété ?

— Bien sûr.

— Je ne risque pas de tomber dans un puits si je vais voir les champs de canne ? J'adore écouter le bruit du vent qui les fait cliqueter. Cela m'aide à me détendre.

— C'est exactement ce que dit Casey. Vous avez peut-être plus de points communs que je ne le pensais. Mais, pour répondre à votre question, vous n'avez aucun puits à redouter. Par contre, les champs eux-mêmes ne sont pas éclairés.

— Ne vous en faites pas, je n'irai pas dedans. Je pense que votre sœur n'apprécierait pas que je touche à sa précieuse plantation.

La jeune femme rassembla les documents que lui avait donnés le notaire et fit mine de quitter la pièce.

— Noelani, la rappela Jackson. Vous devez comprendre une chose... Casey idolâtrait Duke. Elle considère qu'il l'a trahie et c'est à lui qu'elle en veut. Pas à vous.

— Ma mère a renoncé à lui, vous savez. Elle ne m'en a parlé qu'une seule fois... Et elle m'a juré qu'elle ignorait à l'époque qu'il était marié. Lorsqu'elle l'a appris, elle a rompu et lui a conseillé de rentrer auprès de sa famille. A ma connaissance, elle ne lui a rien demandé : ni argent, ni aide d'aucune sorte... Mais elle n'a jamais cessé de l'aimer. Et elle a gâché sa vie à cause de lui. Alors, moi aussi, je lui en veux terriblement.

Elle s'interrompit un instant puis haussa les épaules.

— Nous nous verrons demain à 6 heures et demie, conclut-elle avant de sortir du bureau.

Elle regagna sa chambre et troqua sa robe contre un jean et un pull-over de coton blanc. Puis elle sortit de la maison.

Dehors, la pluie avait cessé, cédant la place à une chaleur étouffante et humide.

Elle fut tentée un instant de remonter pour enfiler un short mais elle songea que les plants de canne devaient abriter leur lot d'insectes qui se feraient un plaisir de dévorer chaque centimètre carré de peau découverte.

S'éloignant de quelques pas du perron, la jeune femme ferma les yeux, prêtant l'oreille au gargouillis des fontaines qui paraissaient se répondre de tous côtés dans les ténèbres. Ce son l'aida un peu à se défaire de la tension nerveuse qui s'était accumulée en elle depuis le dîner.

Se dirigeant vers l'une des fontaines que surmontait une pierre sculptée en forme d'ananas, elle sortit une pièce de dix cents qu'elle lança dans le bassin. A cet instant, elle perçut un bruit de pas derrière elle.

Immédiatement, elle se retourna, se mettant inconsciemment en garde.

— Doucement ! s'exclama une voix basse et musicale.

Une silhouette sortit de l'ombre et elle reconnut Adam Ross qui se tenait non loin d'elle, une bière à la main.

— J'avais entendu parler de ces vœux que l'on fait en lançant des pièces dans les fontaines, dit-il. Sont-ils plus efficaces que ceux que l'on fait en voyant passer une étoile filante ?

— J'espère que oui, répondit Noelani en souriant. Il n'y a pas d'étoiles, ce soir...

Adam avala une gorgée de bière avant de désigner la cannette qu'il tenait à la main.

— Il fait terriblement lourd. Vous en voulez une ?

— Avec plaisir, dit-elle.

— Venez...

Ils gagnèrent la terrasse de la maison d'amis qu'habitait Adam, le temps des travaux. Il ouvrit la glacière qui s'y trouvait et en tira une cannette qu'il tendit à la jeune femme.

— Est-ce que c'est la chaleur qui vous empêche de dormir ? demanda Noelani.

— Non. J'ai toujours aimé vivre la nuit… Mais, dites-moi, comment s'est passée cette réunion ?

Noelani hésita, ne sachant comment formuler une réponse simple à cette épineuse question. D'ailleurs, songea-t-elle, les Fontaine avaient déjà suffisamment de problèmes comme cela : il ne servait à rien de clamer partout qu'ils connaissaient actuellement des difficultés d'ordre financier.

Elle se contenta donc de hausser les épaules et d'avaler une gorgée de bière.

— Si mal que cela ? dit Adam. Remarquez… Cela ne m'étonne pas : en voyant la mine d'enterrement que faisait Prescott lorsqu'il est arrivé, je me suis douté que les choses ne seraient pas simples.

Tous deux restèrent quelques instants silencieux, prêtant l'oreille aux mille bruits de la nuit.

— Tout de même, fit enfin Adam, il est dommage que vous ayez enlevé cette robe rouge. Elle vous allait à merveille.

— Sans doute, mais ce n'était pas la tenue idéale pour aller me promener dans les champs. A ce propos, je ferais mieux d'y aller. Merci pour la bière.

— Est-ce que Jackson sait que vous vous promenez seule sur la propriété à une heure pareille ? demanda Adam.

— Oui. Il m'a dit qu'il n'y voyait aucun inconvénient. Pourquoi ?

— Cela ne me paraît pas très sage, étant donné ce qui s'est passé ces derniers temps.

— De quoi parlez-vous ? demanda la jeune femme, surprise.

48

— Eh bien… Quelqu'un a mis le feu dans la cuisine, en prenant soin de couper auparavant les tuyaux d'arrosage du jardin. Puis la moissonneuse a mystérieusement disparu… Et Casey elle-même a été agressée en pleine nuit.

— Les Fontaine ont-ils beaucoup d'ennemis ?

— Je l'ignore.

— Mais qui ferait ce genre de choses ?

— Apparemment, un ancien employé que Casey avait licencié. C'est lui qui l'a attaquée et il a également confessé l'incendie et le vol.

— Je suppose qu'il a été arrêté, alors.

— Oui.

— Dans ce cas, je ne risque plus rien…

— Ce n'est pas certain… Il a dit que quelqu'un l'avait payé pour faire tout cela. Il prétendait ignorer l'identité du commanditaire. La police pense qu'il a menti mais nul ne peut en être certain.

— Vous essayez de me faire peur !

— Je vous assure que non. Franchement, il vaudrait mieux que je vous accompagne.

Malgré elle, Noelani se sentit rassurée par cette perspective.

— Comment savez-vous que je ne serai pas plus en sécurité sans vous ? demanda-t-elle pourtant avec effronterie.

— Oh, il vous faudra me croire sur parole. Mais, bien sûr, si vous préférez, je peux aussi vous raccompagner directement jusqu'à votre chambre.

L'allusion n'échappa évidemment pas à la jeune femme et elle fut tentée de lui répondre qu'elle préférait visiter seule le domaine.

Mais cela n'aurait pas été très raisonnable : si Adam disait vrai, les Fontaine avaient des ennemis. Et, qu'elle

49

le veuille ou non, ceux-ci la considéreraient probablement comme l'une des leurs.

Mais qui lui prouvait qu'Adam n'était pas lui-même envoyé par ces ennemis, quels qu'ils soient ? Après tout, il pouvait circuler librement sur la propriété à n'importe quelle heure du jour ou de la nuit.

Mieux valait qu'elle le tienne à l'œil en attendant d'en savoir plus à son sujet.

3.

Le lendemain matin, lorsque Noelani pénétra dans la salle à manger, Nick, Jackson et Shelburne se levèrent d'un même mouvement pour l'accueillir. Seule Casey se contenta de l'observer par-dessus le bord de sa tasse de café, une expression lugubre dans les yeux.

— Il y a du café, du thé et du jus d'orange sur la desserte, lui indiqua Jackson. Si vous voulez des œufs, n'hésitez pas à en demander à Betty. Elle s'est installée dans la cuisine d'été en attendant que les réparations de l'autre soient terminées.

— Je me contenterai d'un café, répondit Noelani. Je ne suis pas une adepte du petit déjeuner.

Elle alla se servir et s'installa sur la chaise qui se trouvait près de celle de Casey. Celle-ci se décala instantanément, comme si la simple proximité de Noelani lui était insupportable.

— Vos champs ont l'air d'être très bien entretenus. A mon avis, le rendement sera extraordinaire. Quelle surface cultivez-vous ?

— Deux mille acres, répondit Casey en reposant brusquement sa tasse. Et les champs sont sous ma responsabilité. Duke me les a confiés avant de partir en voyage !

— Casey, dirent simultanément Jackson et Nick.

Mais Noelani refusait de la laisser s'en sortir à si bon compte.

— J'ai distinctement entendu M. Prescott déclarer que les champs, le moulin et la raffinerie se trouvaient sous notre responsabilité partagée, dit-elle sèchement.

— Peut-être que Duke n'avait plus toute sa tête, répliqua durement Casey.

— Si tu veux, suggéra alors Nick, je peux t'avancer de quoi racheter la part de Noelani.

— Pas question ! protesta-t-elle. Tu auras besoin de cet argent pour le nouveau casino et les chantiers navals. Sans compter que Moreau s'apprête à te laisser tomber…

— Casey a raison, coupa Jackson. C'est gentil à toi, Nick, mais nous nous débrouillerons. Alors, Noelani ? Où en êtes vous de vos réflexions ?

— Je compte rester le temps que les affaires reprennent et que nous générions suffisamment de cash pour que vous puissiez racheter ma part. J'ai rappelé Bruce cette nuit et il est d'accord. Il m'envoie même des vêtements en prévision de ce séjour prolongé.

— Est-ce que tu as de nouveau regardé les chiffres ? demanda Jackson à Prescott. Est-il vraiment impossible de racheter ces parts pour le moment ?

Shelburne reposa sur son assiette la gaufre généreusement recouverte de sirop d'érable dans laquelle il s'apprêtait à mordre.

— Selon moi, le peu de liquidités que vous avez devrait tout juste vous permettre de payer vos employés. Sans compter ceux de la raffinerie pour lesquels vous devrez certainement emprunter…

— Je ne comprends pas ! s'exclama Casey. Il y a au moins soixante-cinq propriétaires et exploitants qui utilisent la raffinerie et le moulin. Cela doit bien générer du cash, non ?

— Oui, reconnut Jackson. Mais il sert à rembourser les emprunts que nous avons contractés auprès de la banque pour payer les deux moissonneuses. Bien sûr, l'une d'elles sera remboursée mais l'assurance ne peut effectuer le versement avant la fin de l'enquête…

— D'accord, soupira Casey. Le seul point positif, je suppose, c'est que la récolte paraît prometteuse. Les hybrides que nous a confiés l'institut d'agronomie ont dépassé de loin nos espoirs, malgré le retard que nous avons pris.

A cet instant, une femme d'un âge indéterminé qui tenait entre ses lèvres une cigarette éteinte passa la tête par l'entrebâillement de la porte.

— Est-ce que vous voulez quelque chose avant que je ne fasse cuire le pain pour ce midi ? demanda-t-elle avec un accent du Sud à couper au couteau.

— Je ne crois pas, Betty, répondit Jackson. Noelani ?

— Non, merci.

— Betty, je te présente notre… Enfin, Noelani Hana… Elle séjournera à la maison jusqu'à l'Epiphanie, puisque c'est à cette date que nous envoyons la récolte à la raffinerie.

— Je mange de tout, sauf de la viande, précisa la jeune femme.

— Eh, ce n'est pas un restaurant ici ! s'exclama vertement Betty.

Noelani rougit jusqu'à la racine des cheveux, terriblement embarrassée.

— Ce n'est pas ce que je voulais dire, s'excusa-t-elle. Je voulais simplement signaler qu'il était inutile de prévoir une part pour moi au cas où vous en cuisineriez. Je me contenterai de salades, de légumes et de fruits.

— Pas de problème, déclara Jackson. Faites une liste pour Betty. Elle achètera ce dont vous aurez besoin chaque semaine.

— Bien, conclut Shelburne en se levant. Puisque vous n'avez plus besoin de moi, je vais vous laisser. Merci pour ces gaufres délicieuses, Betty. Même si je ne suis pas certain d'avoir eu raison d'en manger autant…

— C'est parce que vous ne faites pas assez d'exercice, décréta Betty en haussant les épaules.

Sur ce, elle disparut en direction de la cuisine.

— Au fait, j'ai parlé au shérif, remarqua alors Prescott. Il m'a dit qu'Harold Broderick leur donnait du fil à retordre. Apparemment, il a engagé un avocat d'élite de La Nouvelle-Orléans pour le défendre.

— Je ne pensais pas qu'il avait les moyens de s'assurer de tels services, observa Jackson, surpris.

— C'est peut-être grâce à la vente de la moissonneuse…

— A moins qu'il n'ait déjà plusieurs crimes de ce genre à son actif, observa Casey.

— Peut-être… Bon, je vous laisse. Inutile de me raccompagner, je connais le chemin.

— Moi aussi, je vais devoir y aller, déclara à son tour Casey. Il faut que j'aille faire la tournée des champs.

— J'aurais dû prendre ma voiture, soupira Nick en regardant sa montre. J'ai rendez-vous avec le décorateur que je pense engager pour rénover le casino.

— Je te déposerai, si tu veux, suggéra Jackson en allant remplir sa tasse. Je dois aller en ville vers 8 heures pour rencontrer plusieurs agriculteurs. Ensuite, je déjeune avec les responsables du lobby agricole. Je dois absolument les convaincre de procéder à des exemptions de charge si nous voulons rester concurrentiels à l'international. A moins qu'ils ne se décident à contrôler un peu mieux les quotas des exportateurs mexicains…

— Tu sais bien qu'ils n'en feront jamais rien, observa Casey en haussant les épaules.

— C'est vrai. Mais j'aimerais faire comprendre à nos amis haut placés que cela peut avoir des conséquences désastreuses.

— Et moi ? demanda alors Noelani. Que suis-je censée faire, aujourd'hui ?

— Coiffeur... Manucure ? suggéra Casey, moqueuse.

Noelani lui montra ses ongles coupés court.

— A Hawaii, le mot « Hana » signifie « travail ». Je refuse de rester assise à ne rien faire durant cinq mois alors que je possède trente-trois pour cent de notre entreprise.

En entendant cette dernière phrase, Casey manqua renverser son café.

— Je crois que j'ai justement une tâche à vous confier, déclara Jackson avant qu'elle ne puisse protester. Etant donné ce qui s'est passé récemment, nous n'avons pas encore pu organiser notre traditionnel barbecue. Je sais que nombre d'employés y sont attachés...

Il tendit à la jeune femme un dossier qu'elle parcourut rapidement des yeux.

— Vous voulez que j'organise un *luau* ? s'exclama-t-elle finalement.

Casey leva les yeux au ciel tandis que Nick et Jackson échangeaient un regard mi-amusé, mi-surpris.

— Eh bien, je ne sais pas ce qu'est un *luau*, répondit Jackson. Normalement, nous faisons cuire un cochon de lait à la broche pour fêter le début des moissons.

— Ah, il s'agit d'un *pua'a*, alors, déclara la jeune femme. Un porc rôti... Une pratique peu ragoûtante pour une végétarienne comme moi, mais si c'est la tradition...

— La seule différence avec Hawaii, je suppose, c'est la musique. D'ordinaire, nous faisons venir des groupes de musique cajuns ou zydeco. En tout cas, si vous avez besoin d'aide ou de conseils, n'hésitez pas à vous adresser à tante Esme.

— Où puis-je trouver un bureau ? demanda la jeune femme.

— Il y en a un qui a échappé aux flammes, dans la cuisine. Vous pouvez l'utiliser tant que cela ne gêne pas Adam. Sinon, il y en a un autre dans la chambre principale, à l'étage. Mais Tanya et Megan y passent pas mal de temps et cela risque de vous déranger si vous avez des coups de fil à passer. D'ailleurs, en parlant de Megan, j'ai promis d'aller lui lire une histoire avant de me rendre à ma réunion…

— Elle a l'air adorable. Est-ce que vous avez la garde à temps plein ou est-ce que vous la partagez avec sa mère ?

Jackson parut hésiter quelques instants.

— Je suppose que, puisque vous allez vivre avec nous, je ferais mieux de vous mettre au courant de la situation. Sa mère et moi ne nous sommes jamais mariés. Malheureusement, Janis s'est acoquinée avec de tristes personnages. Elle est aujourd'hui en prison. Si elle téléphone, il ne faut pas que vous lui passiez Megan. De façon générale, il vaut même mieux éviter de parler de sa mère…

— D'accord, acquiesça Noelani.

Intérieurement, elle ne put s'empêcher de penser : « Tel père, tel fils ». Apparemment, les hommes de la famille Fontaine avaient l'habitude de collectionner les enfants illégitimes. Il n'était pas étonnant, dès lors, que Megan semble si perdue. Noelani et elle avaient peut-être beaucoup de choses en commun…

Mais c'était peut-être injuste : apparemment, Jackson prenait très à cœur son rôle de père. Assez pour lire des histoires à sa fille avant de partir travailler. Peut-être valait-il un peu mieux que son propre père, après tout…

En attendant, elle décida d'aller voir si le bureau de la cuisine était disponible, ainsi que le lui avait dit Jackson. S'emparant de sa tasse de café, elle se dirigea d'un pas décidé dans cette direction. Si décidé, d'ailleurs, qu'une fois de plus elle manqua percuter Adam de plein fouet.

Il fit un bond en arrière mais pas assez rapidement pour éviter le café qu'elle renversa sur sa chemise.

— Je suis désolée ! s'exclama la jeune femme, gênée. J'espère que je ne vous ai pas brûlé…

Se penchant, elle posa sa tasse de café à terre et sortit un mouchoir de la poche de son short. Elle commença à essuyer le café qui maculait le cou et les bras d'Adam.

— Eh ! protesta-t-il. Vous frottez trop fort !

— Désolée, dit-elle en reculant un peu.

De nouveau, elle bouscula quelqu'un. Se retournant, elle constata qu'il s'agissait d'un homme aux cheveux blonds qu'elle ne connaissait pas.

— Excusez-moi, dit-elle, commençant à se sentir vraiment très maladroite.

— Il n'y a pas de quoi. Je suis Murray Dewalt, un voisin des Fontaine. Je vis à Woodlands, la propriété contiguë à la leur… Etes-vous l'une des employées d'Adam ? Si tel est le cas, je crois que je ferais mieux de changer de métier !

— Je m'appelle Noelani Hana, se présenta la jeune femme.

— Oh, vous êtes donc la proverbiale épine dans le pied de Casey…

— Pardon ? fit Noelani, stupéfaite par cette démonstration de franchise brutale.

— Je crois que tu ferais mieux d'y aller, remarqua Adam en souriant. Tu es en terrain miné…

— Apparemment… Bon, à plus tard, Adam. A bientôt, j'espère, ma jolie, ajouta-t-il à l'intention de la jeune femme.

— Murray, tu ferais mieux de prendre tes jambes à ton cou avant qu'elle ne t'étrangle ! s'exclama Adam en riant franchement, cette fois.

Mais Murray se contenta de s'éloigner en gloussant. Se penchant en avant, Adam ramassa le dossier que Noelani avait fait tomber en le percutant.

— Ne me dites pas que je vous ai surprise en train de dérober des documents importants de la famille Fontaine, plaisanta-t-il.

— Très drôle ! s'exclama-t-elle. Votre ami et vous êtes vraiment désopilants, vous savez...

— Murray n'est pas à proprement parler mon ami. Il est celui de Jackson et était celui de Casey très récemment encore. Malheureusement, il attendait plus d'elle et elle a repoussé ses avances...

— Je vois. Mais pour en revenir à ce dossier, Jackson m'a confié l'organisation du barbecue traditionnel. Ce dossier contient les adresses de différents traiteurs et groupes folkloriques.

Prenant ledit dossier des mains d'Adam, elle réalisa que ce dernier observait avec attention les longues jambes bronzées que dévoilait le short qu'elle portait ce jour-là. Finalement, il poussa un sifflement admiratif.

— Oh, ça suffit, protesta la jeune femme, secrètement flattée. Tâchez de grandir un peu...

— Dieu me garde de grandir si c'est pour ne plus pouvoir apprécier à leur juste valeur une paire de jambes féminines.

— En attendant, j'étais venu vous demander la permission d'utiliser le bureau de la cuisine pour préparer ce barbecue. Mais je vois que vous l'utilisez... Je ferais peut-être mieux de m'installer dans la chambre, à l'étage.

— Non, non, ce n'est pas la peine, protesta galamment Adam. Vous ne me dérangerez pas du tout. Je vais mettre tout cela sur le plan de travail.

A ce moment précis, une succession de bruits sourds se fit entendre au-dessus de leur tête.

— Qu'est-ce que c'est que cela ? demanda la jeune femme, surprise. On aurait dit une troupe d'éléphants...

— Ce sont les couvreurs. Ils arrachent tous les bardeaux brûlés. Avec un peu de chance, ils auront même le temps d'installer les plaques d'isolation. Comme cela, dès demain, nous commencerons à poser le nouveau toit.

La jeune femme contempla les bardeaux qui étaient posés sur la pelouse.

— C'est incroyable, constata-t-elle. Ils ressemblent trait pour trait aux anciens.

— C'est bien le but, mon ange ! Lorsque j'en aurai fini avec cette maison, elle ressemblera exactement à ce qu'elle était avant l'incendie.

— Dites, est-ce que mon nom est trop dur à prononcer pour vous, Adam ? demanda sèchement la jeune femme. No-é-la-ni. Ce ne sont que quatre syllabes...

— Et un très joli nom. On le dirait tout droit sorti de « Hawaii », le livre de James Michener...

— En réalité, ma mère m'a donné le nom de l'endroit où elle avait rencontré mon père. Et j'avoue que je préférerais de loin porter le prénom d'une héroïne de Michener !

— Est-ce que vous avez un jour appelé votre père pour lui dire à quel point vous lui en vouliez ? demanda Adam, curieux.

— Non, répondit-elle en haussant les épaules comme si cette simple idée était parfaitement ridicule.

— Cela aurait peut-être atténué la rancœur que vous éprouvez à son égard et qui se manifeste dans vos relations avec les autres...

— Merci pour cette brillante psychanalyse, monsieur Ross ! s'exclama Noelani, moqueuse. Mais je suis certaine que vous avez mieux à faire que de sonder les mouvements occultes de ma psyché.

— Aïe ! On dirait que je vous ai touché là où ça fait mal...

— Vous n'avez rien touché du tout, protesta vivement la jeune femme. Vous ne savez rien de moi et vous n'avez aucune idée de ce que j'ai pu ressentir étant jeune.

Adam leva les mains en signe d'impuissance.

— C'est vrai, reconnut-il. Mais vous pourrez me l'expliquer aussi longuement que vous l'estimerez nécessaire au cours d'un dîner. Que diriez-vous d'un repas au restaurant ? Je parie que vous n'avez jamais mangé d'alligator frit. Je connais un délicieux restaurant cajun près de la rivière...

— Je suis végétarienne.

— Eh bien, vous prendrez une salade de crabe. Eh ! Ne me regardez pas comme cela ! Ce n'est pas de la viande !

— Là n'est pas la question ! Ne vous est-il pas venu à l'esprit que je pourrais ne pas avoir envie de dîner en votre compagnie ?

— Eh bien, maintenant que vous le dites... Dois-je en déduire que quelque chose vous a déplu au cours de notre promenade d'hier ?

Noelani lui jeta un regard noir. Puis, sans répondre, elle récupéra sa tasse de café, se détourna et sortit de la cuisine sous le regard médusé d'Adam.

Il la regarda disparaître, se demandant quelle erreur il avait bien pu commettre. Après tout, sortir en sa compagnie aurait dû être pour elle une bénédiction. Le dîner de la veille avait été un véritable calvaire et, visiblement, le petit déjeuner ne s'était guère mieux déroulé.

En effet, en sortant de la maison d'amis où il résidait, il avait entendu Casey déclarer à Nick que son frère était un faible et qu'il se montrait beaucoup trop gentil envers Noelani.

Pourtant, elle avait repoussé toutes ses tentatives de conciliation. Bien sûr, cela n'aurait pas dû le déranger autant que cela : après tout, il avait assez de travail pour se tenir occupé jusqu'à la fin de son séjour à Bellefontaine. Il n'avait aucune raison de perdre son temps avec une femme dotée d'un si mauvais caractère…

Hélas, les choses n'étaient jamais aussi simples et il se sentait terriblement frustré par la réaction de la jeune femme. A croire qu'il lui avait suffi d'une soirée pour l'envoûter…

Noelani gagna le bureau qui se trouvait à l'étage et disposa sur sa table de travail les informations que lui avait transmises Jackson. Il y avait là plusieurs listes établies au cours des années précédentes : des traiteurs, des éleveurs susceptibles de fournir un cochon de lait, des groupes folkloriques…

Alors qu'elle les passait en revue, elle entendit un son étouffé qui provenait de derrière le canapé. Se levant précautionneusement, elle gagna sur la pointe des pieds l'autre bout de la pièce, se demandant quelle était l'origine de ce bruit.

A sa grande surprise, elle se retrouva nez à nez avec Megan qui sanglotait doucement, serrant contre elle une poupée de chiffon démantibulée. Apparemment, personne ne s'était préoccupé de savoir où se trouvait la fillette…

— Megan ? murmura la jeune femme. C'est Noelani. Nous nous sommes rencontrées, hier soir…

Craignant d'effrayer l'enfant en se penchant par-dessus le canapé, Noelani le contourna et s'agenouilla devant elle. Elle se tenait suffisamment loin pour ne pas paraître menaçante mais assez prêt pour pouvoir réconforter la fillette en cas de besoin.

Megan se contenta d'étreindre un peu plus fortement sa poupée. Elle portait un pyjama rose et des chaussons en forme de lapins. Ses beaux cheveux ondulés étaient encore tout emmêlés, comme si elle sortait tout juste de son lit.

— Ça ne va pas ? demanda gentiment Noelani.

Megan secoua la tête sans répondre.

— Tu n'arrives pas à dormir ?

De nouveau la fillette fit non de la tête.

— Je ne suis pas très bonne pour les devinettes, lui dit Noelani. Tu devrais me dire pourquoi tu pleures. Je pourrais peut-être t'aider…

— Je suis descendue dire au revoir à papa, dit Megan d'une voix hachée par les sanglots. Et j'ai trouvé Emmylou dans la poubelle !

— Qui est Emmylou ? demanda Noelani.

— Ma poupée… C'est maman qui me l'a donnée. Je l'avais perdue et Tanya m'a dit qu'elle était partie. Elle a dit que je pouvais dormir avec celle que papa m'avait offerte à la place. Mais je ne veux pas. Elle est dure alors qu'Emmylou est toute douce…

Apparemment, quelqu'un avait essayé de se débarrasser de la poupée. Noelani se demanda s'il s'agissait de Jackson qui semblait éprouver une certaine rancœur vis-à-vis de la mère de la fillette.

Mais ce pouvait être également la faute de Tanya. Elle devait savoir ce que pensait Jackson et, ayant visiblement un faible pour lui, elle avait peut-être cherché à lui rendre service en jetant cette poupée qui rattachait encore Megan à sa mère…

— Est-ce que ton papa est venu te faire la lecture, ce matin ? demanda Noelani.

Megan hocha la tête et, plaçant sa poupée sous son bras, elle tendit à la jeune femme un livre qui était posé à côté d'elle.

— C'est lui qui m'a réveillé. Ensuite, il m'a lu la moitié de l'histoire avant de partir travailler.

— *Les Contes du Dragon*, lut Noelani. Tu sais que c'est un de mes livres favoris ? Tu veux que je te lise la fin de l'histoire ?

Megan sourit, enthousiaste, et tendit l'ouvrage à la jeune femme.

— Je crois que nous ferions mieux de nous installer sur le canapé, remarqua Noelani. Ce sera plus confortable et il y aura plus de lumière.

L'enfant parut hésiter quelques instants puis se leva et alla s'asseoir à un bout du divan. Noelani prit place à l'autre extrémité, près de la lampe, et, après avoir trouvé l'endroit où Jackson avait interrompu sa lecture, elle la reprit.

Petit à petit, Megan se rapprocha d'elle jusqu'à finir nichée contre Noelani qui contrefaisait successivement les voix des différents personnages, se laissant emporter par le livre.

Dix minutes plus tard, la méfiance de Megan avait fondu comme neige au soleil et toutes deux riaient de bon cœur.

C'est alors qu'elles furent rejointes par Tanya Carson qui paraissait passablement alarmée.

— Megan ! s'exclama-t-elle. Tu m'as fait une peur bleue ! Qu'est-ce qui t'a pris de disparaître comme cela ? C'est l'heure de t'habiller et d'aller prendre ton petit déjeuner. Mais… Je vois que tu as retrouvé ce morceau de chiffon…

Tanya jeta un regard accusateur à Noelani tandis que la fillette se rapprochait d'elle, serrant la pitoyable poupée contre elle comme pour la défendre.

— Moi, je pense que Megan a de la chance d'avoir retrouvé son jouet préféré, dit Noelani.

— Mais Jackson lui a offert une poupée toute neuve avec des beaux cheveux blonds, des yeux qui bougent et plein de vêtements pour l'habiller, expliqua la nourrice. Et je suis sûr qu'il aimerait beaucoup voir Megan jouer avec…

— La seule chose que désire Jackson, c'est qu'elle soit heureuse, répondit gravement Noelani. Ce matin même, il m'a demandé si je n'avais pas vu la poupée de Megan, ajouta-t-elle avec aplomb.

— Vraiment ? s'exclama Tanya, stupéfaite.

Noelani hocha la tête avant de se tourner vers Megan en souriant.

— Ma chérie, il y a une trousse de couture dans ma chambre. Si tu me laisses Emmylou pendant que tu vas t'habiller avec Tanya, j'essaierai de la réparer.

— Je doute que vous puissiez accomplir un tel miracle, fit observer Tanya, dubitative.

— Allons ! Vous seriez surprise de voir ce que peut faire un peu de chirurgie plastique ! Alors, Megan ? Qu'est-ce que tu en penses ?

La fillette embrassa sa poupée avant de la tendre cérémonieusement à la jeune femme.

— S'il vous plaît, prenez bien soin d'elle, dit-elle. Je ne veux pas qu'Emmylou disparaisse très loin d'ici, comme maman.

Sur ce, Megan sauta au bas du canapé et se dirigea vers la porte, suivie par Tanya. Noelani se sentit brusquement envahie par une infinie compassion à l'égard de la fillette privée de la présence de sa mère.

Se rendant dans sa propre chambre, elle décida d'en parler à son demi-frère. Megan avait le droit à des réponses honnêtes au sujet de sa mère. Elle devait savoir que celle-ci ne l'avait pas abandonnée. Noelani était bien placée pour comprendre quels dégâts psychologiques le silence de l'un des parents au sujet de l'autre pouvait entraîner. A terme, il n'en résultait que frustration, défiance et rancœur...

Après avoir retrouvé son nécessaire à couture, la jeune femme s'attaqua à la réparation de la poupée. Elle raccommoda un certain nombre de déchirures et d'accrocs avant de se retrouver confrontée au problème principal : Emmylou avait perdu l'un des boutons qui lui tenaient lieu d'yeux.

Les seuls qui correspondaient étaient ceux de la veste noire qu'elle avait portée le jour de son arrivée. Après un instant d'hésitation, elle décida qu'Emmylou avait plus besoin de ces boutons qu'elle-même et en décousit deux qu'elle fixa sur le visage de la poupée.

Elle considéra ensuite son œuvre d'un œil critique. Avec de la feutrine, elle aurait pu refaire les chaussures et, avec de la laine, elle aurait pu rajouter quelques cheveux. Mais elle ne disposait d'aucun de ces composants.

Se dirigeant vers la porte, Noelani l'ouvrit et se retrouva nez à nez avec Megan qui s'apprêtait justement à frapper. Juste derrière elle se tenait Tanya qui paraissait légèrement exaspérée.

— Megan refuse de prendre son petit déjeuner sans sa poupée, expliqua-t-elle. Et Betty va encore piquer une crise si nous la faisons attendre.

— Tiens, fit Noelani en tendant Emmylou à la fillette. Elle va beaucoup mieux, maintenant.

— Oh ! Vous lui avez trouvé un nouvel œil ! s'exclama Megan, ravie. Merci ! J'avais peur qu'elle ne voie pas bien sans lui...

— Il n'y a pas de quoi, ma puce. A l'occasion, je passerai en ville pour acheter de la laine et lui refaire de beaux cheveux. Ça la rendra encore plus jolie.

Megan acquiesça gravement, serrant contre elle sa poupée retrouvée.

— Emmylou, dit-elle, il est l'heure d'aller manger.

Sur ce, elle dévala les escaliers, suivie de près par Tanya. Noelani les regarda disparaître en souriant.

— C'était vraiment une bonne idée, dit quelqu'un, juste derrière elle. C'est la première fois que je vois Megan aussi heureuse.

Se retournant, Noelani fit face à Adam Ross qui se tenait à quelques pas de là, adossé à l'un des murs du couloir, les mains dans les poches.

— Est-ce que c'est une habitude chez vous d'apparaître par surprise ? D'où est-ce que vous sortez ?

— Je suis passé par l'escalier de service. Je venais vous chercher… Jackson a appelé dans la cuisine en pensant vous y trouver. J'ai passé l'appel dans son bureau mais vous n'y étiez pas non plus. Il vous sera très reconnaissant pour ce que vous avez fait, vous savez. Il se fait beaucoup de souci pour sa fille. Mais ne soyez pas trop dure avec Tanya : elle s'occupe bien de la petite. D'ailleurs, c'est probablement Tante Esme qui a jeté la poupée : elle s'efforce par tous les moyens de faire oublier à Megan ses origines.

— Mais cela lui fait du mal ! protesta Noelani. Jackson devrait la convaincre d'arrêter… A propos, que me voulait-il ?

— Tenez, fit Adam en lui tendant un message. Nick lui a dit que le White Gold avait un groupe de musique cajun qui conviendrait parfaitement au barbecue. Jackson pense que vous devriez les contacter. Apparemment, ils ne sont pas trop chers.

66

— Qu'est-ce que c'est, ce White Gold ? Un bar ?

— Non, un bateau casino. Le métier de Nick, c'est de faire construire ce genre de club, d'équiper et de former le personnel.

— Bien, je contacterai donc Nick.

— Ce ne sera pas nécessaire. Le groupe joue ce soir même. Je vous accompagnerai là-bas, si vous voulez…

La jeune femme hésita, se demandant si elle ne ferait pas mieux de prendre un taxi. Adam n'avait pas fait mystère du fait qu'il la trouvait attirante et elle ne tenait pas à ce qu'il y ait la moindre ambiguïté entre eux.

D'un autre côté, la perspective de passer une soirée seule au casino ne lui souriait guère.

— Si vous êtes sûr que cela ne perturbera pas votre programme, répondit-elle, je suis d'accord.

— Pas de problème ! De toute façon, je ne peux pas faire grand-chose tant que le toit ne sera pas terminé et que le bois des futurs placards ne sera pas arrivé. Avec un peu de chance, je commencerai la semaine prochaine…

— Vous croyez que je peux y aller avec un jean blanc ? Je n'avais pas prévu de rester très longtemps et ma garde-robe est encore assez restreinte. J'ai dû demander à Bruce de m'envoyer le reste de mes habits…

— Qui est Bruce ? Votre petit mi ?

— Je ne crois pas que cela vous regarde, répondit Noelani en haussant un sourcil. Mais, pour votre information, Bruce doit avoir l'âge qu'avait Duke. Je travaille pour lui, comme ma mère avant moi et une bonne partie des habitants de la ville. Il gère la principale plantation de canne à sucre de la région…

— Alors vous aussi, vous travaillez dans le sucre ? Que faites-vous, exactement ?

— Je supervise la raffinerie de Bruce. J'ai informatisé une grande partie de la chaîne pour accélérer le processus et je travaille actuellement sur l'optimisation de ces programmes.

— Impressionnant, commenta Adam. Est-ce que Casey et Jackson savent que vous avez ce genre de compétences ? Dans ce cas, ils vous laisseraient peut-être vous occuper de la raffinerie plutôt que d'organiser un barbecue. Remarquez bien que j'adore les barbecues...

— Je n'en doute pas, répondit Noelani d'un air entendu.

— Qu'est-ce que c'est censé vouloir dire ?

— Que je vous imagine très bien faisant la fête !

— Vous vous trompez. Je dois être l'une des personnes les plus sobres de toute la région.

— C'est ça...

— C'est vrai, protesta Adam. Mon père est parti pour le Viêt-nam alors que j'étais encore très jeune et je me suis retrouvé dans la peau du chef de famille. Puis nous avons appris que son avion s'était écrasé et qu'il avait disparu. Ma mère l'a très mal vécu... Et plus le temps passait, plus c'était difficile pour elle.

— C'est horrible, murmura Noelani. Est-ce qu'ils ont fini par le retrouver ?

— Non. Il a été porté disparu. Mais la Marine suppose qu'il est mort...

C'est aussi ce que pensait sa propre mère, dans ses moments de lucidité, songea Adam en jouant nerveusement avec la croix en or qu'il portait autour du cou. Hélas, ces moments n'étaient pas aussi fréquents qu'il l'aurait souhaité.

— Certains matins, avoua-t-il, je me réveille encore en me disant que papa va brusquement réapparaître...

Noelani posa doucement sa main sur le bras d'Adam, le regardant gravement droit dans les yeux.

— Vous n'êtes pas obligé d'en parler, lui dit-elle. Je vois que cela vous fait souffrir. Et je vous comprends. Moi-même, pour de tout autres raisons, je n'aime pas parler de mon père. Dites-moi à quelle heure nous pourrons partir pour le White Gold.

— Je suis sûr que Betty sera heureux d'avoir deux couverts de moins pour le dîner, répondit Adam. Vous vous souvenez de cet endroit dont je vous ai parlé hier ? Celui où l'on mange de l'alligator ? Il est situé non loin du casino. Nous pourrions aller y manger lorsque vous aurez vu le groupe.

— Je ne compte toujours pas manger d'alligator, répondit la jeune femme en souriant. Mais je suppose que je pourrai quand même y trouver quelque chose à me mettre sous la dent…

— Très bien ! s'exclama Adam, enthousiaste. Dans ce cas, je vais aller prévenir Betty. Retrouvons-nous dans l'entrée à 6 heures, d'accord ?

— Comptez sur moi.

Adam lui adressa un radieux sourire et dévala les escaliers en fredonnant gaiement. Noelani se détourna et regagna le bureau de Jackson, bien décidée à tout mettre en œuvre pour prouver aux Fontaine ce dont elle était capable.

Elle avait bien l'intention de faire de ce barbecue l'un des plus mémorables qui se soit jamais déroulé à Bellefontaine.

4.

Les pluies récentes avaient rendu les eaux du Mississipi plus grises et plus boueuses que jamais. Le long des berges, la température était plus élevée et l'humidité plus étouffante encore. Dans le ciel d'un bleu si profond qu'il en paraissait noir, la lune énorme et pâle brillait de tous ses feux.

Noelani avait l'impression de se trouver dans un autre monde, à la veille d'une prodigieuse aventure, et cette sensation faisait courir sur sa peau mille petits frissons.

— C'est curieux, observa-t-elle. Ici la lune apparaît voilée, comme si on la voyait à travers une fine pellicule de gaze. A Hawaii, on la voit beaucoup plus clairement…

— Auparavant, la beauté de la lune au temps des moissons dans le Sud était réputée, répondit Adam. Mais de nombreuses raffineries de pétrole se sont installées le long de la rivière. C'est la fumée qu'elles dégagent qui produit cet effet de voile. Evidemment, les fermiers et les habitants se plaignent de cet état de fait mais les autorités sont trop attachées aux revenus générés par l'activité pétrolière pour faire quoi que ce soit…

— Est-ce que cette pollution serait susceptible de chasser les cultivateurs de canne à sucre ? demanda Noelani en pensant à l'essor que prendrait alors l'agriculture à Hawaii.

— Je ne sais pas. Vous devriez poser la question à Jackson et Casey.

— Tout de même il serait dommage que les champs de canne à sucre disparaissent de Louisiane comme c'est en train d'arriver à Hawaii. En ce qui me concerne, j'ai bien l'intention de rendre à la plantation de Bruce son importance d'autrefois... Mais je m'emporte. Je ne suis pas sûre que tout cela vous intéresse...

— Au contraire... C'est donc pour cela que vous êtes venue chercher votre part de l'héritage ?

— C'est exact, répondit Noelani.

Ils arrivèrent alors devant le White Gold, un imposant bateau muni de roues à aubes qui était amarré à l'un des quais. De nombreuses personnes attendaient devant la passerelle qui menait à l'entrée.

— Est-ce que tous ces gens sont venus pour écouter le groupe ? demanda la jeune femme comme ils descendaient de voiture pour s'approcher de la petite foule.

— Ils sont là pour jouer, répondit Adam. La musique et l'alcool ne servent principalement qu'à les retenir et à leur offrir une ambiance festive.

— Est-ce que vous êtes joueur ? demanda Noelani, curieuse.

— Non, j'ai vraiment mieux à faire de mon argent. Mais n'hésitez pas à jouer si vous en avez envie...

— A vrai dire, je ne suis jamais allée dans un casino et je ne saurais même pas comment procéder. Et puis, je suis d'accord avec vous : il est trop difficile de gagner de l'argent pour le dilapider aussi rapidement...

Quelques minutes plus tard, ils pénétrèrent dans l'enceinte du casino. On entendait des voix et des rires qui se mêlaient à la musique et aux cliquetis des machines à sous et des pièces qui tombaient parfois en pluie.

Quelqu'un bouscula Noelani qui dut s'appuyer contre Adam pour ne pas tomber. En temps normal, elle se serait écartée aussitôt mais le contact du torse musclé d'Adam la troubla et elle resta contre lui quelques instants de plus qu'il n'était réellement nécessaire.

Adam passa un bras protecteur autour de ses épaules.

— Eh bien, il y a un monde fou, ce soir ! s'exclama-t-il joyeusement. Voyons si nous pouvons nous frayer un chemin jusqu'aux escaliers. Le groupe joue à l'étage…

Noelani se laissa entraîner dans cette direction, se sentant terriblement bien dans ses bras. Il se dégageait d'Adam une impression de force et de solidité qui avait quelque chose de rassurant.

Lorsqu'ils atteignirent le pont supérieur, la foule se fit moins dense et Adam relâcha son étreinte, au grand regret de la jeune femme. Dans la salle où ils se trouvaient, les tables de jeu avaient remplacé les machines à sous. Un bar magnifique occupait un bout de la salle tandis que, de l'autre côté, se dressait une scène sur laquelle cinq musiciens jouaient des airs entraînants.

— Tiens, Nick et Casey sont ici, remarqua Adam. Je me demande pourquoi.

Prenant la main de Noelani pour être sûr de ne pas la perdre, il l'entraîna malgré elle en direction de sa demi-sœur et de son mari. Nick était en pleine discussion avec un homme d'un certain âge. Il se contenta d'adresser un signe de tête à Adam et à Noelani avant de reprendre sa conversation.

— Nick, protesta son épouse, tu as dit que cela ne prendrait qu'une minute…

— Tu es donc si pressée ? demanda Adam en souriant d'un air malicieux.

Casey se contenta de hausser les épaules sans répondre à sa question.

— C'est vrai, intervint Noelani. Chaque fois que je vous vois, vous paraissez pressée de me fuir… Pourtant, j'ai une question à vous poser au sujet de votre moissonneuse.

— Que voulez-vous savoir ? demanda Casey un peu sèchement.

— Je voudrais connaître la marque et le modèle de cette machine pour pouvoir commander une brochure. Je me suis tellement concentrée sur la rentabilité de la raffinerie que je n'ai pas eu le temps de me préoccuper de celle de la récolte. Je sais qu'à Hawaii, lorsqu'il pleut, nous sommes obligés d'arrêter le travail. Or, quand je suis arrivée, il pleuvait des cordes mais Adam m'a dit que vous étiez en train de récolter…

— Vous vous intéressez vraiment à ces questions ? demanda Casey d'un air dubitatif.

— Je vous l'ai dit, je travaille pour une plantation. Autrefois, Hawaii était l'un des leaders mondiaux de l'exportation de sucre. C'est d'ailleurs la raison pour laquelle votre père est venu dans l'île : il voulait étudier les espèces cultivées et les techniques agricoles…

— Laissez mon père en dehors de cela, s'exclama vivement Casey.

— Comme il m'a lui-même laissée en dehors de sa vie ? ironisa Noelani.

— Mesdames, je vous en prie, intervint Adam.

Nick jeta un coup d'œil de leur côté.

— Noelani, le groupe va faire une pause. Vous pourriez en profiter pour leur parler, si vous voulez… Adressez-vous à l'accordéoniste. C'est lui qui gère leur emploi du temps.

— Pourquoi voudrait-elle leur parler ? demanda Casey, surprise.

— Vous avez la mémoire courte, repartit Noelani. Avez-vous oublié que Jackson m'a confié l'organisation de votre *pua'a* annuel ?

— De notre quoi ?

— De votre barbecue…

— Ah, oui, c'est exact… Nick, j'aperçois Viv, Luc et Murray. Nous devrions aller les rejoindre. D'autant que tu avais promis à Luc de lui présenter M. Dardenne…

Sans plus prêter aucune attention à sa demi-sœur, elle entraîna son époux et Dardenne en direction d'un petit groupe de gens qui se trouvait du côté de l'entrée. Parmi eux, Noelani reconnut Murray Dewalt, le voisin qu'elle avait rencontré le matin même dans la cuisine.

Près de lui se trouvait un homme grand et très beau, portant un étui de guitare fatigué. A son bras se tenait une jeune femme blonde très mince et très distinguée dotée d'une silhouette de mannequin.

— C'est Viv, précisa Adam, la meilleure amie de Casey. Henry Dardenne, qui parlait avec Nick, envisage de racheter le White Gold à Guy Moreau, l'actuel propriétaire pour lequel Nick avait fait construire le casino. Luc est un musicien de jazz qui est résident ici. Dardenne tient à être sûr que, s'il rachète, Luc restera. Son groupe est très apprécié par les clients et il attire beaucoup de monde…

— A propos de groupe, remarqua la jeune femme, je ferais peut-être mieux d'aller parler à cet accordéoniste. Si vous voulez bien m'excuser…

Adam hocha la tête et la suivit des yeux tandis qu'elle s'éloignait en direction de la scène. Après quelques secondes d'hésitation, il se dirigea vers Nick qu'il entraîna un peu à part après avoir salué les nouveaux arrivés.

— Tu sais, lui dit-il, je comprends que Casey souffre de la disparition de ses parents. Mais il faut qu'elle regarde les choses en face : ce n'est pas Noelani qui a rédigé le testament de Duke…

— Peut-être, répondit Nick, mais mets-toi à sa place : pendant des années, elle s'est démenée pour que Bellefontaine produise la meilleure canne à sucre de Louisiane. Elle l'a fait principalement pour son père et, aujourd'hui, il est mort. Pire, il est tombé du piédestal sur lequel elle l'avait placé… Sans compter que Casey a fait une fausse couche la veille même de l'ouverture du testament…

— Oh, Nick, je suis désolé… Mais ne crois-tu pas qu'elle aurait justement besoin du soutien d'une sœur, dans un moment pareil ?

— Elle a surtout besoin de temps pour remettre de l'ordre dans ses idées… Et, franchement, je regrette que ni Jackson ni elle ne me laissent leur avancer l'argent dont ils auraient besoin pour se débarrasser de Noelani.

— Pour se débarrasser d'elle ? répéta Adam, choqué. On se croirait dans un film sur la mafia…

— Allons, tu vois parfaitement ce que je veux dire… Si Dardenne signe ce soir, j'aurai assez pour leur faire ce prêt. Par contre, il y a une chose qui m'échappe, dans cette histoire : pourquoi est-ce que, toi, tu t'impliques là-dedans, Adam ?

— Parce que j'ai un point de vue extérieur sur toute cette histoire et que je me rends compte du fait que Jackson et Casey ont été très privilégiés, dans cette histoire : ils ont pu grandir auprès de leur père en étant sûrs de son amour. Noelani, au contraire, a dû se débrouiller sans lui.

— Sans doute… Mais ce n'est pas pour autant que tu parviendras à faire naître entre eux un amour fraternel qui n'existe pas.

— Moi, peut-être pas. Mais Casey t'écoutera, toi. Et cela ne ferait pas de mal si tu disais parfois des choses agréables sur le compte de Noelani…

— J'y penserai, acquiesça Nick. Mais tâche quant à toi de ne pas oublier qui t'a engagé…

— Je le sais parfaitement, répliqua Adam, un peu froissé par cette remarque.

— Vraiment ? Est-ce pour cela que tu te promènes au bras de celle que les Fontaine considèrent comme leur ennemie ?

— Mais Noelani n'est pas leur ennemie, protesta Adam avec une pointe d'exaspération. D'ailleurs, c'est Jackson qui m'a demandé de l'accompagner…

Nick haussa les épaules et se détourna sans ajouter un mot. Adam fut tenté de le rattraper et de plaider une fois encore la cause de la jeune femme, mais il repensa à ce que Nick lui avait dit : il travaillait pour le compte des Fontaine. Et s'il se montrait trop ardent défenseur de Noelani, il risquait de perdre ce chantier. Ce qui signifiait qu'il ne pourrait jamais racheter Magnolia Manor…

Quelques pas derrière lui, Noelani s'était immobilisée, le cœur battant à tout rompre. Elle avait assisté à l'échange entre Nick et Adam. Ce que le mari de Casey avait dit sur son compte l'avait choquée mais pas autant que l'aveu qu'avait fait Adam.

Ainsi, il n'était venu avec elle que pour obéir à Jackson…

Peu à peu, la tristesse et la honte cédèrent la place à la colère et elle serra les dents.

A ce moment précis, Adam se retourna, comme s'il venait de sentir sa présence.

76

— J'ai signé avec le groupe pour cent dollars de moins que Jackson, l'année dernière. Vous pouvez lui rapporter cette nouvelle : je suis sûr qu'il en sera enchanté…

Adam pâlit, réalisant qu'elle l'avait entendu. A voir la colère qui couvait dans ses yeux, il comprit que rien de ce qu'il pourrait dire ne permettrait d'arranger les choses.

— Alors vous êtes prête à rentrer, je suppose, murmura-t-il en détournant les yeux.

Noelani hocha la tête. Apparemment, Adam avait renoncé à l'emmener dîner. C'était peut-être parce qu'il se sentait coupable ou bien parce qu'il jugeait qu'il était inutile de faire semblant, désormais.

Lorsqu'ils passèrent devant Casey et ses amis, ceux-ci firent mine de ne pas les voir. Il n'y eut ni signe de la main ni sourire, pas un geste qui indiquât que les deux groupes se connaissaient.

Comme ils arrivaient en vue de la sortie, ils assistèrent à une scène étonnante. Les agents de sécurité du casino avaient attrapé un homme à l'aspect échevelé qui avait visiblement bu plus que de raison.

— Otez vos pattes de là ! s'exclama-t-il. Je suis un employé de Duke Fontaine… Du moins je l'étais. J'ai cru comprendre que c'est son gendre qui dirige cet endroit. Sa femme me doit pas mal de pognon…

Sur ce, il essaya d'attraper un verre de whisky qui se trouvait sur le plateau d'une serveuse qui passait juste devant lui.

— Qui est-ce ? demanda Noelani à Adam. Vous avez entendu ce qu'il a dit au sujet de Duke ?

Adam hocha la tête et se fraya un chemin jusqu'à l'homme qui avait apparemment entendu les questions de Noelani et se tourna vers eux.

— J'm'appelle Chuck Riley, articula-t-il d'une voix pâteuse. Vous voulez savoir comment je connais Duke Fontaine ? C'est moi qui ai appris à ce salaud à piloter ! J'ai été jusqu'en Europe avec lui et sa femme. Et là, qu'est-ce qu'il fait ? Il prétend que j'ai perdu la main et refuse de me laisser voler ! Mais, franchement, je vous le demande : lequel de nous deux y est-il resté ?

Les deux gardes immobilisèrent Chuck alors qu'il essayait de s'enfuir de nouveau.

— Désolé pour le dérangement, mademoiselle, dirent-ils à Noelani.

Ils entraînèrent alors Riley vers un bureau. Lorsque la porte s'ouvrit, Noelani aperçut à l'intérieur Nick, Casey et plusieurs autres personnes qui paraissaient assez inquiètes. Apparemment, quelqu'un avait dû monter pour les avertir de la situation…

— Vous avez entendu ce qu'il a dit ? demanda Noelani à Adam d'une voix mal assurée tandis qu'ils sortaient du casino pour gagner la voiture d'Adam.

— Ce type était complètement ivre, déclara-t-il en haussant les épaules. Je doute fort que Duke Fontaine se soit acoquiné avec des personnes dans son genre…

— Apparemment, Nick et Casey ont l'air de prendre les choses au sérieux, observa la jeune femme.

— Si c'est le cas et que Riley était vraiment un employé de la famille, Casey et Jackson le paieront. Ils sont très réglo pour ce genre de chose…

— Je suppose que vous êtes bien placé pour en parler, remarqua Noelani d'un ton mordant.

— Ecoutez, il faut que vous cessiez de vous montrer toujours aussi agressive. Je sais que Casey ne fait rien pour faciliter les choses mais elle serait peut-être moins dure avec vous si vous étiez plus souple. Mais je suppose que

78

vous en êtes incapable. Après tout, vous aussi, vous êtes une Fontaine…

— Je suis une Hana ! protesta vertement Noelani. Ma mère n'a jamais inscrit le nom de Fontaine sur mon acte de naissance !

— Dois-je en déduire que vous refusez son nom alors que vous êtes prête à accepter son argent ?

Tout en discutant, ils étaient arrivés à la voiture d'Adam. Celui-ci ouvrit la portière de Noelani qui entra et la claqua violemment derrière elle. Sans se laisser démonter, il fit le tour et s'assit au volant.

— Bouclez votre ceinture, conseilla-t-il. Le restaurant est à deux kilomètres.

— Même si je mourais de faim, je refuserais catégoriquement de dîner avec vous ! s'exclama la jeune femme, furieuse.

— Eh bien, pas moi. D'ailleurs, je suis affamé après cette longue journée de travail…

— Très longue, en effet, railla-t-elle. J'espère que Jackson vous paie les heures supplémentaires.

Adam accusa le coup. Il démarra et tous deux restèrent quelques instants silencieux.

— Bon sang, Noelani, soupira-t-il enfin. Je suis désolé. Nick m'a mis en colère et je passe mes nerfs sur vous… Pardonnez-moi…

— Ça ne fait rien.

— Si. Je me conduis comme un imbécile.

— Cela, je ne chercherai pas à le nier, répondit-elle, sarcastique.

— Nick m'a rappelé un peu durement que les affaires de la famille Fontaine ne me concernaient pas. Il a raison… Mais cela ne m'empêche absolument pas de vous inviter à dîner. D'autant que nous sommes presque arrivés…

La jeune femme ouvrit la bouche pour protester et lui demander de la ramener à Bellefontaine mais son estomac ne l'entendait apparemment pas de cette oreille et il émit un gargouillis impatient.

— D'accord, soupira-t-elle, vaincue. J'avoue, que moi aussi, je suis affamée.

Tandis qu'il se garait sur le parking du restaurant, Adam ne put s'empêcher de sourire. Mais, en sortant de la voiture, il recouvra brusquement son sérieux. Il se sentait coupable pour avoir été aussi dur envers la jeune femme.

Il ne s'était pas non plus montré très juste envers Nick. Il savait que la famille Fontaine traversait une période très difficile et aurait certainement dû garder ses critiques pour lui-même. Après tout, il avait beau jeu : étant extérieur à tous leurs problèmes, il lui était facile de se montrer raisonnable...

Mais il n'avait pas supporté les menaces à peine voilées de Nick. Il avait passé trop de temps à courtiser des gens fortunés et puissants dans l'espoir d'amasser l'argent qui lui permettrait de racheter Magnolia Manor. Ce genre d'attitude le dégoûtait profondément.

Le pire, c'était que Nick n'aurait probablement jamais mis ses menaces à exécution... Il venait d'un milieu modeste et lui aussi avait dû se battre pour gagner l'argent qu'il possédait aujourd'hui. Il n'avait rien d'un snob.

Mais il aimait profondément Casey et aurait fait n'importe quoi pour la protéger. Sachant qu'elle se défiait de Noelani, il considérait également celle-ci comme une intruse et une gêneuse alors qu'en de tout autres circonstances il aurait probablement beaucoup apprécié la jeune femme...

Parfois, Adam aurait voulu aimer avec autant de fougue que le faisait son ami. Et, même s'il se satisfaisait la plupart du temps de son sort, il lui arrivait de regretter de n'avoir jamais trouvé l'âme sœur...

Le restaurant était bondé et l'attente était de vingt minutes. Noelani et Adam s'installèrent donc au bar et la jeune femme s'éclipsa pour gagner les toilettes. Lorsqu'elle revint, son compagnon écoutait ses messages téléphoniques.

— C'était l'inspecteur chargé de vérifier la conformité des circuits électriques de Bellefontaine, expliqua-t-il.

A ce moment, une des serveuses s'approcha d'eux pour les conduire à leur table. Là, elle leur servit un apéritif offert par la maison.

— A propos de système électrique, les Fontaine ont eu de la chance que l'incendie ne s'étende pas à toute la maison. Elle est construite de bois en majeure partie, non ?

— C'est exact, acquiesça Adam. Les choses auraient d'ailleurs été beaucoup plus graves si Casey n'avait pas vu la fumée à temps. Tante Esme était inconsciente dans la cuisine. Casey a réussi à la sortir de là avant d'appeler les pompiers. Puis elle a fait sortir Tanya et Megan qui risquaient d'être asphyxiées par la fumée...

— Mon Dieu ! murmura Noelani. C'était vraiment très courageux de sa part. Est-ce que quelqu'un a été blessé ?

— Je ne crois pas. En tout cas, c'est à cette occasion que Nick a rencontré Casey. Quand il a été question de rénover la maison, il a conseillé aux Fontaine de s'adresser à moi. Nous nous connaissions depuis l'université : j'étudiais l'architecture et lui la construction navale.

— Raison de plus pour ne pas vous disputer à mon sujet, observa la jeune femme. Il serait idiot de gâcher une si vieille amitié pour moi alors que je ne tarderai pas à repartir pour Hawaii, de toute façon.

— Ne vous en faites pas, j'arrangerai les choses avec Nick. Est-ce que vous avez trouvé quelque chose qui vous

81

plaît ? ajouta-t-il en désignant le menu qui était ouvert devant Noelani.

— Cette salade aux crevettes a l'air appétissante.

— Mais pas très nourrissante pour quelqu'un d'affamé.

— Vous auriez dû voir la taille de celle que la serveuse a apportée à la table voisine… Et vous ? Qu'est-ce que vous prenez ?

— Des akras d'aubergine, des oignons frits et de l'alligator, bien sûr.

Noelani plissa le nez en signe de dégoût.

— Ne critiquez pas ce que vous ne connaissez pas ! protesta-t-il. L'alligator a un goût proche de celui du poulet.

Ils passèrent commande et la serveuse ne tarda pas à revenir avec leurs plats. Adam proposa à la jeune femme de goûter au sien mais elle déclina.

— Heureusement que ce n'est pas un alligator que l'on prépare au cours du barbecue, commenta-t-elle seulement.

— Des goûts et des couleurs, fit Adam en riant. Mais, à propos, où en êtes-vous ?

— J'ai commandé les cochons chez le même traiteur que l'année dernière. Il fournit aussi les légumes, les assiettes, les verres et les couverts. Il se charge également de faire rôtir les animaux. J'ai engagé le groupe que nous avons entendu ce soir au White Gold. Il ne me reste plus qu'à préparer les invitations et à commander les boissons.

— N'oubliez pas le mint-julep de tante Esme. C'est sa boisson favorite. Un tonifiant incroyable, d'ailleurs. Au mariage de Nick et Casey, j'en avais accidentellement renversé dans un pot de fleur et, le lendemain, la plante avait grandi de dix bons centimètres et gagné de nouveaux bourgeons…

— On m'avait bien dit que les hommes du Sud ne reculaient devant aucune exagération, s'exclama Noelani en riant.

Adam sourit et, brusquement, la tension qui persistait entre eux depuis qu'ils avaient quitté le casino disparut. Le reste de la soirée passa trop rapidement pour Adam qui ne se lassait pas de la compagnie de la jeune femme avec laquelle il aurait aimé pouvoir parler encore pendant des heures. Pourtant, lorsqu'ils eurent terminé leurs cafés, il dut bien se résoudre à régler l'addition.

— Est-ce que cela vous dérangerait de passer devant le moulin des Fontaine en rentrant ? demanda la jeune femme tandis qu'Adam démarrait. A moins que cela ne vous fasse faire un grand détour, bien sûr...

— Non, pas du tout. Mais vous ne verrez rien, en pleine nuit.

— Pourquoi ? Il ne marche pas vingt-quatre heures sur vingt-quatre ? s'étonna Noelani.

— Je ne suis pas un expert en la matière mais Murray ne cesse de me faire de grands discours sur la culture de la canne à sucre. J'ai cru comprendre que le moulin ne fonctionnait qu'entre 7 heures du matin et 4 heures de l'après-midi.

— Pourquoi pas le reste du temps ?

— Aucune idée. Vous feriez mieux de poser la question à Casey.

— Je demanderai à Jackson.

— Est-ce que vous avez l'intention de rester fâchée avec sa sœur durant l'intégralité de votre séjour ici ?

— Vous avez vu comment elle a réagi alors que je lui posais une question purement technique sur sa moissonneuse ?

— D'après Nick, elle traverse un moment très difficile, remarqua Adam qui ne savait pas si Noelani avait entendu Nick mentionner la fausse couche de son épouse.

— Jackson aussi, répondit Noelani. Cela ne l'empêche pas d'être poli à mon égard.

— Ne me demandez pas pourquoi, mais les femmes réagissent plus violemment que les hommes à certaines situations...

— Alors vous suggérez que je me mette à la place de Casey ?

— Je ne sais pas. C'est peut-être impossible étant donné la façon diamétralement opposée que vous avez de considérer la mort de Duke...

— Peut-être, concéda la jeune femme. Et je reconnais que j'ai un avantage sur Casey à ce niveau : j'ai eu toute la vie pour admettre le fait que mon père nous avait abandonnées, ma mère et moi. Casey, elle, a brusquement découvert qu'il avait une deuxième vie qu'il lui avait cachée.

Noelani soupira.

— Le pire dans cette histoire, c'est que si j'étais à la place de Casey, je me détesterais aussi. Après tout, j'ai bien refusé de parler à ma mère durant des mois, après qu'elle m'a enfin révélé qui était mon père. Ma *tutu*, ma grand-mère si vous voulez, a eu tout le mal du monde à nous réconcilier.

— Lors des funérailles de Duke, Nick m'a dit que Casey avait réussi à surmonter la trahison de Duke. Mais il semble bien que votre apparition ait réveillé sa rancœur.

— C'est probable. Mais je n'y peux rien... C'est ma mère qui me l'a fait comprendre : je voulais qu'elle me dise qu'elle regrettait d'être sortie avec Duke Fontaine mais elle ne l'a jamais fait. Pire, sur son lit de mort, elle m'a affirmé que, si les choses étaient à refaire, elle agirait exactement de la même façon...

— Il faut dire que, si elle n'était pas sortie avec Duke, elle ne vous aurait jamais eue. Les affaires de famille sont si compliquées... Vous savez, il m'arrive de me dire que mon père n'est pas mort, qu'il a refait sa vie dans un village au fin fond du Viêt-nam. Peut-être a-t-il une nouvelle femme et des enfants… C'est déjà arrivé. Il n'y a pas si longtemps, on a retrouvé un médecin militaire en Australie : il s'était remarié et vivait sous une fausse identité.

— Vous pensez que votre père aurait pu faire une chose pareille ?

— Je ne sais pas. Lorsque j'étais jeune, je ne l'aurais jamais envisagé. J'idolâtrais trop mon père pour cela… Mais, aujourd'hui, je sais que les choses ne sont jamais aussi simples que ne l'imagine un adolescent…

— Je suppose que vous avez raison, soupira Noelani. Je vous promets d'essayer d'être plus gentille avec Casey. Après tout, comme l'a dit Jackson, aucun de nous n'est responsable de ce qui se passe. Mieux vaut en prendre son parti et essayer de régler les choses au mieux…

Adam fut tenté de mentionner la fausse couche de Casey mais Nick lui avait demandé de garder cette information pour lui et, si énervé qu'il fût contre son ami, il refusait de le trahir.

— Tenez, fit-il en ralentissant pour s'arrêter devant une grille cadenassée. C'est le chemin qui mène au moulin. Mais, apparemment, c'est fermé…

— Cela ne fait rien. On le voit d'ici. Il ressemble étonnamment à celui de Shiller. En plus grand… Je demanderai à Jackson la permission de le visiter. Qui sait ? Il acceptera peut-être que j'y travaille pendant mon séjour ici.

Adam hocha la tête et redémarra.

— Lorsqu'il m'a demandé d'organiser le barbecue, Jackson m'a parlé de musique zydeco, remarqua soudain la jeune femme. Vous savez ce que c'est ?

— Oui, c'est un mélange de musique traditionnelle cajun avec du blues ou du rock. Le groupe que vous avez engagé est plus zydeco que cajun, d'ailleurs, puisqu'ils ont ajouté au violon et à l'accordéon traditionnels une basse électrique et un saxophone.

— Je vous écoutais parler avec Tanya, au dîner. Vous avez l'air de vous y connaître en musique.

— Je suis un fanatique de jazz. Surtout celui de La Nouvelle-Orléans… A un moment, j'ai même hésité à devenir musicien, comme Luc Renault que vous avez rencontré au casino. Il a beaucoup plus de talent que moi et a réussi à faire vivre son frère cadet grâce à la musique.

— Je suppose qu'il touche beaucoup d'argent, à présent. Sa femme, Viv, portait des bijoux somptueux.

— C'est parce qu'elle vient d'une des plus vieilles familles créoles de la région. Elle a reçu une éducation très traditionnelle : leçons de piano, pension privée, voyages linguistiques en France… Quand ses parents ont appris qu'elle voulait se marier avec Luc, ils ont piqué une crise et l'ont menacée de la déshériter. C'est Tanya qui m'a raconté tout ça. Si vous tenez à garder un secret, ne le lui confiez pas, c'est une vraie bavarde…

— Ne vous en faites pas, je ne crois pas figurer sur la liste de ses amis…

Adam ralentit pour s'engager dans l'allée conduisant à Bellefontaine. Il se gara non loin de la garçonnière où il séjournait et coupa le moteur avant de se tourner vers Noelani.

Celle-ci sentit une incoercible tension monter en elle alors qu'il la regardait fixement. Dans ses yeux, elle pouvait lire très clairement le désir qu'elle lui inspirait et cela avait le don de la paniquer.

Il lui sembla soudain que l'habitacle de la voiture était bien trop étroit pour eux deux et elle fut prise d'une brusque envie de s'enfuir en courant.

Se penchant en avant, elle récupéra son sac qu'elle serra contre elle comme un bouclier.

— J'ai passé une excellente soirée, Noelani, déclara alors Adam en tendant la main vers elle pour lui caresser doucement la joue.

Malgré elle, elle fut parcourue par un violent frisson qui n'échappa pas à Adam.

— Je ferais mieux d'y aller, articula-t-elle d'une voix sourde.

Mais Adam ne lui en laissa pas le temps. Se penchant vers elle, il l'attira contre lui et posa ses lèvres sur celles de la jeune femme. Sous le choc, celle-ci laissa échapper son sac à main qui tomba à terre, répandant son contenu sur le plancher de la voiture.

Sur le coup, Noelani ne s'en aperçut même pas. Elle était bien trop absorbée par le baiser d'Adam que, malgré elle, elle ne pouvait s'empêcher de lui rendre.

Ses lèvres étaient douces et brûlantes, éveillant au creux de son ventre une chaleur inextinguible qui paraissait se communiquer à chacun de ses membres. Elle sentit ses mains glisser le long de ses joues pour se poser sur ses épaules et les battements de son cœur s'accélérèrent tandis que le baiser d'Adam se faisait plus audacieux, décuplant son trouble.

Brusquement, un claquement de portière les rappela tous deux à la réalité et Adam s'arracha à contrecœur à leur étreinte.

— Ce doit être Jackson qui rentre, expliqua-t-il.

Noelani mit quelques instants à reprendre ses esprits. Elle sentait encore la pression délicieuse des lèvres d'Adam sur les siennes et la chaleur brûlante qui avait envahi son ventre refusait de se dissiper.

— Je ferais mieux d'y aller, répéta-t-elle en tirant sur la poignée de la portière.

Mais elle était verrouillée et résista à ses efforts.

— Ouvrez-la, murmura-t-elle avant de se souvenir de ce qui était arrivé à son sac à main. Oh... Mes affaires... Il faut que je les récupère...

— Du calme, Noelani, lui dit Adam en souriant. Nous sommes assez grands pour pouvoir nous embrasser si nous en avons envie. Et je ne crois pas que les baisers soient interdits à Bellefontaine...

La jeune femme ne répondit pas, se concentrant sur ses affaires éparpillées à ses pieds qu'elle commença à enfourner dans son sac à main. Pendant ce temps, Adam baissa sa fenêtre pour saluer Jackson qui se dirigeait vers eux.

Il avait relevé ses manches de chemise et portait nonchalamment sa veste sur l'épaule.

— Tu reviens de ta réunion avec les membres du lobby ? s'enquit Adam.

— Oui. Ces types sont impressionnants. Ils pourraient convaincre un Eskimo d'acheter un congélateur... Oh, salut Noelani. Qu'est-ce que vous cherchez au fond de cette voiture ?

— J'ai laissé tomber mon sac, expliqua-t-elle en rougissant. Son contenu a roulé dans tous les sens... Tu risques de retrouver des tas de choses sous les sièges, ajouta-t-elle à l'intention d'Adam.

— Est-ce que vous avez vu le groupe dont Nick m'avait parlé ? demanda alors Jackson.

— Oui, je les ai engagés. DuPree, le traiteur qui avait organisé les deux derniers barbecues m'a donné son accord oral pour la date que vous aviez fixée. J'ai aussi demandé une estimation à trois imprimeurs pour les invitations mais ils m'ont tous dit que je devais leur amener un modèle. Si vous voulez, je le ferai sur ordinateur et vous pourrez le déposer en ville la prochaine fois que vous irez.

— Malheureusement, je pars demain pour une réunion de planteurs qui devrait durer au moins deux jours. Le mieux est que vous y alliez vous-même. Prenez la voiture de maman ou celle de Duke...

Pendant que Jackson parlait, Adam était sorti de la voiture et l'avait contournée pour venir ouvrir la portière de Noelani. Celle-ci sortit, le frôlant au passage, ce qui les fit tous deux frissonner involontairement.

Dans ses yeux, elle lut un éclair de passion qui réveilla le désir qu'elle avait de lui. C'était absurde, bien sûr. Elle n'était là que pour quelques semaines et toute liaison amoureuse serait vouée à l'échec.

Mais il y avait chez Adam quelque chose qui la fascinait. Il se dégageait de lui une forme d'assurance et de force mêlées d'une grande douceur qui la troublaient bien plus qu'elle n'aurait voulu se l'avouer.

— Le mieux, dit alors Jackson, la ramenant brusquement à la réalité, c'est que j'aille chercher les clés. Retrouvons-nous devant le garage, je n'en ai que pour une minute...

— Où se trouve-t-il ? demanda la jeune femme.

— Derrière la garçonnière. Pas celle où vit Adam mais l'autre, celle où séjournait Nick.

— A présent, il habite avec Casey dans la maison de votre grand-mère, n'est-ce pas ?

— Oui, à Wisteria Cottage. C'est un très bel endroit. Vous devriez demander à Casey de vous le faire visiter.

— Sans doute, répondit Noelani qui doutait fort qu'un tel événement se produirait un jour. Je vous retrouve au garage...

— Je t'accompagne, dit Adam à Jackson. J'ai quelque chose à récupérer dans la cuisine. Bonsoir, Noelani.

— Bonsoir, répondit la jeune femme, gênée. A demain…

Les deux hommes se dirigèrent vers la maison, la laissant seule. Elle comprit alors qu'en s'éclipsant de la sorte Adam avait voulu ne lui laisser aucune chance de remettre en cause ce qui s'était passé entre eux.

Se demandant ce qu'il adviendrait de leur relation, la jeune femme se dirigea vers le garage où elle fut rejointe quelques minutes plus tard par Jackson qui tenait Megan dans ses bras.

La fillette avait les cheveux emmêlés et les yeux bouffis de sommeil. Elle serrait contre elle sa précieuse poupée.

— Megan m'a entendu rentrer, expliqua Jackson. Elle a insisté pour venir vous apporter les clés en personne. Je lui ai fait promettre qu'elle irait directement se coucher après cela.

— Papa, c'est Noelani qui a réparé la robe d'Emmylou et lui a trouvé un nouvel œil, déclara Megan en souriant à la jeune femme.

— Et, bientôt, elle aura aussi une nouvelle coupe de cheveux, promit Noelani en lui rendant son sourire.

Jackson la contempla sans chercher à dissimuler sa surprise. Elle prit les clés des mains de la fillette et ouvrit la porte coulissante du garage.

— Merci pour ce que vous avez fait pour Emmylou, lui dit Jackson. Megan a cette poupée depuis toujours et elle y est très attachée.

— C'est vrai. Mais, apparemment, quelqu'un avait jugé bon de la mettre à la poubelle. Vous devriez peut-être faire savoir à tout le monde que cette poupée a droit de cité à Bellefontaine.

— C'est vrai, papa ! Quelqu'un avait jeté ma poupée...
J'ai pleuré parce que c'est grâce à elle que je me souviens
de maman...

Noelani regarda attentivement Jackson, se demandant
comment il allait réagir à cette remarque. Certains hommes
en auraient aussitôt déduit qu'il était urgent de jeter la poupée. Mais Jackson se contenta de serrer très fort sa fille
contre lui.

— Je ne savais pas, ma chérie, dit-il. Si tu veux, ce
week-end, j'essaierai de te trouver une photo de ta maman.
Comme cela, tu pourras la mettre sur ta table de nuit, à
côté de ton lit.

Noelani sentit une brusque émotion étreindre sa gorge.
Pour faire diversion, elle chercha à tâtons l'interrupteur et
alluma la lumière du garage. Malgré elle, elle poussa un petit
cri de stupéfaction en avisant les deux énormes voitures.

— La Cadillac appartenait à maman et la Lincoln à Duke.
Il y tenait comme à la prunelle de ses yeux...

La voix de Jackson se brisa et il toussota pour dissimuler
son trouble.

Noelani contempla le véhicule, réalisant que, d'une
certaine façon, il constituait un lien avec ce père qu'elle
n'avait jamais connu.

— Je crois que je prendrai celle de votre mère, dit-elle
en se tournant vers la Cadillac. Je n'ai jamais conduit de
voitures aussi grosses mais je suis assez bonne conductrice,
en général...

— Maman commandait toujours le dernier modèle de
Cadillac... Tenez, voici les clés. Gardez une de celles du
garage. Comme ce genre de voiture consomme beaucoup,
je vous donnerai une carte de crédit pour payer l'essence.
A utiliser avec parcimonie, bien sûr...

— Ne vous en faites pas, Jackson. Je n'en abuserai pas.

— Bien. Comme je dois partir très tôt demain matin, je glisserai la carte sous votre porte.

Tous trois sortirent alors du garage et se dirigèrent vers la maison. Lorsqu'ils se séparèrent en haut des escaliers, la jeune femme repensa à la journée qu'elle venait de vivre et se dit que plus tôt elle rentrerait à Hawaii et mieux cela vaudrait.

5.

Le barbecue commença à 10 heures. Noelani avait passé une bonne partie de la nuit debout à vérifier et revérifier les derniers détails. Elle tenait à ce que cette fête se déroule à la perfection et en avait fait une affaire de fierté personnelle. C'était aussi, elle le savait, une façon de prouver sa valeur à Jackson et Casey.

Alors que la jeune femme sortait de la maison par la porte de derrière, elle aperçut Adam qui venait à sa rencontre. Elle tenta de changer de cap mais il la rattrapa et posa la table pliante qu'il portait sous son bras.

— Eh ! On dirait que tu essaies de me fuir, protesta-t-il. Je ne t'ai quasiment pas vue de toute la semaine.

Cela n'avait rien d'étonnant : la jeune femme avait organisé tout son emploi du temps de façon à l'éviter aussi souvent que possible.

— J'étais très occupée par la préparation du barbecue, mentit-elle. Excuse-moi, il faut que j'aille parler avec DuPree...

— Menteuse ! dit-il d'une voix moqueuse. Tu essaies encore de me fuir comme tu le fais depuis que nous sommes sortis ensemble.

— C'est vrai, reconnut Noelani.

— Peux-tu au moins me dire pourquoi ?

— Eh bien... J'ai ma vie et tu as la tienne.

— Oui, ce n'est pas nouveau... Et alors ?

— Alors, dans quelques mois, je repartirai pour Maui.

— On ne le dirait pas ! J'ai dû porter quatre énormes caisses jusque devant ta chambre. A voir la quantité d'affaires que l'on t'a envoyées, j'avais cru que tu pensais t'installer ici définitivement...

— Merci de l'avoir fait, Adam. Il est vrai que Bruce a un peu surestimé le nombre de choses dont j'aurai besoin, reconnut Noelani en souriant.

— En tout cas, j'adore tes vêtements...

— Cette robe s'appelle un *holomu* et les noix qui constituent ma ceinture sont des noix *kukui*. C'est ma grand-mère qui les a polies et attachées de cette façon. Elle me l'a offerte juste avant de mourir.

— Je suis désolé... Est-ce qu'il te reste de la famille, à Hawaii ?

— Non. Mon grand-père et mes tantes sont morts avant ma grand-mère et ma mère était fille unique.

— Alors ta seule famille se trouve ici désormais, conclut Adam.

— Ce n'est pas ma famille, répondit-elle tristement. Pour t'en convaincre, il t'aurait suffi de voir la façon dont Casey a réagi en apprenant que Jackson m'avait prêté la voiture d'Angélique. Même si je le voulais, je pense qu'elle et moi ne deviendrions jamais amies.

— En as-tu envie ? demanda Adam.

— Je ne sais pas... Je crois que oui. Je n'aime pas que les gens me détestent de cette façon.

— Dans ce cas, insiste.

— Comme toi ? Tante Esme m'a dit que tu n'avais pas cessé de lui demander pourquoi je ne prenais plus mes repas avec la famille.

— Pourquoi l'as-tu fait ?

— Parce que j'ai passé des heures à concevoir les invitations. Et, comme la voiture de tante Esme est au garage, c'est moi qui l'ai emmenée chez le coiffeur, le vétérinaire, le toiletteur pour chien… Elle a aussi assisté à une réunion de l'association pour le patrimoine de Baton Rouge et à celle de la bibliothèque… Remarque qu'en jouant les chauffeurs j'ai appris quelque chose d'intéressant. Savais-tu que tante Esme avait autrefois été fiancée à Roland Dewalt ?

— Oui, Betty me l'a dit. Elle ne porte ni Esme ni Roland dans son cœur…

— C'est une histoire assez triste, observa Noelani. Esme avait ramené sa meilleure amie Angélique chez ses parents. Roland et Duke sont tous deux tombés amoureux d'elle. En fin de compte, Roland a laissé tomber Esme avec laquelle il devait se marier mais Angélique a choisi Duke. Il a donc tout perdu d'un coup…

— D'après Betty, tante Esme a eu de la chance d'échapper à ce mariage. Je ne sais pas si tu as déjà rencontré Roland mais j'avoue que j'ai tendance à être d'accord avec elle…

— Tante Esme et moi l'avons croisé à la banque. Il a été très mal élevé avec moi et n'a pas adressé la parole à Esme. Je suppose que la rupture de leurs fiançailles a dû créer un profond malaise entre les deux familles…

— Oh, il n'a duré que le temps d'une génération. Murray est quasiment tout le temps à Bellefontaine. C'est un peu un « Monsieur je sais tout » mais Jackson l'aime bien. Casey aussi, jusque très récemment. Par contre, j'ignore de quoi il vit…

— Il ne doit pas manquer d'argent : tante Esme m'a dit que Roland avait vendu la moitié de sa plantation. D'ailleurs, c'est sa raffinerie que Duke a rachetée, récemment.

— Oui, c'est ce que m'a dit Murray. Il a aussi indiqué que les Fontaine s'étaient associés à l'institut de recherche en agronomie pour développer une nouvelle espèce de canne à sucre hybride, plus résistante aux insectes et plus productive.

— Murray travaille-t-il dans le cadre de ce programme ?

— Peut-être... Mais ce n'est pas de lui que je voulais te parler. Je tenais à réserver une de tes danses.

— Je ne compte pas danser, Adam, protesta la jeune femme. Je dois tout organiser et faire en sorte que tout se passe bien...

— Tu plaisantes ? Lorsque le groupe commencera à jouer, tout le monde se mettra à danser.

— Nous verrons... Est-ce que tu n'aurais pas une table à nous prêter ?

— Si, tante Esme m'a dit que Betty en voulait une pour disposer les desserts. Si je ne la lui apporte pas, Betty accusera Esme de ne pas m'avoir fait la commission.

— En parlant de gens qui ne s'entendent pas, ces deux-là remportent la palme !

— C'est peut-être parce qu'elles sont jalouses l'une de l'autre.

— Je ne suis pas sûre de te suivre...

— Réfléchis-y : Betty se promène en jean et roule en Harley Davidson. Elle fait ce qu'elle veut, quand elle le veut. Tante Esme, quant à elle, est l'archétype de la grande dame. Elle porte des gants blancs, un chapeau, elle va à la messe et fait exactement ce que la bonne société attend d'elle. Du coup, elle jouit de l'admiration et du respect de tous ses concitoyens. Peut-être qu'il lui arrive de regretter de n'être pas libre comme Betty tandis que Betty regrette de n'être pas respectée comme Esme...

— C'est possible. En tout cas, je suis impressionnée. Pour un garçon, tu ne manques pas de sensibilité.

— Hélas, ma perspicacité s'arrête lorsque je suis concerné, soupira Adam.

Sur ce, il fit un petit clin d'œil à la jeune femme et souleva la table massive avec une aisance déconcertante avant de s'éloigner à grands pas. Noelani ne put s'empêcher de sourire, complètement sous le charme.

— A qui souris-tu comme cela ? demanda alors tante Esme qui venait d'émerger de la maison.

— A Adam, répondit Noelani en rougissant. Il peut être vraiment énervant mais, parfois, il sait se montrer charmant…

Tante Esme leva un sourcil étonné.

— Sa mère est d'une très bonne famille, commenta-t-elle. Hélas, elle était d'un naturel délicat et les choses ont vraiment mal tourné pour elle après qu'elle a épousé ce pilote yankee. Elle a même fini par perdre la maison familiale…

Les deux femmes se dirigèrent vers DuPree, le traiteur, qui s'activait près du barbecue.

— Aucune famille n'échappe à ce genre de difficultés, remarqua Noelani. La guerre du Viêt-nam a brisé de nombreux foyers…

— Pas autant que la guerre de Sécession. Celle-là a jeté le frère contre son frère, le fils contre son père… Je n'aime pas en parler. Mais Adam a encore suffisamment de sang de son grand-père Ormond en lui. C'est un garçon bien. Mon Dieu ! Quelle odeur délicieuse ! Un barbecue, c'est exactement ce qu'il nous fallait après tous les malheurs de ces derniers mois…

— Je n'ai pas revu Jackson depuis son rendez-vous à la banque, hier, observa Noelani. Est-ce que tout s'est bien passé ?

— Il semble que la compagnie d'assurance de Duke se montre très pointilleuse. Je sais qu'ils doivent entreprendre une enquête dans ce genre de situation mais cela devient ridicule. Mon frère ne se serait jamais suicidé. Et il n'aurait pas entraîné volontairement Angélique dans la mort ! Il leur arrivait d'avoir des différends, bien sûr, comme tous les couples. Qui n'en a pas ? Mais Duke aimait sa femme et il aimait la vie. Il adorait sa plantation et sa famille. Si seulement les assurances voulaient bien le comprendre et nous laisser reprendre une vie normale...

Noelani ne put qu'approuver. Elle se faisait beaucoup de souci pour la récolte de Bruce. Lorsqu'elle l'avait eu au téléphone, ces derniers temps, il paraissait tendu et débordé. Bien sûr, la jeune femme savait que le programme qu'elle avait mis en place à la raffinerie fonctionnait impeccablement mais elle aurait tout de même aimé pouvoir se trouver sur place.

— C'est ici que nous nous séparons. Je dois aller superviser la fabrication du mint-julep. Cette empotée ferait n'importe quoi si je la laissais faire.

— Cette empotée ? Ah, Betty ? Je croyais que c'était elle qui les faisait depuis cinq ans ?

— Peut-être... Mais elle serait capable d'oublier un ingrédient simplement pour me faire bisquer. Franchement, j'aimerais bien que Jackson la mette à la porte. La seule fois où je me suis disputée avec Angélique, c'est quand elle a engagé cette femme. Ce n'est pas parce que c'était l'une de ses cousines éloignées qu'elle n'aurait pas dû consulter les autres habitants de cette maison avant de la recruter...

— Je ne suis pas une grande connaisseuse mais il m'a semblé que Betty se débrouillait très bien en cuisine.

— Peut-être, concéda tante Esme. Mais elle n'est pas présentable. Je frémis, rien que de penser à ce que doivent penser les voisins lorsqu'ils la voient partir faire des courses sur cet affreux engin qu'elle conduit !

— Moi, j'aimerais bien qu'elle m'emmène faire un tour dessus, objecta Noelani en se rappelant ce qu'Adam venait de lui dire. Ce doit être une sensation terriblement excitante…

Tante Esme dévisagea la jeune femme avec une stupeur telle que celle-ci se demanda si Adam n'avait pas complètement fait fausse route.

— Je ferais peut-être mieux d'y aller, déclara-t-elle. Il est déjà 9 heures moins le quart et les gens commencent à arriver.

— Normalement, ce barbecue est organisé au cours du week-end précédant la moisson. Cela évite de devoir faire des tours pour que le travail puisse continuer. Franchement, je suis surprise que Jackson n'ait pas tout annulé…

— Il a dit que c'était une tradition et que les employés commençaient à faire des réflexions. Je pense qu'il a eu raison d'en tenir compte. Les travailleurs heureux sont plus efficaces que les travailleurs malheureux…

— De mon temps, la loyauté des employés garantissait la qualité de leur travail quelles que soient les circonstances. Mais de nos jours… Regardez ce qui est arrivé avec cet horrible personnage, Broderick, qui m'a frappée et a mis le feu à notre cuisine pour se venger d'avoir été renvoyé ! Quand mon père dirigeait cette plantation, c'étaient les ouvriers agricoles qui venaient le supplier de les engager : travailler à Bellefontaine était considéré comme un honneur et un privilège.

— A Hawaii, les planteurs dépensent beaucoup de temps et d'argent en négociations avec leurs employés, remarqua Noelani.

— Et c'est une honte. Mais j'en ai assez dit sur ce sujet : je ne voudrais pas qu'un autre employé insatisfait surprenne mes paroles et se mette en tête de me les faire payer.

— En parlant de problèmes de personnel, je dois aller parler aux musiciens. Ils m'ont annoncé ce matin que, lorsqu'ils étaient engagés à la journée, ils faisaient des pauses plus longues que lorsqu'ils travaillaient en soirée. Nous devons donc organiser leur planning en fonction de l'arrivée des gens...

— Ne t'en fais pas, Jackson a convaincu Luc Renault de venir jouer aussi. Il paraît qu'il maîtrise parfaitement le saxophone. Hélas, cela ne suffit pas à consoler la pauvre mère de Viv qui ne parvient pas à accepter qu'elle se soit mariée avec un artiste...

— Viv est bien la meilleure amie de Casey, n'est-ce pas ? Je l'ai vue aller et venir du côté de Wisteria Cottage durant toute la semaine...

— Elle aide Cassandra et Nick à concevoir la maison qu'ils vont faire construire, expliqua tante Esme. Viv est très douée pour ce qui est de la décoration. Dommage qu'elle ne le soit pas autant quand il s'agit de choisir un mari.

— Je me demande ce que vous diriez de ma mère, remarqua Noelani.

— Toutes les familles ont leurs scandales, répondit tante Esme en haussant les épaules. Au moins Duke et Jackson ont eu le bon sens de ne pas aller jusqu'à la mésalliance. Franchement, je préfère que la fille illégitime de Duke soit quelqu'un comme toi plutôt que comme certaines autres qui sont venues frapper à la porte d'autres bonnes familles du Sud.

Sur ce, tante Esme s'éloigna, laissant Noelani passablement abasourdie. Pendant quelques instants, elle se demanda si elle devait rire ou se mettre en colère. Devait-elle prendre cette remarque comme une insulte ou un compliment ?

Une chose était certaine : il n'aurait servi à rien de discuter avec tante Esme dans l'espoir de la convaincre que sa façon de voir les choses était démodée. Noelani avait appris depuis très longtemps que certaines luttes étaient sans espoir, que certaines personnes ne changeraient jamais.

Quelques minutes plus tard, de nombreux invités commencèrent à arriver à Bellefontaine. La plupart parlaient le cajun, une langue qui ressemblait au français du dix-huitième siècle et que la jeune femme avait le plus grand mal à comprendre.

Luc Renault était parmi les premiers et il entreprit très rapidement de confirmer ce que tante Esme avait dit de lui : jamais Noelani n'avait entendu qui que ce soit jouer du saxophone comme lui. Il improvisait librement, passant d'une mélodie à l'autre avec une maestria consommée sous le regard appréciateur d'Adam qui semblait se délecter de ce tour de force.

La jeune femme, quant à elle, avait fort à faire, veillant à ce que nul ne manque de rien. Au bout de quelque temps, Jackson la rejoignit, l'air préoccupé.

— Est-ce que vous auriez aperçu Casey ? demanda-t-il. Personne ne l'a vue depuis plus d'une heure.

— Avez-vous demandé à Nick et Adam ? suggéra la jeune femme. Ils s'occupent de la tireuse de bière…

— Oui. Mais ils ne l'ont pas vue non plus…

— Eh bien… Elle était avec Viv pendant quelque temps mais celle-ci est repartie seule en voiture… Vous avez l'air inquiet. Que se passe-t-il ?

— Il y a un problème au moulin : l'un des appareils a connu une surchauffe. J'ai demandé à Marc de le débrancher et j'allais appeler l'entreprise qui est chargée de la maintenance. Hélas, je n'ai pu retrouver nulle part ses coordonnées. Je pensais que Casey saurait comment les contacter. Mais elle est peut-être allée dans les champs.

— Est-ce que sa camionnette est encore là ? demanda Noelani.

— Oui. Elle est garée juste à côté de celle de Nick.

— Je doute qu'elle soit partie à pied jusqu'aux champs, observa la jeune femme. D'ailleurs, elle aurait probablement prévenu Nick pour ne pas qu'il s'inquiète…

— C'est vrai…, reconnut Jackson en soupirant. Mais cela ne me dit pas quoi faire. Il n'y a aucun risque puisque la machine est débranchée, mais cela ralentit diablement la productivité du moulin alors qu'il devrait tourner à plein, en cette saison… En plus, je ne voudrais pas que les autres machines nous lâchent à leur tour.

— Voulez-vous que je jette un coup d'œil ? J'ai déjà travaillé sur plusieurs systèmes d'exploitation et j'ai même rédigé le programme informatique qui fait tourner le moulin de Shiller.

— Vous avez créé un programme ? s'exclama Jackson, impressionné.

— Oui. Il gère à la fois l'approvisionnement, la chaîne et les appareils à distiller. Je n'aime pas me vanter mais ce gadget nous a permis d'accroître la productivité de dix pour cent…

— Vous auriez dû me le dire, observa Jackson.

— Je l'ai dit à Casey. En fait, si vous n'aviez pas été aussi occupé ces derniers temps, je vous aurais également demandé l'autorisation de visiter votre moulin.

Noelani hésita puis décida qu'il valait mieux se montrer parfaitement honnête :

— En réalité, expliqua-t-elle, j'espérais que si je parvenais à organiser ce barbecue de façon satisfaisante, vous me feriez assez confiance pour travailler au moulin. Je déteste rester assise à ne rien faire pendant que tout le monde s'active autour de moi.

— Dans ce cas, j'accepte votre offre avec plaisir, répondit Jackson. Casey se consacre entièrement à la récolte et je supervise l'activité de la raffinerie. Je serais ravi que quelqu'un de la famille s'occupe du moulin. Avec les soucis que nous avons eus ces derniers temps, cela me tranquilliserait beaucoup…

— Pourquoi ? demanda Noelani en fronçant les sourcils. Est-ce qu'il y a déjà eu d'autres problèmes au moulin ?

— Pas vraiment… Sauf que les agriculteurs qui viennent déposer leur récolte commencent à râler parce que quelqu'un leur a dit qu'ils devaient mieux laver leurs plantes avant de les livrer.

Jackson haussa les épaules d'un air résigné.

— Je suppose que ce genre de conflit stupide n'a rien d'anormal, soupira-t-il. Venez, allons prévenir tante Esme que nous nous rendons au moulin. Elle pourra garder un œil sur la réception durant notre absence…

A ce moment précis, Adam les rejoignit et prit Noelani par le bras.

— Enfin, je te trouve ! s'exclama-t-il joyeusement. J'étais venu réclamer la danse que tu m'avais promise…

— J'ai bien peur que cela doive attendre, intervint Jackson. Nous devons aller au moulin avec Noelani pour régler un problème technique. Est-ce que tu pourrais dire à Nick que, s'il voit Casey, il l'en informe. Elle pourra nous rejoindre là-bas directement…

— Bien sûr, répondit Adam avec une pointe de déception dans la voix. Est-ce que vous reviendrez avant la fin du barbecue ?

— Tout dépend si Noelani arrive à résoudre notre problème d'ici là.

— Je vous proposerais bien de vous donner un coup de main, répondit Adam. Mais j'ai bien peur de ne pas connaître grand-chose en matière de moulin...

— Une chose est sûre, soupira Jackson, si Noelani parvient à nous tirer de ce mauvais pas, elle jouira de ma reconnaissance éternelle.

— Ne dites pas des choses pareilles, protesta la jeune femme. C'est le meilleur moyen de nous porter la poisse. Bon... Je vais aller prévenir tante Esme.

— D'accord. Dites-lui de prévenir Casey au cas où elle la verrait avant Adam.

Noelani hocha la tête et se dirigea vers le porche sous lequel tante Esme était installée dans son fauteuil à bascule favori. Autour d'elle se pressait une véritable cour. De nombreux ouvriers de la plantation l'entouraient, tenant à venir lui présenter leurs hommages qu'elle acceptait comme une reine.

Sans prendre la peine d'attendre son tour, Noelani monta les marches quatre à quatre pour rejoindre la vieille dame. S'approchant d'elle, elle se pencha pour lui murmurer à l'oreille les instructions de Jackson.

tante Esme acquiesça d'un air vague et Noelani se demanda brusquement si elle n'avait pas quelque peu abusé du mint-julep, sa boisson favorite.

— Il est vraiment dommage que tu doives partir, observa-t-elle. Cette fête est très réussie !

Noelani hocha la tête, secrètement ravie. Regagnant la pelouse, elle croisa Adam qui était en train de retourner auprès de Nick.

— Attends, l'appela-t-elle. Je viens de voir tante Esme et je crois qu'elle a peut-être bu quelques mint-juleps de trop.

104

Est-ce que tu pourrais la tenir à l'œil pendant que je serai au moulin ? Je suis désolée de t'imposer cela…

— Pas de problème. Mais tu dois me promettre de venir me rejoindre lorsque tu reviendras, même si c'est après la fête, d'accord ?

— D'accord. Mais, dis-moi, Adam, crois-tu que je doive signaler à Jackson que sa tante est un peu ivre ?

— Non… Ne t'en fais pas pour cela. Au mariage de Nick et Casey, elle avait déjà un petit coup dans le nez… Il ne lui en faut d'ailleurs pas beaucoup : elle n'a pas l'habitude de boire autre chose que du thé.

— Bien. Merci, Adam… Je crois que je ferais mieux d'y aller. Ce problème au moulin a l'air de préoccuper Jackson plus que nécessaire. Et il faut encore que j'enfile quelque chose de plus approprié pour aller travailler.

— Bon sang ! s'exclama Adam d'un air blessé. Chaque fois que tu enfiles une robe sexy, tu te changes avant que j'aie eu l'occasion de t'admirer tout mon soûl.

— Que veux-tu, Adam ? répondit-elle en riant. La vie est parfois injuste…

Sur ce, elle s'éclipsa et alla prévenir Jackson qu'elle partait se changer.

— Retrouvons-nous à ma voiture, suggéra-t-il. Elle est garée devant la maison. En attendant, j'en profiterai pour aller voir Tanya et Megan. Je veux expliquer à ma fille que je dois m'absenter mais que je serai de retour aussi vite que possible…

Noelani hocha la tête, touchée une fois de plus par la prévenance de Jackson vis-à-vis de son enfant. Elle avait discuté à plusieurs reprises avec la fillette et elle se promit de profiter de leur prochaine conversation pour lui expliquer combien elle avait de la chance d'avoir un père aussi attentif et présent.

Grimpant quatre à quatre jusqu'à sa chambre, la jeune femme se changea aussi vite qu'elle le put avant de redescendre.

— J'espère que je ne vous ai pas trop fait attendre, dit-elle à Jackson qui se tenait auprès de sa Jaguar.

— Non. Je viens juste d'arriver…

— Qu'est-ce que vous avez sur la joue ? De la sauce barbecue ?

— Non… Du chocolat… Megan m'a embrassé alors qu'elle avait la bouche pleine de gâteau au chocolat. J'ai demandé à Tanya de réfréner sa gourmandise, sinon elle risque de souffrir toute la nuit d'une indigestion…

— Je dois dire que ce gâteau est tout simplement succulent, observa la jeune femme tandis que tous deux montaient dans la voiture.

Jackson démarra et prit la route qui menait au moulin.

— C'est pour cela que maman ne voulait pas que Betty fasse des pâtisseries en dehors des grandes occasions, expliqua-t-il. Elle ne voulait pas que Duke s'empâte comme Roland Dewalt, Shel Prescott ou la plupart des hommes de leur âge…

— Tante Esme m'a montré quelques albums de photos, l'autre jour, lui dit la jeune femme. Il est vrai que vos parents étaient très beaux…

— Duke était aussi votre père, observa Jackson en lui jetant un regard en biais. Et si votre mère vous ressemblait un tant soit peu, je comprends qu'il ait été incapable de lui résister…

— Merci, répondit Noelani en rougissant malgré elle. Je pense que maman était beaucoup plus jolie que moi, à l'époque. Je me souviens qu'elle était encore très belle, lorsqu'elle est morte. Je n'avais que treize ans, alors, mais je me souviens très précisément d'elle.

106

Jackson resta quelques instants silencieux avant de la regarder gravement.

— Je sais que notre père s'est mal conduit vis-à-vis d'elle, déclara-t-il enfin. Il pouvait être assez dur et intransigeant, de temps en temps, et il m'est arrivé de lui en vouloir beaucoup pour cela... Il se montrait très exigeant et j'avais l'impression de ne jamais être à la hauteur. Mais je suppose qu'il valait mieux que Roland Dewalt qui n'a jamais cessé de rabaisser Murray... En fin de compte, nous avons fini par nous rebeller, tous les deux. J'ai fait des choses dont je ne suis pas très fier, aujourd'hui. Mais Duke ne m'en a jamais tenu rigueur...

— Vous savez, déclara Noelani d'une voix un peu émue, je voulais vous remercier. Vous êtes le seul avec Adam à vous être intéressé à ma mère depuis que je suis arrivée à Bellefontaine. Et je tenais à vous dire que... ce n'était pas le genre de femme à séduire délibérément un homme marié...

— J'en suis certain, acquiesça Jackson. Dans le cas contraire, elle ne se serait pas montrée aussi discrète au cours de toutes ces années. Lorsque j'ai trouvé les lettres que votre mère avait renvoyées à Duke sans les ouvrir, je me suis demandé ce qui avait pu clocher entre maman et lui. Quelque chose a dû se passer puisque nous n'avons que trois mois de différence...

— Duke n'a pas su tout de suite qu'Anela était enceinte, expliqua Noelani. Bruce Shiller a fini par le lui dire alors que ma mère se trouvait encore à l'hôpital, juste après l'accouchement. Il avait été très difficile et le médecin avait dû pratiquer une césarienne. Finalement, maman est restée plusieurs semaines entre la vie et la mort.

— Cela explique que Duke se soit enquis de sa santé dans plusieurs des lettres qu'il lui a écrites. La dernière correspond au moment où il a modifié son testament et a commencé à verser une pension à Anela par l'intermédiaire de Shiller.

— Si je l'avais su, je pense que je ne serais pas venue à l'ouverture du testament, observa Noelani.

— Pourquoi ? Vous méritez la part de l'héritage qui vous revient. Je suis juste désolé que les circonstances ne nous aient pas permis de vous régler votre part. Mais tout finira certainement par s'arranger… Tenez, voici le moulin. Espérons que vous pourrez faire quelque chose, Noelani. Je vous en serai éternellement reconnaissant…

— Attendons de voir si je connais le programme qui a été implémenté avant de nous réjouir…

Jackson se gara devant le bâtiment et tous deux pénétrèrent à l'intérieur. Là, l'un des employés leur fournit casques et lunettes de protection. Tandis qu'ils traversaient la salle principale, Noelani observa avec attention ce décor familier.

— Votre chaîne fonctionne un peu trop lentement, dit-elle. Si l'ordinateur en est capable, je pourrai modifier quelques paramètres pour optimiser la vitesse.

Une fois qu'ils furent parvenus dans le bureau où étaient installés les ordinateurs pilotant le moulin, la jeune femme passa rapidement en revue les différents programmes.

— Vous y comprenez quelque chose ? demanda Jackson, curieux.

— Oui… C'est quasiment le même programme que celui que nous utilisons, ajouta-t-elle.

— Vous m'en voyez ravi. Marc m'a dit qu'il ne savait absolument pas comment fonctionnait cette partie du logiciel. Il ne se rappelait même plus le nom de la compagnie qui l'avait installé…

108

— Je suis certaine que Bruce pourrait nous le dire. C'est probablement lui qui a recommandé cette entreprise à Duke Fontaine. A moins que ce ne soit le contraire…

Sous le regard étonné de Jackson, la jeune femme commença à passer en revue plusieurs parties du programme, effectuant divers tests et compulsant à l'occasion les listings qui se trouvaient sur le bureau. Au bout d'une quarantaine de minutes, Jackson se mit à faire nerveusement les cent pas.

— Comment avez-vous la patience de vous occuper de ce genre de choses ? demanda-t-il. Cela me rendrait complètement fou…

— C'est une question d'habitude. Et puis, j'adore chercher la petite bête. C'est pour cela que j'ai fait des études d'informatique et de chimie.

— J'aurais certainement dû prendre quelques cours, moi aussi, soupira Jackson. Je suis complètement incompétent en matière d'ordinateurs.

— Je crois que j'ai trouvé le problème, déclara la jeune femme après quelques minutes d'investigation supplémentaire.

Elle désigna une ligne de commande que Jackson observa d'un air méfiant, ne voyant pas ce qu'elle pouvait bien avoir de particulier.

— Toute une partie du code manque, expliqua la jeune femme en désignant le listing.

— Elle manque ? répéta Jackson, surpris. Vous pensez qu'il s'agit d'un virus ?

— Non, probablement pas. Si c'était le cas, il aurait certainement endommagé d'autres parties du programme.

Noelani corrigea la ligne de commande et continua à passer en revue les autres lignes. Finalement, elle sauvegarda les modifications qu'elle avait tapées et se tourna vers Jackson.

— Je crois que c'est tout. Ce problème était effectivement suffisant pour provoquer une surchauffe du système. Voulez-vous que nous rallumions l'unité défectueuse pour voir si tout fonctionne de nouveau ? Avec un peu de chance, vous parviendrez à sauver le sucre qui était en train d'être traité au moment de l'incident. Tout dépend de combien de temps vos employés ont mis à repérer le problème…

— Il faudrait poser la question à Marc. C'est lui qui s'est aperçu que quelque chose n'allait pas. Mais je ne sais pas si c'est arrivé pendant que son équipe travaillait ou bien avant.

Alors qu'ils quittaient le bureau, la jeune femme prit le bras de Jackson.

— Vous ne croyez pas que vous feriez mieux de fermer à clé ? suggéra-t-elle. Qui a les clés de ce bureau ?

— Je ne sais pas exactement, avoua Jackson. C'est Duke qui supervisait l'activité du moulin et c'est lui qui a fait installer l'ordinateur, il y a cinq ans. Pourquoi ? Est-ce que c'est important ?

— Oui, si la ligne a été volontairement effacée.

A cet instant, Casey les rejoignit, une expression inquiète sur le visage.

— Quelque chose ne va pas, Jackson ? demanda-t-elle de but en blanc. Nick m'a dit qu'il y avait un problème au moulin…

— C'est exact, acquiesça Noelani. Apparemment, une partie du programme qui pilote le moulin a été supprimée. Je l'ai restaurée. Nous étions sur le point de vérifier que c'est suffisant pour remettre les machines en route.

— Est-ce qu'il s'agit d'un accident ou d'un geste délibéré ? demanda Casey en se tournant vers son frère.

— Noelani et moi étions justement en train de nous poser la question, expliqua-t-il.

110

— Comment pourrait-elle le savoir ? demanda Casey avec une pointe d'agressivité non dissimulée.

— Parce que Noelani a un diplôme d'informatique, expliqua Jackson. Tu serais surprise de voir avec quelle facilité elle a passé en revue le programme…

— Attendez de voir si ma correction a été efficace.

Tous trois regagnèrent la salle principale où trois des cuves fonctionnaient tandis que la quatrième était arrêtée. Ils y retrouvèrent Marc que Jackson présenta à Noelani. La jeune femme échangea quelques remarques avec le responsable du moulin puis ce dernier remit en marche la machine. Ils attendirent impatiemment tandis qu'elle reprenait vie.

— Je ne sais pas comment vous avez fait, déclara Marc, impressionné, au bout d'une vingtaine de minutes, mais cette machine fonctionne de nouveau parfaitement. Ella atteint la bonne température et semble s'y maintenir…

— Je dois admettre que je suis impressionnée, dit Casey sans cacher son admiration. Vous nous avez fait économiser beaucoup de temps et d'argent, Noelani.

A la grande surprise de celle-ci, la sœur de Jackson lui tendit gravement la main. Elle la serra, heureuse de sentir que, pour la première fois, la méfiance de Casey cédait un peu de terrain.

Elle les entraîna tous deux à l'écart tandis que Marc veillait aux derniers réglages de la machine.

— Pour que ce code disparaisse, leur dit-elle, il a fallu que quelqu'un y accède. Quelqu'un qui connaissait très bien le programme… Si je puis me permettre un conseil, je suggère que vous fassiez changer la serrure du bureau et que vous ne gardiez que deux clés, une pour chacun d'entre vous. De cette façon, vous serez certains que ce genre d'incident ne se reproduira plus…

— Nous ferons faire trois clés, déclara Casey. J'ai agi de façon stupide, l'autre soir, au casino, lorsque vous m'avez dit que vous connaissiez la culture de la canne à sucre. Je vous crois, à présent. Et je suggère que vous vous occupiez du moulin, au moins jusqu'à la fin de la saison. J'aurai l'esprit plus tranquille...

— Avec plaisir, répondit Noelani, ravie. Et je commencerai par faire remplacer cette serrure...

— Je vais aller le demander à Adam. Il est dehors avec Nick. Je suis certain qu'il pourra le faire en quelques minutes...

Noelani hocha la tête et regarda Jackson et sa sœur s'éloigner, comprenant qu'elle venait de remporter sa première victoire depuis qu'elle était arrivée à Bellefontaine.

6.

En attendant Adam, Noelani observa le moulin d'un œil critique. L'équipement était vétuste mais paraissait fonctionner correctement. Une odeur familière de sucre brûlé flottait dans l'air et, pour la première fois depuis son arrivée, la jeune femme se sentit en terrain familier.

Au bout de quelques minutes, elle aperçut Adam qui montait à grands pas l'escalier conduisant à la passerelle surmontant la salle où était traitée la canne à sucre. Il paraissait parfaitement à son aise dans cet univers qui n'était pas le sien.

Comme elle, il portait un casque et des lunettes de protection contre les éclats de canne. Mais même cette tenue saugrenue ne parvenait pas à masquer le charme qui se dégageait de lui.

— Cet endroit est un véritable labyrinthe, déclara-t-il, impressionné. Et je ne sais pas comment tu fais pour supporter ce vacarme…

— Ce n'est pas pire que la scie sauteuse que tu utilisais l'autre jour dans la cuisine !

— Je ne l'emploie pas à longueur de journée, objecta-t-il. Mais je ne suis pas venu pour discuter des mérites comparés de nos environnements de travail. En fait, je serais curieux d'apprendre comment tu as réussi à te réconcilier avec Casey. Elle n'arrêtait pas de chanter tes louanges…

— C'est parce que j'ai résolu le problème du moulin. C'était un simple bug informatique. Mais le mieux, dans tout cela, c'est que Jackson et Casey acceptent de me laisser travailler ici. S'ils sont d'accord, je pense que je pourrais implémenter quelques modifications de mon cru pour améliorer de façon substantielle leur productivité…

Adam l'interrompit brusquement en plaquant sur ses lèvres un fougueux baiser qui la prit complètement au dépourvu. Incapable de résister au bien-être que lui procurait cette étreinte, elle se laissa aller, délicieusement consciente de la force d'Adam, de son odeur troublante qui se mêlait à celle de feu de bois du barbecue.

Le contact de ses lèvres avait déjà quelque chose de terriblement familier.

Autour d'eux, les bruits du moulin lui rappelaient qu'ils se trouvaient dans un endroit dangereux, un endroit où il était excessivement déconseillé de garder les yeux fermés. C'est pourtant ce qu'elle fit, goûtant au flot brûlant de sensations délicieuses qui l'envahissaient.

Finalement, ce fut Adam qui mit un terme à leur étreinte et s'écarta légèrement d'elle.

— J'aimerais vraiment pouvoir continuer, observa-t-il en souriant. Mais nous devrions peut-être aller voir cette serrure avant que tous les ouvriers du moulin ne nous regardent.

Du coin de l'œil, Noelani aperçut alors trois hommes qui les observaient d'un air goguenard. Malgré elle, elle rougit jusqu'à la racine des cheveux. Remettant un peu d'ordre dans ses habits froissés par les caresses d'Adam, elle s'efforça de gagner le bureau aussi dignement que possible.

— Est-ce que Jackson t'a donné sa clé ? demanda-t-elle lorsqu'ils arrivèrent devant la porte.

— Casey l'a fait. Bon, ajouta-t-il en observant la serrure, apparemment, c'est un système tout ce qu'il y a de plus basique. Je ne devrais pas mettre plus d'une demi-heure à la remplacer. Tu n'as qu'à venir à la quincaillerie avec moi et tu pourras choisir le modèle que tu veux.

— Y a-t-il autant de choix que cela ? demanda la jeune femme, dubitative.

— Tu serais surprise.

— Dans ce cas, tu devrais peut-être en parler à Casey ou à Jackson. Je ne suis là que temporairement et je ne suis pas habilitée à prendre de telles décisions.

— Casey et Jackson sont retournés à la propriété pour s'occuper de leurs invités. Tu avais raison au sujet de tante Esme. Elle avait un peu trop bu et, peu de temps après ton départ, j'ai dû la ramener jusqu'à sa chambre pour ne pas qu'elle dise trop de bêtises.

— Mais qui s'occupe de la fête, pendant ce temps ?

— DuPree, Luc et Viv. Mais je doute qu'ils aient quoi que ce soit à faire. Tout le monde s'amuse mais l'atmosphère reste bon enfant. Pourquoi ? Tu t'attendais à ce que quelque chose tourne mal ?

— Non… Mais je te rappelle qu'il s'est passé pas mal de choses étranges à Bellefontaine, ces derniers temps… Enfin, si Casey et Jackson s'occupent de tout, je suppose que je peux t'accompagner à la quincaillerie. A condition tout de même que tu me promettes de ne plus me sauter dessus par surprise comme tu viens de le faire. Puis-je savoir ce qui me valait ce baiser, d'ailleurs ?

— Je ne sais pas. En te regardant, j'ai eu brusquement envie de t'embrasser… En fait, je crois que j'en ai eu envie durant toute cette journée. Mais as-tu vraiment besoin d'une raison ? Après tout, c'est la première fois que je me retrouve en tête à tête avec toi depuis la dernière fois que nous nous sommes embrassés…

— Est-ce que cela ne t'a pas paru étrange, justement ? demanda Noelani, un peu exaspérée par l'assurance tranquille dont il faisait preuve. Tu ne t'es pas dit que je cherchais à t'éviter ? A moins que tu ne sois convaincu que toutes les femmes te trouvent irrésistible…

— Tu me confonds avec Nick ou Jackson, protesta Adam en riant. Et encore… Depuis qu'il est amoureux de Casey, Nick ne semble même plus se rendre compte de l'effet qu'il produit sur les femmes…

— Je suis certaine que vous êtes exactement les mêmes, tous les trois : de charmants garçons du Sud à la langue bien pendue qui êtes passés maîtres dans l'art d'entraîner les filles un peu légères dans votre lit. Mais je n'ai rien d'une écervelée !

— D'ailleurs, ironisa Adam, je ne me rappelle pas t'avoir invitée à partager mon lit.

— N'était-ce pas implicite ? Après tout, cela fait deux fois que tu m'embrasses…

— C'est juste parce que j'adore t'embrasser. Et si j'en crois la façon dont tu réponds à mes baisers, c'est réciproque. D'un autre côté, ajouta-t-il d'un air malicieux, si je me trompe, tu peux toujours m'envoyer promener…

Noelani jeta nerveusement un regard aux alentours pour s'assurer que personne n'avait surpris leur conversation. Réfléchissant à ce qu'Adam venait de lui dire, elle se dit qu'il avait entièrement raison : elle lui avait rendu ses baisers parce qu'elle les trouvait tout aussi plaisants que lui.

Mais elle était bien trop timide pour le reconnaître aussi crûment.

— Cette conversation est un peu trop personnelle pour que nous la poursuivions ici, déclara-t-elle un peu sèchement.

D'ailleurs, nous ferions mieux d'aller à la quincaillerie avant qu'elle ne ferme…

Nick la regarda attentivement, réalisant qu'elle ne l'avait pas clairement repoussé comme elle aurait été en droit de le faire. En fait, elle ne lui avait même pas explicitement demandé de renoncer à l'embrasser. Cela signifiait qu'il avait peut-être ses chances. Cette idée le mit d'une humeur particulièrement joyeuse.

Il suivit la jeune femme jusqu'au parking du moulin. Elle se tourna alors vers lui, visiblement inquiète.

— Je suis venue avec Jackson. Et je ne vois pas ta voiture…

— C'est parce que Casey et Nick m'ont amené ici. Mais Jackson est reparti avec eux et m'a dit que je pouvais utiliser la Jaguar.

— Eh bien ! On peut dire qu'il a confiance. Surtout après les difficultés qu'il a rencontrées avec les assurances… Je ne sais pas combien coûte un petit bijou comme celui-ci mais cela ne doit pas être donné !

— C'est le moins que l'on puisse dire, concéda Adam en ouvrant galamment sa portière.

Elle prit place à l'intérieur et il la referma avant d'aller s'installer au volant. Après avoir ajusté son siège, il fit démarrer le véhicule dans un vrombissement sourd et puissant.

— Tu parlais de difficultés avec les assurances, remarqua Adam tandis qu'ils s'engageaient sur la route de Baton Rouge. Leur compagnie refuse-t-elle de rembourser les frais liés à l'incendie ?

Si tel était le cas, Casey lui demanderait certainement d'accepter un délai avant de régler l'argent qu'elle lui devait. Et cela l'empêcherait peut-être de racheter Magnolia Manor puisque la mise sur le marché se ferait probablement dès le mois suivant.

— Je ne sais pas ce qu'il en est au sujet de l'incendie, répondit Noelani. En fait, Jackson parlait de l'assurance vie de ses parents. La compagnie ne versera la prime qu'après enquête. Et il y a aussi le problème de la moissonneuse… Je crois que l'assurance rechigne à la rembourser intégralement étant donné l'importance de la somme.

— Je dois reconnaître que cette succession de demandes de primes doit sembler suspecte aux yeux de leurs assureurs, concéda Adam. D'autant que Duke devait être le genre d'homme à confier tous ses contrats à la même personne en qui il pensait pouvoir avoir confiance…

Noelani resta quelques instants silencieuse, réfléchissant à ce qu'il venait de dire.

— C'est étrange, murmura-t-elle enfin. Je m'aperçois que, même toi, tu en sais plus que moi sur mon père et sur sa mort. Je sais juste que leur avion s'est écrasé en Italie. Mais je ne sais même pas comment s'est passé l'enterrement…

— Ça a été un véritable cauchemar, soupira Adam. Jackson a réussi à faire rapatrier les corps. J'ai assisté aux funérailles. C'était terrible pour Casey et Jackson. Mais Megan a également beaucoup souffert. Après tout, la pauvre petite a perdu successivement sa mère et ses grands-parents. Parallèlement, la famille a découvert ton existence et celle de ta mère, ce qui n'a pas facilité les choses…

— Peux-tu me dire où ils sont enterrés ? demanda Noelani. Je ne sais pas pourquoi mais il me paraît important de savoir où repose mon père…

— Tu ne le détestes donc pas autant que tu voulais bien le dire, observa Adam avec un pâle sourire. Finalement, Casey et toi vous ressemblez un peu : vous essayez de vous faire plus dures que vous ne l'êtes réellement…

— Jackson a dit quelque chose de ce genre. Mais c'est peut-être simplement parce que toutes les femmes réagissent à peu près de la même façon au deuil et à la trahison.

— J'avoue que je n'en sais rien, répondit Adam en haussant les épaules. Comme je te l'ai déjà dit, je ne connais pas grand-chose aux femmes...

Pourtant, songea-t-il, il savait au moins une chose : sa mère n'avait pas réagi comme Casey et Noelani lorsque son mari avait disparu. Au lieu de lutter comme elles, elle s'était lentement laissée dériver hors du monde, se repliant sur elle-même et sur sa souffrance.

— Je suis désolée, Adam, murmura Noelani qui avait perçu sa détresse. Cela doit te rappeler ce qui est arrivé à ton père.

— Comment le sais-tu ? demanda-t-il, surpris.

— Parce que tu as eu exactement la même expression distante que lorsque tu m'en as parlé, la première fois. Et parce que tu t'es mis à jouer avec la croix que tu portes à ton cou. Est-ce qu'elle lui appartenait ?

— Oui, répondit-il. Il me l'avait donnée avant de partir pour le Viêt-nam. J'ai fait graver son nom dessus et la date à laquelle son avion s'est écrasé. Je suppose que la plupart des familles de soldats portés disparus possèdent ce genre de colifichets...

Adam ralentit alors et s'engagea sur le parking de la quincaillerie.

— Nous y voici, déclara-t-il. Si nous faisons rapidement, j'aurai le temps de l'installer aujourd'hui et nous serons de retour à Bellefontaine avant la fin du barbecue.

C'est exactement ce qu'ils firent. Mais, avant de regagner la propriété des Fontaine, Adam emmena Noelani au cimetière dans lequel reposait son père. Il était situé au beau milieu des champs de canne à sucre qui paraissaient s'étendre tout autour à l'infini.

Curieusement, les tombes étaient en fait des catafalques aux murs blanchis par le soleil.

— Autrefois, il arrivait souvent que le Mississipi déborde de son lit, expliqua Adam comme Noelani en faisait la remarque. C'est la raison pour laquelle on enterrait les morts en hauteur dans cette partie de la Louisiane. Aujourd'hui, le fleuve a été endigué mais la tradition demeure...

Cela signifiait que Casey devait voir régulièrement ce mausolée alors qu'elle se rendait aux champs de canne, se dit Noelani avec un pincement de cœur. Ce devait être pour elle un constant rappel de la perte de ce père qu'elle avait apparemment tant aimé.

Emue, elle resta silencieuse pendant tout le chemin du retour. A Bellefontaine, le groupe de musique cajun jouait toujours, même si le nombre d'invités avait considérablement diminué.

— Ça te dirait de danser ? suggéra Adam. Je te connais : si je ne t'invite pas, tu vas bientôt te mettre à tout ranger...

— Tu ne me connais pas, répondit gravement la jeune femme en le regardant droit dans les yeux. Personne ici ne me connaît... D'ailleurs, les gens de cette région sont très différents de ceux qui vivent à Hawaii. Même si je le voulais, je ne me sentirais jamais chez moi dans cette partie du monde...

— Eh ! protesta Adam. Je t'ai juste invitée à danser... Je ne te demandais pas en mariage !

Noelani lui décocha un pâle sourire mais Adam sentit que le cœur n'y était pas. D'ordinaire, les yeux de la jeune femme trahissaient chacune de ses pensées et de ses humeurs. Mais, ce soir, ils étaient sombres et indéchiffrables, comme deux puits de ténèbres sans fond.

— Je suis désolée, s'excusa-t-elle. Je ne sais pas ce qui m'arrive... Allons plutôt danser. Mais souviens-toi que ce que l'on dit des filles de Hawaii n'est pas toujours vrai : nous n'avons pas toutes le rythme dans la peau...

— Dans ce cas, nous risquons fort de nous marcher sur les pieds, répondit Adam en lui décochant un clin d'œil complice. C'est peut-être la première fois que je danse depuis que j'ai quitté l'université...

— Adam Ross, tu dois être le pire baratineur de ce côté du Mississipi, déclara-t-elle en riant.

— Pourtant, je te jure que c'est vrai...

Tandis qu'ils gagnaient la piste de danse, le groupe attaqua un blues très lent et très sensuel, le genre de morceau qui paraissait écrit pour donner envie aux gens de faire l'amour avec leur cavalière.

Ce fut d'ailleurs exactement ce qu'Adam éprouva dès qu'il prit Noelani dans ses bras et la sentit poser sa tête sur son épaule. Il émanait de la jeune femme une telle sensualité qu'il ne parvint pas à maîtriser le désir qui l'envahissait et s'insinuait dans chacun de ses membres, éveillant en lui une langueur délicieuse.

Cela faisait des années qu'il n'avait pas ressenti une telle attirance. Et, le plus fascinant, c'était qu'elle lui semblait réciproque. En fait, son trouble était tel qu'il finit par perdre complètement sa concentration et marcha maladroitement sur les pieds de la jeune femme.

— Je suis désolé, s'excusa-t-il aussitôt. Est-ce que je t'ai fait mal ?

Noelani éclata de rire et plaça doucement une main sur sa bouche, le faisant frissonner malgré lui.

— Chut, lui dit-elle, nous sommes probablement les plus mauvais danseurs du monde mais il est inutile que les autres s'en rendent compte...

— J'espère au moins que je ne t'ai pas fait trop mal.

— Ne t'en fais pas. D'ailleurs, c'est probablement ma faute : je n'aurais pas dû garder mes baskets. Ces chaussures sont idéales pour le moulin ou les champs de canne à sucre mais elles ne valent rien lorsqu'il s'agit de jouer à Ginger et Fred !

Le morceau s'acheva et ils se séparèrent à contrecœur. Adam prit doucement les mains de la jeune femme dans les siennes et les porta à ses lèvres.

— Merci pour cette danse, dit-il gravement.

— Tout le plaisir était pour moi, répondit-elle en mimant une petite révérence.

— Je crois que j'aimerais te montrer quelque chose...

Noelani le regarda attentivement, lisant dans ses yeux un enthousiasme soudain qui la prit au dépourvu.

— Est-ce que tu comptes me montrer ta garçonnière ? demanda-t-elle en souriant.

— Non... A moins que tu n'y tiennes, bien sûr. Dans ce cas, je me ferais un plaisir de te la faire visiter...

— Un de ces jours, je te prendrai peut-être au mot. Et j'amènerai Megan. Ni l'une ni l'autre ne connaissons cette partie de la propriété...

— Je vois, s'exclama Adam en riant. Je pense que je n'avais pas volé une réponse dans ce goût-là... Mais je t'assure que ce n'est pas ce à quoi je pensais. Ce que je veux te montrer ne nous prendra qu'une dizaine de minutes...

— D'accord, répondit la jeune femme. Mais pas plus longtemps. Il faut que je revienne aider Betty à tout ranger : elle a l'air épuisée.

— Bien. Retrouve-moi à ma voiture. Je vais chercher une lampe torche.

Intriguée, Noelani s'exécuta. Lorsque Adam la rejoignit, elle essaya vainement de le convaincre de lui dire où ils

122

allaient mais il resta obstinément muet. Quittant la propriété, ils s'engagèrent sur la route mais tournèrent à droite, prenant la direction opposée à celle de Baton Rouge.

Au bout de quatre ou cinq kilomètres, Adam ralentit et engagea la voiture sur un sentier tellement envahi de mauvaises herbes qu'il en était presque impossible à repérer. Il remonta une allée et s'immobilisa devant la forme sombre et vaguement menaçante d'une grande maison.

— Où sommes-nous ? demanda Noelani, curieuse. Qui habite là ?

— Personne pour le moment, répondit Adam d'une voix qui trahissait un enthousiasme étonnant. C'est Magnolia Manor.

Sautant à terre, il alla ouvrir la portière de la jeune femme et l'aida à descendre. Allumant sa lampe, il éclaira une grille qui les séparait de la maison.

— Nous ne pouvons pas entrer, expliqua-t-il. La banque a mis la propriété sous scellés.

De sa lampe, il balaya la pelouse qui s'étendait devant la maison et qui était envahie de mauvaises herbes. Le faisceau révéla ensuite la demeure qui se dressait au-delà. C'était un édifice de deux étages qui devait être moitié moins grand que Bellefontaine.

L'architecture était typique de la région : un beau porche entouré de colonnes, un toit surmonté de deux coupoles et un grand nombre de fenêtres pour laisser entrer la lumière.

— C'est ici que tu as grandi ? demanda Noelani.

— Oui. Et j'espère racheter la maison. Elle va être mise aux enchères ce mois-ci.

— Vraiment ? Et combien d'hectares fait le terrain ?

— Douze. Le jardin continue jusqu'à la digue et jusqu'aux rangées d'arbres que tu aperçois à droite et à gauche.

— Tu veux dire qu'il n'y a pas de champs ? Je ne comprends pas… Pourquoi perdrais-tu ton argent en achetant une plantation sans terres arables ? Ce n'est qu'une vieille maison…

Adam eut brusquement l'impression qu'elle venait de lui assener un coup de poing en plein plexus. Sonné, il resta longuement silencieux.

— Je suis désolée, s'excusa la jeune femme, voyant qu'elle l'avait blessé. Je sais que cet endroit a une grande valeur sentimentale pour toi. Mais cela n'explique pas pourquoi tu investirais dans une propriété qui te coûtera de l'argent sans te rapporter un cent… Tu ferais mieux d'acheter des champs, quitte à les louer.

— Les dix minutes que tu as accepté de me consacrer sont probablement écoulées, articula Adam. Nous ferions mieux de rentrer à Bellefontaine…

Un peu surprise par ce brusque changement d'humeur, Noelani le suivit jusqu'à la voiture. Sur le chemin du retour, Adam resta résolument silencieux et elle comprit qu'elle n'avait pas du tout réagi comme il l'avait escompté.

Pourtant, elle s'était montrée honnête : restaurer et entretenir une telle demeure coûterait une fortune à Adam. Et l'endroit ne lui permettrait pas de contrebalancer ces frais par des revenus agricoles. Economiquement, c'était tout simplement aberrant.

— J'espère que tu gagneras les enchères, dit-elle à Adam lorsqu'il se gara devant la garçonnière.

Adam grommela une réponse indistincte et descendit de voiture pour aller ouvrir la portière de la jeune femme. Il ne parvenait pas à comprendre pourquoi l'incompréhension de Noelani lui faisait autant de mal. Après tout, cet achat ne la concernait en rien…

Mais le fait était là : il aurait aimé qu'elle partage son enthousiasme, qu'elle comprenne à quel point Magnolia Manor était important à ses yeux.

— Est-ce que tu comptes retourner à la fête ? lui demanda Noelani.

— Non. J'ai encore du travail dans la cuisine. Ensuite, je pense que j'irai me coucher…

— Très bien, soupira la jeune femme. Bonsoir, Adam.

— Bonsoir, répondit-il avant de s'éloigner à grands pas en direction de la maison.

Noelani le suivit tristement des yeux, surprise de la façon dont sa froideur l'affectait. Elle s'était pourtant juré de ne pas se laisser séduire. Cela n'aurait eu aucun sens puisque, quoi qu'il arrive, elle repartirait bientôt pour Hawaii. Mais elle n'y pouvait rien. Qu'elle le veuille ou non, elle s'attachait peu à peu à Adam…

Tout en méditant ce constat, la jeune femme se dirigea vers la pelouse sur laquelle la fête continuait à battre son plein. Elle était si préoccupée qu'elle faillit percuter Nick et Casey qui venaient à sa rencontre main dans la main.

— Jackson vous cherchait, lui indiqua sa demi-sœur. Il se demandait si vous aviez donné une heure au groupe pour la fin de la soirée…

— Ils ont signé un contrat de douze heures incluant six pauses.

Jetant un coup d'œil à sa montre, la jeune femme poussa un petit cri de surprise.

— 9 heures, déjà ! Et dire que je ne leur ai même pas encore donné leur chèque… Je l'ai laissé dans ma chambre lorsque Jackson m'a demandé de venir avec lui au moulin.

— Vous y êtes restée tout ce temps, s'étonna Casey.

— A peu près, répondit évasivement Noelani qui ne tenait pas à s'étendre sur ses excursions au cimetière et à Magnolia Manor en compagnie d'Adam.

— Adam a-t-il changé la serrure ?

— Oui. J'ai une clé pour vous, d'ailleurs.

Noelani la sortit de sa poche et la tendit à sa demi-sœur qui l'empocha distraitement. Elle paraissait avoir quelque chose en tête.

— Est-ce que Jackson compte me présenter aux employés du moulin ? demanda Noelani. Cela éviterait certainement de froisser la sensibilité de ceux qui travaillent là-bas… Ils ne verront certainement pas d'un bon œil une étrangère débarquer pour bouleverser leurs habitudes.

— Ne vous en faites pas, il vous présentera à tout le monde. Mais qu'en est-il de ce problème informatique ? Que s'est-il passé exactement, d'après vous ?

— Eh bien… Je pense que quelqu'un s'est introduit dans le programme exactement comme je l'ai fait et qu'il a effacé une ligne de code.

— En d'autres termes, intervint Nick, quelqu'un aurait volontairement causé la surchauffe. Mais pourquoi ? N'aurait-il pas été possible d'endommager plus gravement les installations ?

— Si, probablement… On aurait pu effacer tout le programme et mettre la chaîne hors d'usage. Ou voler les livres de code et les disques de sauvegarde pour nous compliquer la tâche à long terme. A ce propos, où sont ces fameux disques ? Ils ont dû être livrés avec le système.

— Je ne sais pas, reconnut Casey. C'est Duke qui supervisait ces activités. Il a peut-être gardé le disque à la maison. Dans ce cas, il devrait se trouver dans son bureau. Sinon, il se trouve quelque part au moulin…

126

— Y a-t-il une chance que la ligne de code ait été effacée accidentellement ? demanda alors Nick.

— Disons que c'est improbable. Il aurait fallu que quelqu'un s'introduise dans le programme, sélectionne la ligne et appuie accidentellement sur la touche « effacer ».

— Cela fait beaucoup de coïncidences, concéda Nick.

— En effet, acquiesça Noelani. Mais cela peut arriver... En tout cas, il va falloir prendre une décision stratégique. Si vous voulez coincer le coupable, nous ferions mieux de cacher le fait que je maîtrise le système informatique. Si nous voulons dissuader un éventuel saboteur, au contraire, nous devons en faire état.

— J'avoue que j'ai un peu de mal à comprendre tout ce qui se passe, ces temps-ci, reconnut Casey. Il nous est arrivé de licencier des employés. Certains nous ont menacés. Broderick est même allé beaucoup plus loin... Mais il est en prison aujourd'hui et, s'il y a bien un saboteur au moulin, cela signifie que quelqu'un d'autre nous hait autant que lui.

— Ou que Broderick agissait pour le compte de quelqu'un d'autre, reprit Nick. Jackson et moi sommes convaincus qu'il n'était pas assez malin pour orchestrer seul le vol de la moissonneuse...

— Je sais. D'ailleurs Broderick prétend qu'il était payé par quelqu'un. Mais la police ne le croit pas.

— Je sais que cela ne me regarde probablement pas mais Adam et moi étions au casino lorsque ce Chuck Riley a fait un scandale. Il a dit que Duke lui devait de l'argent.

— C'est possible. Mais il était trop ivre pour me comprendre lorsque je lui ai dit que la NSTB ne nous avait pas encore donné les registres de l'avion. Bien sûr, j'aurais pu le croire sur parole et lui faire un chèque, mais Jackson préférait attendre que nous sachions précisément combien d'heures il avait volé.

— C'est parce que je ne veux pas payer à ce type un cent de plus que ce que nous lui devons, déclara Jackson qui les avait rejoints. Riley est ivre mort depuis qu'il est rentré. Je finis même par me demander si ce n'est pas la raison pour laquelle Duke a pris les commandes, en Europe. Si c'est vraiment ce qui s'est produit, il n'obtiendra pas un dollar de ma part ! A propos de paie, ajouta-t-il, le groupe a demandé si nous comptions leur donner leur chèque ce soir.

— J'étais sur le point d'aller le chercher, indiqua Noelani. Je dois aussi payer DuPree. Mais nous avons commencé à discuter de ce qui s'est passé au moulin…

— A ce sujet, il faudra que nous déterminions précisément vos fonctions. Casey, Nick ? Que diriez-vous d'aller saluer nos derniers invités ? Ensuite, je donnerai un coup de main à DuPree pendant que Nick aidera le groupe à démonter la scène. Casey, tu pourrais seconder Betty si tu ne te sens pas trop faible…

— Faible ? protesta Casey. Pourquoi me sentirais-je faible ?

— Eh bien, j'ai remarqué que tu étais très pâle, ces derniers temps. Cela n'a rien de surprenant, après une fausse couche…

Il s'interrompit brusquement tandis que sa sœur le foudroyait du regard.

— Vous avez fait une fausse couche ? s'exclama Noelani d'une voix pleine de sympathie. En plus de tout ce qui vous est arrivé, ces derniers temps…

— Oui… Heureusement, je n'étais pas enceinte depuis très longtemps, répondit Casey.

De grosses larmes perlèrent brusquement au coin de ses yeux et elle les essuya avec une pointe d'agacement.

— Bon sang ! Et dire que je déteste les femmes qui pleurent pour un rien…

128

— Perdre un bébé, ce n'est pas rien, protesta Noelani en prenant la main de Casey dans la sienne. Jackson a raison. Vous devriez aller vous reposer. J'aiderai Betty dès que j'aurai récupéré les chèques.

— Au fait, où est passé Adam ? demanda alors Jackson pour faire diversion.

— Il a dit qu'il avait quelques petites choses à faire dans la cuisine et qu'ensuite il irait se coucher…

— Ça ne va pas, mon ange ? demanda Nick à Casey qui paraissait lutter contre un nouvel accès de larmes.

— Ça irait très bien si Jackson n'avait pas parlé du bébé, murmura-t-elle avant de se mettre à sangloter.

Son mari la prit tendrement dans ses bras et la serra contre lui.

— Voilà ce que nous allons faire : Casey, tu vas aller nous préparer un bon café. Moi, j'irai chercher Adam et, s'il n'est pas encore couché, je l'embaucherai pour m'aider à rentrer les tables et les chaises. Ensuite, nous nous retrouverons tous les quatre dans la cuisine pour discuter de cette histoire de moulin. D'accord ?

Tous acquiescèrent et se séparèrent. Tandis qu'elle regagnait sa chambre, Noelani se demanda si Adam était déjà au lit ou s'il boudait quelque part, une bière à la main. Parlerait-il à Nick de ce qui s'était passé entre eux ? A moins que les hommes ne partagent pas ce genre de choses…

Lorsqu'elle atteignit le couloir du premier étage, la jeune femme entendit des ronflements provenant de la chambre de tante Esme. Cela lui arracha un sourire : pour rien au monde, la vieille dame n'aurait admis qu'elle ronflait. C'était bien trop inconvenant !

Après avoir récupéré les chèques, Noelani redescendit par l'escalier de service où elle croisa Tanya qui remontait en sens inverse.

— Où allez-vous ? demanda celle-ci. La fête est finie, vous savez.

— Justement, je dois aller payer le groupe. Où est Megan ?

— Au lit. Vous ne pensiez tout de même pas que j'allais la laisser veiller aussi tard ? Par contre, je vous serais reconnaissante de ne pas dire à Jackson que je suis ressortie danser...

— Vous n'auriez pas dû laisser sa fille seule, remarqua Noelani.

— Elle dort dans la chambre de tante Esme, répondit Tanya en haussant les épaules. Elle était triste parce que son père ne s'était pas occupé d'elle. Je l'ai vu partir en voiture avec vous et vous avez disparu pendant des heures. Megan n'a pas arrêté de vous réclamer. Où étiez-vous ?

L'agressivité de la jeune fille était évidente et Noelani comprit qu'elle était jalouse. Elle avait apparemment oublié que Jackson et elle étaient frère et sœur.

— Nous avions du travail, répondit-elle avec une pointe d'exaspération. Et nous devrons partir tôt, demain matin. Mais dites à Megan que son papa lui ramènera une surprise pour se faire pardonner son absence.

Sur ce, Noelani dévala les escaliers et rejoignit le groupe qu'elle paya avant d'aller trouver DuPree.

— Vous avez fait un travail merveilleux, dit-elle au traiteur en lui tendant son enveloppe.

— C'était un plaisir, ma p'tite dame, répondit ce dernier.

Betty les rejoignit alors, une pile d'assiettes sales à la main.

— Laissez-moi les prendre, lui dit Noelani. Est-ce qu'il reste encore de la vaisselle dehors ?

— Non. Ce sont les dernières. Je vous les laisse puisque Rufus m'a promis qu'il viendrait faire un petit tour au clair de lune sur ma moto. A moins qu'il ne se soit dégonflé, ajouta-t-elle en jetant un regard de défi à DuPree.

— Pas du tout. Mais c'est moi qui conduis. Je ne tiens pas à être la risée de Green Water Bayou parce que j'ai joué les passagers sur la Harley d'une femme !

— C'est ma Harley, protesta Betty. C'est moi qui conduis !

— Bon sang, Betty ! Pense un peu à mon image de marque…

— Et pense à la mienne ! s'exclama la cuisinière en riant.

Tous les deux s'éloignèrent sans cesser de se disputer et Noelani les suivit des yeux, amusée par le couple improbable qu'ils formaient.

— Qu'est-ce que tu fais avec une pile d'assiettes au beau milieu de la pelouse ? lui demanda alors Adam, la tirant brusquement de sa rêverie.

Il portait une table sur l'épaule et elle ne put s'empêcher de sourire.

— J'ai une impression de déjà-vu. N'est-ce pas la même table que tu portais ce matin ?

— Si. Mais tu n'avais pas les assiettes. Nick m'a dit que vous alliez tenir une sorte de réunion. A quel sujet ?

— Au sujet de mon nouveau poste au moulin et de la façon dont nous parviendrons à coincer celui qui a trafiqué le programme informatique…

— Vous ne pensez pas que vous devriez laisser la police s'en charger ? S'il s'agit bien d'un saboteur, il n'hésitera peut-être pas à faire usage de violence s'il se sent menacé…

— Ne sois pas aussi alarmiste ! Après tout, ce n'est peut-être qu'un accident…

— Peut-être, concéda Adam. En tout cas, je veux que tu me promettes de t'enfermer à double tour chaque fois que tu travailleras dans ce bureau. Et demande à Jackson de te fournir un téléphone portable, au cas où…

— Je croyais que tu étais en colère contre moi. Pourquoi cette amabilité tout à coup ?

— Je ne sais pas, reconnut Adam. Je crois que c'est plus fort que moi…

7.

Noelani fut attirée par une délicieuse odeur de café. Se dirigeant vers la cuisine, elle y rejoignit Casey qui lui adressa un signe de tête qui, sans être excessivement cordial, valait mieux que l'hostilité dont elle avait fait preuve jusqu'à ce jour.

Noelani lui adressa un timide sourire avant de se servir une tasse fumante dans laquelle elle versa une noisette de crème.

— Délicieux ! s'exclama-t-elle.

— Félicitations pour le barbecue, fit Casey. Tout le monde s'est beaucoup amusé.

— Tant mieux. J'ai à peine fermé l'œil la nuit dernière tellement j'étais inquiète.

— Pourquoi donc ? Ce n'était qu'une fête…

— Auriez-vous dit cela si elle avait été ratée ? répondit Noelani du tac au tac.

— Probablement pas, reconnut sa demi-sœur. En fait, je suis même certaine que je vous l'aurais âprement reproché…

Au moins, songea Noelani, Casey avait le mérite d'être honnête…

— Je sais que vous aimeriez voir en moi une ennemie, soupira-t-elle. Mais, comme je l'ai dit à Jackson, rien de ce que nous pourrons faire ou dire ne changera les circonstances de ma naissance. Si vous voulez me haïr, haïssez-moi. Mais ne m'accusez pas à tort de tous les maux.

— Je ne veux pas vous haïr, soupira Casey avec une pointe d'exaspération. Je voudrais juste comprendre pourquoi mon père a agi comme il l'a fait… J'avais toujours cru que maman et lui étaient très heureux ensemble !

— Ma grand-mère disait que c'était à cause des *menehune*, des esprits. Il paraît qu'ils ont de grands pouvoirs magiques…

— C'était une façon de dire que personne n'est responsable, observa Casey.

— Certainement… Mais je ne peux vous en vouloir de chercher un coupable : c'est exactement ce que j'ai fait durant des années.

— Dites-moi… Est-ce que vous étiez curieuse de savoir à quoi nous pouvions bien ressembler, Jackson et moi ?

— En réalité, je n'ai appris votre existence que lorsque Shelburne Prescott a contacté Bruce. Et, croyez-moi, la curiosité était bien le dernier de mes sentiments, à ce moment-là.

— Nick ne cesse de répéter que toute médaille a son revers, soupira Casey. Généralement, je fais semblant de ne pas comprendre mais, au fond, je sais qu'il a raison… En parlant du loup, d'ailleurs, je crois que je l'entends approcher… Je suis heureuse que nous ayons eu cette conversation, Noelani, et que vous puissiez comprendre ce que je ressens. Viv, ma meilleure amie, ne voit même pas pourquoi j'en veux à Duke…

A cet instant, Nick pénétra dans la cuisine avec Jackson.

— Je vois qu'on peut enfin vous laisser seules sans que vous en veniez aux mains, observa-t-il, un brin moqueur.

— J'étais justement en train de parler de toi à Noelani, répondit Casey. Je lui disais que tu avais la manie agaçante d'avoir toujours raison.

— Heureux de te l'entendre dire.

Casey leva les yeux au ciel en poussant un soupir théâtral tandis que Jackson s'asseyait à la table de la cuisine, une tasse de café à la main.

— J'ai demandé à Tanya de dire à Megan que vous lui apporteriez une surprise demain, dit Noelani à Jackson. Elle s'est sentie un peu délaissée lorsque nous sommes tous partis pour le moulin, aujourd'hui. J'ai pensé que cela lui remonterait un peu le moral...

Les trois autres la regardèrent avec stupéfaction et elle haussa les épaules.

— Cela n'a pas besoin d'être un cadeau très cher, remarqua-t-elle.

— Ce n'est pas une question d'argent, répondit Casey. Je suis juste un peu surprise que vous vous occupiez de la fille de Jackson.

— Pourquoi cela ? répliqua Noelani avec une pointe d'exaspération. Parce que vous estimez que je suis dépourvue de toute moralité ? Parlons franchement puisque nous sommes en famille, ajouta-t-elle avec une ironie mordante. Dites-moi ce que vous pensez vraiment de moi !

Jackson tiqua tandis que Nick détournait les yeux, semblant brusquement s'absorber dans la contemplation du papier peint. Seule Casey continuait de regarder fixement Noelani, les mains serrées sur sa tasse de café.

— Si vous y tenez tant que cela, voici quelle est ma position, dit-elle enfin. Jackson et moi travaillons à Bellefontaine depuis notre adolescence. Nous avons été stupéfaits de découvrir que Duke entendait léguer un tiers de la plantation à une parfaite inconnue. Contrairement à ce que vous pensez, je ne vous déteste pas. Mais je pense que vous êtes une profiteuse : vous avez sauté sur cet héritage, nous demandant de vous rembourser votre part au moment même où les affaires sont au plus mal. C'est ainsi que je vois les choses, que cela vous plaise ou non…

— Eh bien, vous vous trompez. Si j'en avais vraiment voulu tant que cela à votre argent, j'aurais engagé un avocat pour vous forcer à vendre et à liquider vos actifs de façon à pouvoir empocher ma part de l'héritage. J'en avais le droit. Pourtant, je n'en ai rien fait. J'ai accepté d'emblée de vous laisser le temps de vendre la récolte. Je vous ai même proposé mes services pour accélérer et optimiser le processus. Si vous vous intéressiez plus à moi, vous sauriez que je travaille dans la canne à sucre depuis que je suis adolescente. C'est autant une passion qu'un métier et c'est la raison pour laquelle je souhaiterais racheter la plantation de Bruce Shiller, lorsqu'il prendra sa retraite. D'où l'intérêt de cet héritage inattendu…

— Je ne sais pas si nous parviendrons réellement à nous comprendre, soupira Jackson. En tout cas, je dois reconnaître que vous avez votre franc-parler. Vous devez tenir cela de Duke… Quant à moi, je tiens beaucoup plus de ma mère : je préfère négocier que prendre les problèmes à bras-le-corps. Et, en l'occurrence, il me semble que nous avons tous le même intérêt : faire en sorte que la récolte soit un succès et que nous produisions un maximum de sucre pour nous tirer du guêpier financier dans lequel nous nous trouvons actuellement.

— C'est vrai, concéda Casey.

Noelani hocha la tête.

— Vous avez raison, soupira-t-elle. Et nous n'avons pas besoin de nous apprécier les uns les autres pour cela.

— Par contre, reprit Jackson, il faudra présenter une harmonie de façade si nous voulons paraître crédibles vis-à-vis de nos fournisseurs, de nos clients et de nos employés.

— Je suis d'accord, reconnut Casey. D'autant que je suis prête à reconnaître les compétences de Noelani : elle a prouvé qu'elle avait une connaissance approfondie dans un domaine que nous maîtrisons mal. Je connais la culture de la canne à sucre sur le bout des doigts et tu es un négociateur-né. Par contre, le fonctionnement du moulin nous échappe en grande partie…

— Voilà quelque chose de constructif, déclara alors Nick. Noelani a raison : vous n'êtes pas obligés de vous aimer pour travailler ensemble. L'essentiel, c'est que vous respectiez vos compétences respectives.

— Exact, Nick, acquiesça Jackson. Duke nous a laissés doublement orphelins : il était en effet le seul à superviser l'intégralité de la chaîne, du semis à la vente finale de sucre. Sa disparition nous prive de compétences précieuses. Aussi, je suggérerai que nous laissions Noelani s'occuper du moulin. De toute façon, Casey est prise à plein temps par la récolte et moi par la rénovation de la raffinerie et la négociation de nos contrats de vente.

— Je suis d'accord, approuva Casey. De cette façon, chacun d'entre nous pourra prendre ses responsabilités sans que les autres lui marchent sur les pieds.

L'horloge du salon sonna 3 heures et Casey étouffa un bâillement en se frottant le visage :

— Je crois que je vais aller me coucher. Je suis brisée…

— Encore une chose, fit Jackson en retenant sa sœur. La semaine prochaine a lieu la Fête du Sucre. C'est une tradition locale, ajouta-t-il à l'intention de Noelani. Il y a à Baton Rouge un musée de l'Histoire du sucre qui est installé dans une vieille maison créole des années 1800. Ils organisent chaque année cette Fête du Sucre pour sensibiliser les touristes et les habitants de la région à notre activité et à son impact sur la région. J'ai dit à la conservatrice que, malgré le décès de nos parents, nous serions honorés de participer à cette cérémonie.

— Murray m'a laissé un mot pour me demander si nous comptions y aller, acquiesça Casey. Je me disais que tante Esme pourrait très bien représenter Bellefontaine. Après tout, elle a de nombreuses copies de robes d'époque qu'elle a utilisées au cours des dernières fêtes… Franchement, moi, je préfère le mardi gras…

— Je sais, soupira Jackson. Mais j'aimerais que Megan y participe : je suis certain que cette reconstitution lui plaira beaucoup. D'ailleurs, cela devrait également vous intéresser, ajouta-t-il à l'intention de Noelani.

— Certainement, répondit-elle. D'autant que je n'ai encore jamais vu de musée concernant l'histoire de notre activité.

— Allez-y avec Adam. Il est passionné d'histoire cajun…

Noelani se sentit rougir malgré elle, se demandant si Jackson soupçonnait la relation qui existait entre Adam et elle.

— Je ne sais pas s'il aura le temps, remarqua-t-elle. Il est très pris par son travail. En tout cas, moi, j'irai… Bien, je crois que je vais aller me coucher. Nous nous retrouverons pour le petit déjeuner : je vous suivrai en voiture jusqu'au moulin et vous pourrez me présenter aux ouvriers qui y travaillent.

— Vous avez raison, acquiesça Jackson. Je n'avais pas pensé à cela…

— Si vous avez trop à faire, je pourrai me charger du cadeau de Megan, proposa la jeune femme. J'irai à l'heure du déjeuner. Après tout, c'est moi qui ai suggéré de lui en offrir un...

— Non, ce ne sera pas nécessaire. Il faut que je prenne l'habitude de faire ce genre de choses. Auparavant, je me contentais d'envoyer de l'argent à Janis et de la laisser choisir ce qui lui paraissait bien... Et je ne rendais visite à ma fille que lorsque sa mère le voulait bien.

— Ne vous faites pas de reproches, intervint Noelani. Vous faisiez ce que vous pouviez.

Malgré elle, son ton trahissait l'amertume qui l'habitait. Après tout, Jackson s'était conduit vis-à-vis de sa fille exactement comme Duke l'avait fait à son égard.

— Duke vous envoyait de l'argent chaque mois, remarqua Casey qui avait deviné le cours que prenaient ses pensées. D'ailleurs, d'après ses lettres, il aurait été prêt à jouer son rôle de père : c'est votre mère qui ne l'a pas laissé faire. Vous admettez vous-même qu'elle refusait même de vous parler de lui...

— Ce que vous dites était probablement vrai au début. Mais lorsque ma mère est morte, il y a quinze ans, Duke a plus ou moins dit à Bruce que cela l'arrangeait que je vive à l'autre bout du monde. Je ne le lui reproche pas d'ailleurs : j'aurais refusé de venir vivre avec lui, même s'il m'avait supplié de le faire.

C'était un mensonge qu'elle s'était souvent répété dans l'espoir qu'elle-même finirait par y croire. Mais, en réalité, à cette époque, elle aurait tout donné pour que l'homme qui l'avait fait naître lui concède la moindre preuve d'affection.

— Je suggère que nous évitions ce sujet, intervint Jackson. Il ne sert à rien de remuer le passé, d'autant que Casey et

139

vous n'aurez certainement jamais la même vision de Duke. Noelani, je propose que nous quittions la maison à 7 heures, demain matin.

— Je serai prête. Mais ne vous inquiétez pas si je ne viens pas prendre le petit déjeuner. Il est tard et il se peut que je préfère profiter d'une demi-heure de sommeil supplémentaire.

En réalité, Noelani se réveilla à temps pour descendre déjeuner. Elle rejoignit donc les autres qui cherchaient un peu d'énergie au fond de leurs tasses de café, les yeux marqués par le manque de sommeil.

Seules Tanya et Megan paraissaient en pleine forme et racontaient par le menu à Jackson les épisodes du barbecue qu'il avait ratés la veille. A l'autre bout de la table, Adam était en pleine conversation avec tante Esme. Ce fut d'ailleurs la vieille dame qui aperçut Noelani la première.

— Quelle étrange tenue, remarqua-t-elle en désignant le jean fatigué, le T-shirt usé et les chaussures de chantier que portait la jeune femme.

— Jackson ne vous a pas dit que je commençais à travailler au moulin, ce matin ? demanda celle-ci en s'asseyant à la table pour se servir une tasse de café.

— Tu ne trouves pas que nous avions assez d'un garçon manqué dans la famille, protesta tante Esme à l'intention de son neveu. Etais-tu vraiment obligé d'enrôler aussi Noelani ?

— Personne ne m'a forcée, tante Esme, protesta celle-ci. Je travaille pour Bruce Shiller depuis que j'ai fini mes études.

— Mon Dieu, où va le monde ? soupira tante Esme, théâtrale. De mon temps, les femmes rêvaient d'avoir des mains et une peau douces. Mais Casey et vous serez aussi burinées que de vieux marins avant d'atteindre la quarantaine.

— C'est pour cela que les entreprises qui fabriquent des cosmétiques marchent si bien, de nos jours, répliqua Casey, ironique.

— Cela ne change rien au fond du problème, protesta Esme. Je trouve que les femmes devraient laisser les hommes faire leur travail. Je me demande vraiment ce qui vous passe par la tête, Jackson, Nick et Adam ! Pourquoi encouragez-vous de telles idées ?

— Eh ! protesta Adam. Je n'ai rien à voir dans cette histoire, moi...

— C'est vrai, concéda tante Esme. Je me rappelle même vous avoir entendu dire que, lorsque vous vous marieriez, ce serait votre femme qui s'occuperait de Magnolia Manor.

— Voilà bien une preuve de machisme dépassé ! s'exclama Noelani.

— Pas du tout, protesta Adam. C'est justement parce que je respecte les femmes que je ne fais pas d'elles de pâles copies des hommes. Les femmes du Sud ont toujours joué un grand rôle dans la société : durant la guerre de Sécession, on ne compte pas celles qui firent preuve d'un immense courage en soignant les blessés d'un camp comme de l'autre...

— Nous ne sommes pas en guerre, Adam, protesta Noelani. De toute façon, les femmes de Hawaii faisaient la même chose pendant la Seconde Guerre mondiale. Mais certaines pilotaient aussi des avions de chasse ou étaient mécaniciennes sur les bases aériennes.

— C'est bien là le problème, soupira tante Esme. Après la guerre, les femmes ont refusé de reprendre leur place dans la société : elles se sont mis en tête de travailler comme leurs maris. Et, aujourd'hui, elles engagent des étrangères pour s'occuper de leurs enfants et jouer le rôle maternel qu'elles sont devenues incapables d'assumer. Franchement, je me demande si cela en vaut la peine…

— Je suis d'accord avec vous, mademoiselle Esme, acquiesça Tanya. Je ne comprends pas pourquoi une femme qui a la chance de pouvoir vivre à Bellefontaine se donnerait la peine d'aller travailler aux champs ou au moulin…

Noelani ouvrit la bouche pour expliquer que les mariages modernes étaient des partenariats qui impliquaient une égalité de droits et donc de devoirs. Mais elle se ravisa, comprenant que certaines personnes n'admettraient probablement jamais cet état de fait.

— Jackson, dit-elle, il est 7 h 5…

— C'est vrai, acquiesça ce dernier. En tout cas, Adam, je rends hommage à ton courage : personnellement, je n'oserais jamais m'avancer dans ce genre de discussion sans une solide armure.

Sur ce, il se leva et se dirigea vers la porte. Noelani lui emboîta le pas. Elle fut surprise de constater qu'Adam la suivait.

— J'espère que tu ne comptes pas poursuivre cette discussion oiseuse, observa-t-elle un peu sèchement en se dirigeant vers sa voiture.

— Pas du tout… D'ailleurs, je ne partage pas les idées de tante Esme. Elle vit dans le passé, comme la plupart des femmes de son âge, je suppose.

— Pas toutes. Certaines passent leur temps à jouer au golf ou à aller danser. Il y a même des femmes de quatre-vingts ans qui courent des marathons ou qui traversent la Manche à la nage. La vieillesse n'excuse pas tout.

— C'est vrai. Mais, encore une fois, je ne suis pas venu te parler de cela…

— De quoi alors ?

— Eh bien… Juste avant que tu ne nous rejoignes, Jackson a parlé de la Fête du Sucre. D'après ce que j'ai compris, il s'agit d'une reconstitution historique autour de la culture du sucre dans la région. Je me suis dit que ce serait quelque chose qui t'intéresserait peut-être et je voulais te proposer d'y aller avec moi…

Noelani hésita. Bien sûr, cette proposition était très alléchante. Mais elle risquait de rendre les choses encore plus compliquées si Adam se faisait des idées à son sujet.

— Jackson m'a parlé de cette fête, répondit-elle prudemment. J'étais effectivement tentée d'y aller. Mais je n'aurais pas pensé que cela t'intéresserait.

— Allons donc ! Si tu y vas, je ne peux qu'être intéressé, protesta-t-il avec son sourire le plus irrésistible.

— Adam, je ne suis pas sûre…

Avisant son regard moqueur, elle s'interrompit.

— Oh, et puis zut… Est-ce que tu veux y aller samedi ou dimanche ?

— Je ne savais pas si tu travaillerais au moulin, samedi, alors j'avais envisagé d'y aller dimanche. Je vais demander à Betty de nous préparer un pique-nique.

— Un pique-nique ? s'exclama-t-elle. Avec le temps qu'il fait ? Il n'est pas encore 7 heures et il fait déjà moite et lourd.

— D'après les bulletins météo, la température devrait baisser un peu. Au pire, nous mangerons dans la voiture avec l'air conditionné. Cela nous changera des déjeuners très formels de Bellefontaine…

— D'accord, acquiesça la jeune femme. Merci pour l'invitation…

A cet instant, Jackson klaxonna pour lui rappeler qu'il l'attendait.

— Je ferais mieux d'y aller, s'excusa-t-elle. D'autant que Jackson a tendance à conduire vite. Je ne voudrais pas me faire semer avant même de quitter la propriété !

— De toute façon, tu connais le chemin, objecta Adam en haussant les épaules. Et, comme Jackson doit te présenter aux ouvriers du moulin, il n'aura pas d'autre choix que de t'attendre.

— Tu as sans doute raison… Mais je suis si nerveuse…

— Pourquoi donc ? Tu travailles dans ce secteur depuis des années…

— Mais les ouvriers de la plantation ne le savent pas. Je ne sais pas s'ils verront d'un très bon œil débarquer un nouveau chef qui n'a jamais fait ses preuves. Une femme, en plus…

Adam lui caressa doucement la joue en la regardant droit dans les yeux.

— Ne t'en fais pas, Noelani. Que tu le veuilles ou non, à leurs yeux, tu fais partie de la famille…

Ce n'était pas forcément rassurant, pensa la jeune femme. Après tout, c'était un ancien ouvrier qui avait mis le feu à la maison et avait agressé Casey. Et c'en était probablement un autre qui avait faussé les lignes de commande, au moulin. Les Fontaine n'avaient apparemment pas que des amis parmi leurs propres employés.

Se penchant vers elle, Adam déposa un petit baiser sur ses lèvres, la ramenant brusquement à la réalité.

— Tu as raison, déclara-t-il comme s'il avait lu dans ses pensées. Ce n'est peut-être pas aussi rassurant que cela… Alors fais bien attention à toi.

Noelani hocha la tête et s'installa au volant de sa voiture, se demandant si elle avait bien fait de proposer ses services à Jackson.

144

Mais ce n'était pas ce qui la préoccupait le plus, en cet instant. Le baiser d'Adam, aussi léger fût-il, avait fait naître en elle un désir qui lui était désormais familier. Et elle se demanda combien de temps encore elle parviendrait à résister à l'attirance qu'ils exerçaient l'un sur l'autre.

En arrivant au moulin, elle chassa ces pensées troublantes, se concentrant sur le travail qui l'attendait. Jackson se trouvait près du bâtiment principal, en pleine discussion avec deux hommes qu'elle avait aperçus la veille.

Lorsqu'il aperçut sa demi-sœur, il parut étrangement soulagé et prit congé des deux employés pour venir à sa rencontre.

— Vous semblez inquiet, remarqua la jeune femme. Est-ce que quelque chose de grave s'est produit ?

— Grave ? Je ne crois pas... A l'heure actuelle, les seules choses que je considère comme graves sont celles qui nous font perdre de l'argent. Je discutais à l'instant avec Wally Minton, l'homme qui s'occupe du recyclage de nos déchets.

— Qu'en faites-vous, à ce propos ?

— Nous faisons sécher la bagasse et nous en servons comme combustible dans les fours. Wally me signalait que deux de ses hommes sont en congé maladie. Apparemment, il y a une épidémie de grippe, ces temps-ci. Je vais devoir engager deux remplaçants en attendant. Sinon, nous serons probablement obligés d'éteindre un des fours...

— Vous ne faites rien d'autre de vos surplus en bagasse ? demanda Noelani, curieuse. Même si vous en brûlez une partie, il doit rester un excédent...

— Que pourrions-nous en faire, de toute façon ? demanda Jackson en haussant les épaules.

— Eh bien, on pourrait les vendre à des pépiniéristes. Ils s'en servent comme paillis pour certaines plantes. En

Australie, ils les vendent même à des entreprises de construction qui s'en servent pour réaliser des systèmes d'isolation thermique.

— Oui, il me semble effectivement avoir lu quelque chose là-dessus dans un journal. Mais je ne crois pas que Duke se soit beaucoup intéressé à ce genre de questions. Il était plus préoccupé par la raffinerie...

— La raffinerie doit être entièrement rénovée et cela coûtera beaucoup d'argent alors que la bagasse pourrait nous permettre d'en gagner. Si vous voulez, je peux passer quelques coups de téléphone pour savoir combien nous coûterait une ensacheuse. Ce travail ne nécessiterait qu'une seule personne et elle n'a besoin d'aucune qualification. Dans un premier temps, nous demanderons aux clients de venir chercher eux-mêmes les sacs. Ensuite, nous pourrons envisager de les livrer pour accroître nos bénéfices...

— Si vous pensez que cela en vaut la peine, n'hésitez pas à me communiquer un budget. Mais ne le faites que si vous en avez le temps : il est plus important d'optimiser le moulin.

— Ne vous en faites pas : j'ai apporté les logiciels que nous utilisons chez Shiller. Ils sont compatibles avec votre programme et les installer ne devrait être qu'une formalité.

— Votre efficacité ne cesse de m'impressionner, déclara Jackson, admiratif. Bien... Nous devrions passer aux présentations. Nous commencerons par l'équipe chargée des tests préliminaires. Mais je vous préviens : ils n'auront guère de temps à vous consacrer. Nous tournons à plein rendement et cela laisse peu de place aux civilités.

— Ne vous en faites pas. Contentez-vous de me présenter. Je veux juste éviter que les employés n'appellent la police lorsqu'ils me verront rôder dans l'usine.

146

Jackson hocha la tête en souriant et entraîna la jeune femme dans la pièce où l'on testait la canne à sucre. Il présenta Noelani qui sortit aussitôt un calepin pour prendre des notes.

— Combien d'équipes travaillent ici ? demanda-t-elle à l'une des femmes chargées des prélèvements.

— Deux. Nous nous relayons régulièrement.

Noelani posa encore quelques questions avant de quitter la pièce à la suite de Jackson.

— Il n'y a que des femmes dans cette équipe, remarqua-t-elle, curieuse.

— Oui. Elles travaillent ici depuis des années. Rose a un frère qui a le même âge que moi. Nous sommes allée à l'école ensemble. Le père de Denise travaillait pour Duke mais il buvait trop. Il est mort, il y a peu de temps. Denise travaillait pour Roland Dewalt jusqu'à ce que celui-ci vende la raffinerie. Duke l'a engagée à ce moment-là…

— Adam m'a dit que le moulin ne fonctionnait que douze heures par jour.

— Seize, en fait. Nous avons deux équipes qui font huit heures chacune. C'est la seule façon d'éviter des déperditions de canne. Si nous attendons trop longtemps avant de la traiter, les bactéries rendent les stocks inutilisables.

— Le nouveau programme informatique devrait permettre de résoudre ce problème en accélérant les cadences, remarqua la jeune femme.

Ils poursuivirent leur visite du moulin durant près de deux heures. Jackson répondait à toutes les questions de Noelani du mieux qu'il pouvait et celle-ci ne cessait de prendre des notes, suggérant de temps à autre quelques améliorations.

— Vous avez le temps de prendre un café ? proposa la jeune femme lorsqu'ils eurent terminé. Betty a trouvé une machine que j'ai apportée pour m'en servir lorsque je serai ici.

— C'est gentil mais je dois vraiment y aller. J'ai une réunion et je suis déjà en retard.

— Est-ce que vous repasserez ce soir pour me présenter à la deuxième équipe ?

— Comme vous voulez… Mais je ne crois pas que ce soit nécessaire : apparemment, les employés ont plutôt bien pris votre arrivée.

— C'est vrai. Tous m'ont paru très sympathiques. Vous avez raison, je pense que je pourrai me présenter toute seule aux autres…

— Si vous avez encore des suggestions, n'hésitez pas à m'appeler pour en discuter. J'ai vu que vous aviez pris beaucoup de notes.

— C'est parce que je pense mieux en écrivant, expliqua-t-elle.

Elle tira de son sac une casquette de base-ball.

— J'aurais dû la mettre dès le début, soupira-t-elle. Mes cheveux sont déjà collants. Bien, laissez-moi vous raccompagner au parking. Il faut que je récupère plusieurs choses dans ma voiture.

Il lui jeta un regard curieux et elle sourit, moqueuse.

— Ne vous en faites pas, je ne compte pas m'installer définitivement. Je ne mettrai ni tableaux aux murs ni moquette rose. Je n'ai que quelques logiciels, mes stylos préférés, mon portable et la machine à café. Je ne pensais pas que Bruce m'enverrait toutes mes affaires mais, puisqu'il l'a fait, autant les utiliser…

— Faites comme chez vous, répondit cordialement Jackson. N'hésitez pas à mettre des photos de votre famille sur votre bureau.

— Casey et vous êtes la seule famille qui me reste, désormais, observa la jeune femme. Avec tante Esme, bien sûr… Mais je doute qu'elle me prête des photos de l'album familial.

Jackson resta quelques instants silencieux avant de s'éclaircir la gorge, visiblement embarrassé.

— A propos de votre famille… J'avais quelque chose d'un peu embarrassant à vous dire. Lorsque nous avons découvert votre existence, j'ai demandé à Shelburne d'effectuer des recherches à votre sujet…

Noelani se raidit tandis qu'une brusque déception s'emparait d'elle. C'était donc pour cela qu'ils ne lui avaient jamais posé de questions sur son passé. Ils devaient déjà tout savoir !

— C'était vraiment mesquin, articula-t-elle d'une voix glaciale.

Une chose était sûre : les maigres espoirs qu'elle avait eus de se lier d'amitié avec ses demi-frère et sœur s'évaporaient sous le chaud soleil de Louisiane.

— Peut-être, concéda Jackson. Mais il y avait beaucoup de choses en jeu, Noelani. Je suis certain que si vous vous étiez trouvée à notre place, vous auriez agi exactement de la même façon.

— Cela, nous ne le saurons jamais, répliqua-t-elle durement. Et quels sombres secrets avez-vous découverts sur mon compte ?

— Aucun… Ce n'était pas ce que nous cherchions, d'ailleurs.

— Vraiment ? Et quel genre de choses cherchiez-vous ? Je suis sûre que vous avez espionné mon compte en banque pour savoir si j'avais des dettes. Vous avez probablement cherché à savoir ce que je faisais de mon temps libre. Mais dites-moi ? Qu'avez-vous pensé de tout cela ? Avez-vous été surpris par la vie ennuyeuse que je menais ?

— Je suis désolé, Noelani. Peut-être n'aurais-je pas dû vous le dire… Mais, étant donné que nous allons travailler ensemble, j'ai pensé que je devais faire preuve de franchise à votre égard.

— Oh, ce n'est pas grave, de toute façon. Je ne suis là que jusqu'en janvier. Ensuite, je prendrai l'argent que vous me devez et je ficherai le camp. Puis je pourrai rentrer à Hawaii et racheter la plantation de Bruce. Je suppose que vous le savez pertinemment, d'ailleurs… A moins que vous n'ayez pensé que j'essaierais de reprendre Bellefontaine. Il y a juste une chose que je me demande : si vous saviez tout de moi, pourquoi Casey a-t-elle fait semblant d'être surprise, lorsque je lui ai dit que je travaillais dans la même branche que vous ?

— Parce que je ne le lui avais pas dit. Elle était si absorbée par l'enterrement de nos parents et par son mariage que j'ai préféré ne pas la mêler à ces investigations. Shelburne et moi avons discuté des différentes options qui s'ouvraient à nous. Nous craignions notamment que Bruce et vous ne tentiez de racheter Bellefontaine.

— Je vois… Dites-moi, est-ce que vous m'avez aussi soupçonnée d'être à l'origine de l'incendie et du vol de la moissonneuse ?

Jackson détourna les yeux, trahissant mieux que par des mots combien elle avait vu juste.

— Je n'arrive pas à le croire ! s'exclama-t-elle, folle de rage. Comment avez-vous pu penser que je recourrais à de telles pratiques ?

— Je ne vous connaissais pas, expliqua-t-il, terriblement mal à l'aise. D'ailleurs, je n'en ai parlé à personne… J'ai juste envisagé cette possibilité.

150

— Et comment êtes-vous sûr de pouvoir me faire confiance, à présent ? Peut-être suis-je plus rusée que je n'en ai l'air…

— Je vous en prie, Noelani. Je tenais juste à être honnête vis-à-vis de vous pour que nous puissions repartir d'un bon pied. Mes soupçons et ma méfiance n'avaient rien de personnel mais je suis dans les affaires depuis trop longtemps pour faire confiance à la première personne venue. J'espère que vous finirez par me pardonner ou par concevoir au moins que ma vie a basculé ces derniers temps, et que j'ai du mal à comprendre encore ce qui m'arrive exactement…

— Cela, je peux effectivement le comprendre, acquiesça la jeune femme. Ma vie a déjà basculé de cette façon et je sais qu'il est difficile de réagir rationnellement dans ces circonstances…

La jeune femme inspira profondément, essayant de chasser la colère qui s'était emparée d'elle. Il n'aurait servi à rien de rendre plus difficiles encore ses relations avec sa nouvelle famille.

— Faisons la paix, proposa-t-elle en tendant la main à Jackson. Je sais que j'ai tendance à réagir un peu violemment dès que je me retrouve confrontée aux Fontaine, quels qu'ils soient. Je vous promets d'essayer de surmonter mes a priori si vous êtes prêt à faire de même.

Jackson prit la main de la jeune femme et la serra fermement.

— Je suis d'accord, répondit-il solennellement. J'espère que nous n'aurons plus jamais ce genre de discussion à l'avenir… Maintenant, je vais vraiment devoir y aller. Je dois rencontrer notre banquier et je dois à tout prix le convaincre que nous faisons cause commune face aux problèmes que rencontre actuellement Bellefontaine. Sans cela, il n'acceptera jamais de nous accorder le crédit dont nous avons tant besoin.

— S'il me contacte, je vous promets de vous soutenir sans réserve, déclara Noelani.

— Merci... Il faut absolument que nous parvenions à redresser la barre dans les mois qui viennent, vous savez. Si tout se déroule sans accroc, nous devrions nous en tirer.

— Souhaitons-le, en effet.

Jackson prit place au volant de sa Jaguar.

— N'oubliez pas de trouver un petit cadeau pour Megan, lui rappela la jeune femme avant qu'il ne referme la portière.

Jackson hocha la tête et lui sourit, dissipant définitivement la tension qui les avait opposés quelques instants auparavant.

8.

Quatre jours après ses débuts au moulin de Bellefontaine,
Noelani avait déjà adopté une sorte de routine. Elle se levait
à 8 heures, déjeunait avec Megan et tante Esme, partait pour
le moulin où elle travaillait jusqu'à midi. Ensuite, elle se
rendait à un club de gym situé à mi-chemin de Baton Rouge
et y déjeunait après avoir fait un peu d'exercice. Elle revenait
vers 2 heures au moulin et y restait généralement jusqu'à
10 ou 11 heures.

Ce soir-là, comme à son habitude, elle rentra donc vers
minuit. Elle n'avait pas eu le temps de dîner et décida de
faire un petit détour par la cuisine pour y chiper quelques
restes. Là, elle eut la surprise de retrouver Adam assis à la
table, un verre de lait posé devant lui.

Il était juste vêtu d'un bas de survêtement usé et d'une
chemise qu'il n'avait pas pris la peine de boutonner et qui
révélait son torse musclé.

— Bonsoir, lui dit-il. Ou peut-être devrais-je dire bonjour.
Est-ce que tu viens dîner ou prendre ton petit déjeuner avant
de repartir travailler ?

— Je rentre juste, répondit-elle en souriant. La nuit dernière,
l'équipe de nuit a eu quelques problèmes de maintenance et
a dû interrompre la chaîne durant quelque temps. Ce n'est
pas très bon pour notre rentabilité et c'est pour cela que j'ai

décidé de rester tard aujourd'hui : je voulais vérifier que tout était rentré en ordre... Mais que fais-tu debout, toi, à une heure pareille ?

— Je n'arrivais pas à dormir. Il fait une chaleur étouffante dans ma chambre. Je suis venu me chercher un verre de lait... Mais, dis-moi, as-tu parlé à Jackson de ces problèmes de maintenance ? Il pourrait s'agir d'un nouveau sabotage.

— C'est possible, concéda la jeune femme. Mais ce n'est peut-être qu'un simple problème technique. Ce sont des choses qui arrivent quand les machines fonctionnent en continu durant des mois entiers. En attendant d'avoir plus d'information, je préfère éviter d'inquiéter Jackson. Il a déjà bien assez de soucis comme cela, en ce moment.

— Tu as peut-être raison. Mais assieds-toi...

La jeune femme alla chercher du fromage, des tomates et de la salade verte dans le réfrigérateur et entreprit de se préparer une salade composée sous le regard dubitatif d'Adam.

— Si c'est tout ce que tu manges alors que tu travailles du matin au soir, tu vas finir par tomber dans les pommes, observa-t-il d'un ton critique.

— Ne t'en fais pas, je prends un solide déjeuner au Cercle.

— Au cercle ?

— Le club de gym auquel je me suis inscrite. J'y vais tous les midis.

La jeune femme regarda la cuisine dans laquelle ils se trouvaient.

— Tu as fait un superbe travail de rénovation depuis que je suis arrivée, remarqua-t-elle. Cet endroit est devenu l'un des plus jolis de la maison.

154

— Ce sera encore mieux lorsque j'aurai fini d'installer ces placards, répondit Adam en désignant le meuble encore inachevé qui trônait au fond de la pièce.

— C'est incroyable, observa-t-elle. On n'arrive pas à distinguer le neuf de l'ancien.

— C'est le plus beau compliment que l'on puisse me faire, répondit Adam en souriant. Bien... Je crois que je ferais mieux de te laisser aller te coucher, ajouta-t-il tandis que la jeune femme finissait de dévorer sa salade. Je suppose que tu veux partir de bonne heure demain matin.

Il hésita quelques instants avant de poser la question qui lui brûlait visiblement les lèvres.

— Tu es certaine que cet accident n'est pas un sabotage ?

— Ce n'est pas ce que j'ai dit, protesta la jeune femme. J'ai dit que ce *pouvait* être un simple accident technique. Pour le moment, rien n'indique le contraire. Mais je n'ai pas encore assez d'éléments pour conclure de façon définitive. Jackson m'a présentée aux employés mais je sens bien qu'ils ne m'ont pas encore complètement acceptée.

— Tu crois qu'ils ont une dent contre toi ?

— Peut-être... Je ne sais pas. Disons juste qu'ils ne sont pas très communicatifs, surtout lorsque je parle de cet accident... Mais je me fais peut-être des idées...

— Pas forcément. Je te rappelle que quelqu'un a déjà trafiqué le programme informatique la semaine dernière... Quelle était la cause du nouvel accident ?

— Une pièce de métal s'est coincée dans les pinces qui permettent de manipuler la canne à sucre. Oh, bien sûr, il arrive que des pierres ou des morceaux de bois se trouvent mélangés à la canne. Mais du métal, c'est un peu curieux...

— Je ne comprends pas… Personne ne contrôle la canne à sucre avant qu'elle soit traitée ?

— Si. Une femme vérifie tous les échantillons qui arrivent. C'est un travail terriblement ennuyeux et elles sont quatre à se relayer à ce poste au sein d'une équipe.

— Et elles auraient pu ne pas voir ce morceau de métal ?

— C'est possible… S'il s'était trouvé en dessous d'une pile de canne à sucre. Heureusement, la chaîne ne fonctionnait pas encore au rythme accéléré que permet d'adopter le programme que je m'apprête à implémenter. Les dégâts auraient été beaucoup plus conséquents…

— Quelqu'un pourrait-il être opposé à l'implémentation de ce nouveau programme ? demanda Adam, curieux.

— Eh bien… Personne ne s'est permis la moindre critique devant moi, répondit la jeune femme. Mais cela ne signifie pas que tout le monde est d'accord. Je sais que la plupart des gens détestent changer leurs petites habitudes.

— En bref, ce pourrait être n'importe qui.

— Ou personne, lui rappela Noelani en haussant les épaules. Il pourrait s'agir d'un simple accident. Sans élément nouveau, il est impossible de conclure. Bon… Je crois que je vais aller dormir.

— D'accord, j'éteindrai la lumière en partant. Je pense que je vais profiter de cette insomnie pour poncer les portes des placards.

Noelani alla nettoyer l'assiette et les couverts qu'elle venait d'utiliser et les plaça sur le bord du nouvel évier qu'Adam avait installé.

— Au fait, dit-elle, est-ce que tu comptes toujours aller à la Fête du Sucre, dimanche ?

— Justement, il fallait que je t'en parle. Casey s'est défilée mais Jackson y va dimanche avec tante Esme, Tanya et

Megan. Il préférerait que nous y allions samedi pour que Bellefontaine soit représentée les deux jours.

— D'accord. Cela ne fait aucune différence pour moi. A quelle heure veux-tu que nous y allions ?

— Je dois rencontrer un sous-traitant en début de matinée à Baton Rouge. Je pourrais te déposer au moulin et repasser te chercher vers midi.

— Si tu préfères, je peux te rejoindre directement là-bas, suggéra la jeune femme.

— Non, non…, répondit vivement Adam. Je préfère t'accompagner.

— Ce n'est pas très pratique, objecta-t-elle.

— La question n'est pas là, protesta Adam. Tu sais que ce n'est vraiment pas facile de sortir avec toi…

— De sortir avec moi ? demanda la jeune femme en rougissant.

— Oui, c'était un peu l'idée, au cas où tu ne l'aurais pas remarqué, avoua Adam en souriant d'un air malicieux.

— Euh… Je suppose que je n'ai pas l'habitude.

— Toi ? s'exclama Adam, incrédule. C'est impossible ! Jolie comme tu es, tu dois être courtisée à longueur de temps !

— En fait, j'ai eu quelques expériences pas très heureuses et j'ai décidé que je n'étais pas vraiment faite pour ce genre de choses, répondit-elle, gênée par le tour que prenait la conversation.

Adam la regarda avec stupéfaction. De toutes les femmes qu'il avait rencontrées, Noelani était probablement la plus sensuelle et la plus séduisante. Elle était dotée d'un corps parfait et d'un visage aux traits magnifiques. Elle était intelligente, drôle, un peu fantasque et terriblement exotique. En bref, elle cumulait tout ce qui était susceptible de rendre un homme fou de désir.

Comment ceux qui étaient sortis avec elle avaient-ils pu être assez stupide pour la décevoir ? Pire, pour gâcher l'idée qu'elle se faisait d'une relation amoureuse !

— Bonne nuit, Adam, dit-elle. A samedi, si nous ne nous croisons pas d'ici là...

Sur ce, elle gagna la porte de la cuisine. La discussion qu'elle venait d'avoir avec Adam l'avait mise terriblement mal à l'aise. Elle n'avait pas l'habitude de fréquenter des hommes si directs. Il ne faisait aucun mystère de l'attirance qu'il ressentait.

Et cela ne lui facilitait pas les choses. Elle-même ne pouvait se cacher le fait qu'Adam ne lui était pas indifférent. Elle le trouvait terriblement attirant, notamment quand elle le croisait torse nu à une heure aussi tardive. En fait, le simple fait de le regarder éveillait en elle un désir lancinant auquel elle était tentée de céder à chaque instant.

Mais cela aurait été une erreur. A quoi aurait-il servi de s'impliquer dans une relation avec un homme qui vivrait à des milliers de kilomètres d'elle ? Car elle avait hâte de rentrer à Maui. Hawaii lui manquait presque chaque jour et il lui arrivait de se demander si elle ne ferait pas mieux de rentrer chez elle sans attendre janvier...

Adam sortit un morceau de papier de verre et commença à polir une porte de placard qu'il avait posée en équilibre entre deux chaises. Il adorait travailler le bois. C'était une tâche qui lui permettait d'ordinaire de faire le vide dans son esprit, d'évacuer tous ses problèmes.

Car il n'avait pas été parfaitement honnête avec Noelani. S'il ne parvenait pas à trouver le sommeil, cette nuit-là, c'était en grande partie parce qu'il s'était souvenu que le lendemain était le jour où il devait rendre visite à sa mère.

Les médecins lui avaient conseillé de venir la voir régulièrement. Au début, il y était allé deux fois par semaine, puis une fois par semaine, puis deux fois par mois. Les premiers temps, les médecins lui avaient assuré que l'état de sa mère finirait par s'arranger. Mais, avec les années, c'était devenu de plus en plus improbable…

Les gestes d'Adam se firent plus doux, plus précis, alors qu'il se concentrait sur le grain du bois, ponçant avec délicatesse la porte de chêne. Mais, aujourd'hui, ce travail ne parvenait pas à calmer son esprit. Il aurait bien voulu pouvoir parler à quelqu'un.

Mais il avait fait fuir Noelani en orientant leur discussion sur un terrain trop intime. Il lui avait fait peur.

Peut-être ferait-il mieux d'aller frapper à sa porte. Pour s'excuser. Et pour discuter avec elle…

Reposant le papier de verre, Adam s'essuya les mains sur son short et se redressa. Après quelques instants d'hésitation, il se dirigea vers les escaliers qu'il gravit lestement. Parvenu devant la porte de Noelani, il frappa doucement.

Si elle n'ouvrait pas, décida-t-il, il regagnerait la garçonnière et tenterait de trouver le sommeil en faisant abstraction de sa mère et de la vente de Magnolia Manor qui s'ouvrait le lendemain…

La porte s'entrouvrit, révélant le visage de Noelani.

— Adam ? s'écria-t-elle, surprise. Tout va bien ? Tu ne t'es pas blessé ?

— Non, pas du tout, la rassura-t-il. En fait… Oh, je ne devrais pas être là… Mais je n'arrive pas à dormir et…

Noelani fronça les sourcils. Il y avait dans sa voix une hésitation, une incertitude qui ne lui était pas familière. D'ordinaire, il s'exprimait toujours avec un mélange d'assurance et de décontraction qui paraissait lui faire entièrement défaut en cet instant.

— Tu devrais peut-être aller te promener, suggéra-t-elle. J'ai rarement du mal à m'endormir mais, quand c'est le cas, je me balade généralement près des champs de canne. Le bruit qu'elles font dans le vent est très apaisant…

— Il n'y a pas de vent.

— Tu pourrais écouter de la musique…

— Je crois que j'ai surtout besoin de parler à quelqu'un.

— Nous ne pouvons pas discuter ici, lui dit-elle, nous risquerions de réveiller Megan et Tanya.

— Nous pourrions aller à la garçonnière, proposa Adam.

La jeune femme hésita, percevant en lui une détresse qu'elle ne parvenait pas à s'expliquer. Visiblement, Adam n'avait pas envie d'être seul, ce soir. Et elle n'avait ni le cœur ni l'envie de le rejeter.

— D'accord, acquiesça-t-elle. Comme cela, je saurai enfin à quoi ressemble cet endroit mythique.

En réalité, la maison que les Fontaine réservaient à leurs invités était meublée de façon moderne et fonctionnelle. Une moquette beige clair couvrait le sol. Les murs de bois donnaient à l'endroit une impression de classicisme qui tranchait avec le futon, la télévision seize neuvième et la kitchenette suréquipée.

— Qu'y a-t-il en haut ? demanda la jeune femme, curieuse.

— Une autre chambre et une salle de bains. Qu'est-ce que tu veux écouter, comme musique ?

— C'est toi le spécialiste, répondit la jeune femme en se dirigeant vers une étagère chargée de livres.

Il y en avait de toutes sortes : vieux et neufs, fictions et essais. Deux rayonnages étaient consacrés à l'architecture, principalement celle du Sud.

— Est-ce que tu as déposé une option pour la maison de tes parents ? demanda la jeune femme tandis que s'élevaient les premiers accords d'un disque de jazz.

— Les enchères ouvrent demain. Et elles resteront ouvertes durant trente jours.

— Tu sais s'il y aura beaucoup de gens en compétition ?

— Je n'en ai aucune idée, avoua Adam. J'ai longuement étudié la question et je sais qu'il n'y a pas deux ventes aux enchères qui se ressemblent... Est-ce que tu veux danser ?

— Euh... Oui, pourquoi pas ? répondit la jeune femme, surprise par cette proposition.

Adam la rejoignit et tous deux se mirent à évoluer lentement au rythme de la musique.

— Je ne m'étais jamais retrouvée en train de danser dans la chambre d'un garçon en pleine nuit, remarqua Noelani en souriant.

— Ça ne m'est jamais arrivé non plus, répondit Adam malicieusement.

Ils continuèrent à danser en silence et Noelani sentit progressivement monter en elle un trouble délicieux mêlé d'une pointe d'angoisse. Elle était seule avec cet homme auquel son corps réagissait avec une force inattendue, faisant naître au creux de son ventre une chaleur qui se communiquait à chacun de ses membres.

Quand les lèvres d'Adam se posèrent doucement au creux de son cou, elle ne chercha pas à le repousser. Au contraire, elle renversa la tête en arrière pour mieux s'offrir à ses baisers qui se posaient comme des papillons sur sa peau frémissante.

Il remonta lentement jusqu'à son oreille qu'il titilla délicatement avant d'atteindre enfin la bouche de la jeune femme. Leur baiser dura une éternité et Noelani avait l'impression de sombrer toujours plus loin dans une mystérieuse langueur, un vertige de sensualité grandissante.

Elle sentait ses seins se gonfler d'un désir jusqu'alors inconnu, se pressant contre le torse d'Adam. Maladroitement, tous deux titubèrent jusqu'au lit sans cesser de s'embrasser. Basculant à la renverse, ils roulèrent sur les couvertures, leurs mains courant à la découverte de leurs corps.

Ils se déshabillèrent l'un l'autre, prenant le temps de contempler la chair qu'ils dénudaient, de la flatter de baisers et de caresses jusqu'à la sentir frissonner sous leurs doigts et leurs lèvres.

Quand ils furent enfin nus, l'un contre l'autre, ils restèrent quelques instants immobiles, se buvant du regard avec au fond des yeux une soif inextinguible. Puis, lorsque Adam ne put plus supporter cette attente, il repoussa doucement Noelani et entra en elle, lui arrachant un gémissement de pure volupté.

Le corps de la jeune femme s'arqua sous le sien et il commença à bouger lentement en elle, allant et venant au rythme de la musique. Dans l'esprit de Noelani, le plaisir se mêlait aux feulements du saxophone, la projetant toujours plus loin dans un monde qu'elle n'avait jamais connu.

Elle n'était plus que braise, se cambrant au gré des mouvements d'Adam, répondant à chacune de ses impulsions comme si tous deux avaient été amants depuis toujours. Chaque fois qu'elle se croyait parvenue au faîte du plaisir, Adam l'attirait plus loin encore.

Bientôt, elle se perdit sans rémission dans un maelström exaltant de joie bouillonnante, criant son bonheur alors qu'Adam exultait à son tour.

Ils retombèrent sur le lit, brisés, comblés et la jeune femme fondit en larmes. Jamais encore elle ne s'était sentie si offerte, si démunie face à un plaisir qui l'avait submergée comme une vague de fond, détruisant toutes ses défenses.

Adam, comprenant ce qu'elle ressentait, la prit dans ses bras, lui caressant doucement les cheveux jusqu'à ce qu'elle retrouve un semblant de contrôle.

Il la garda quelque temps contre lui et s'aperçut brusquement qu'elle s'était endormie. Il se demanda si elle rêvait de lui. Ou si elle rêvait du jour où elle retournerait à Hawaii.

Il se demanda aussi si ce qu'ils venaient de vivre l'avait bouleversée autant que lui. Il savait à présent avec une douloureuse certitude qu'il ne pourrait se contenter de cette nuit avec elle. Il aimait trop de choses en elle. Son humour, son intelligence, sa tendresse, sa compassion. Elle faisait naître en lui des aspirations nouvelles. Il avait tour à tour envie de la posséder, de la protéger et de la chérir.

Et, s'il ne voulait pas la perdre, s'il ne voulait pas qu'elle le quitte pour rentrer dans son lointain pays, il allait lui falloir trouver les mots pour la convaincre…

Ce n'est qu'en se réveillant en sursaut qu'Adam comprit qu'il avait sombré dans le sommeil. Cherchant le bruit qui l'avait tiré de sa léthargie, il aperçut Noelani qui achevait de s'habiller.

— Quelle heure est-il ? demanda-t-il.

— 4 heures, répondit-elle.

— Mais pourquoi est-ce que tu t'habilles ? Nous avons encore le temps de dormir…

— Je préfère retourner dans ma chambre, dit-elle gravement. Je ne veux pas que quiconque me voie sortir de la tienne au petit matin.

— Mais nous devrions au moins discuter de ce qui s'est passé ce soir…

— C'était un accident, rien de plus, répondit-elle. Tu n'as pas à t'en vouloir…

Il la regarda avec stupeur.

— Mais ce n'est pas ce que je voulais dire, protesta-t-il.

— Ecoute…, poursuivit-elle. Nous avons fait une bêtise. J'espère juste que cela ne nous empêchera pas de rester amis. Ton avenir est ici, à Magnolia Manor, et le mien est à Maui, sur la plantation Shiller. Ne compliquons pas les choses en nouant des liens qui nous feraient souffrir plus tard. Alors, restons amis et faisons comme si cela n'était jamais arrivé.

Adam était trop interdit pour répondre. Qu'aurait-il pu dire, d'ailleurs ? Le raisonnement de la jeune femme était imparable. Ils vivaient littéralement dans des mondes différents et leur rencontre n'avait été que le fruit d'un improbable hasard. Bientôt, chacun d'eux reprendrait son existence habituelle et cette aventure n'aurait plus qu'un goût amer d'occasion manquée. C'était à pleurer…

9.

Adam prit une douche avant de se préparer une tasse de café bien fort. Il alla allumer son ordinateur pour consulter ses e-mails et quitta ensuite la garçonnière pour se diriger vers le corps de logis de Bellefontaine. En passant, il remarqua que la Cadillac qu'utilisait Noelani n'était pas garée à sa place habituelle.

Gagnant la cuisine, il avisa Betty qui préparait le petit déjeuner.

— Bonjour, dit-il à la cuisinière. Est-ce que tu as vu Noelani, ce matin ?

— Elle est passée me demander s'il y avait du café. J'étais à peine arrivée et je n'avais même pas eu le temps de le moudre. Et voilà que tu débarques à ton tour avec ta tasse ! Qu'est-ce qui vous arrive, ce matin ? Vous avez décidé de vous lever avec les poules ?

— Ne t'en fais pas, j'ai déjà pris mon café à la garçonnière. C'est sûrement pour cela que j'ai raté Noelani, d'ailleurs. T'a-t-elle dit si elle comptait dîner à la maison, ce soir ?

— Non. Elle a pris une banane sur le régime que j'ai acheté hier. Je lui ai dit que cela ne constituait pas un petit déjeuner équilibré mais elle s'est contentée de hausser les épaules avant de partir. Une minute plus tard, j'ai entendu sa Cadillac démarrer en trombe. Il faut au moins reconnaître

165

que cette fille sait conduire ! Angélique, elle, conduisait toujours cette voiture comme si elle avait peur de casser le moteur...

— Merci, Betty, fit rapidement Adam qui redoutait que la cuisinière ne se lance dans un de ses interminables discours sur les secrets de la mécanique. Est-ce que Noelani sait que la famille se réunira ce soir ?

— Aucune idée. Mais je l'espère pour elle. Tout le monde sera là...

— Cela tombe bien. Il faut que je parle du nouveau système de sécurité que Jackson et Casey m'ont demandé d'installer...

— Une dépense inutile, à mon avis, déclara Betty tout en commençant à moudre le café pour la journée. Duke se serait contenté d'acheter un bon fusil et de prévenir les gens que celui qui entrerait à Bellefontaine sans y être invité risquait fort d'en repartir les pieds devant !

— Jackson et Casey préfèrent s'en remettre au système d'alarme et à la police, répondit Adam en souriant. Et je pense qu'ils n'ont peut-être pas entièrement tort. D'autant que ceux qui s'en sont pris à eux n'ont pas reculé devant l'incendie volontaire et l'agression... Mais je vais prévenir Casey que le système d'alarme sera bientôt opérationnel. Je lui laisserai le soin de prévenir tout le monde.

Sur ce, Adam quitta la cuisine, admirant le soleil radieux qui brillait dans le ciel d'azur. Pour une fois, il ne faisait pas trop chaud. La lumière dorée donnait à la grande maison un aspect plus accueillant encore que d'ordinaire, soulignant la teinte chaude de la pierre et des solives de bois.

D'un bon pas, il se dirigea vers Wisteria Cottage où vivaient Casey et Nick en attendant que leur maison soit terminée. Tous deux étaient déjà réveillés et prenaient leur petit déjeuner sur la terrasse.

— Salut, Adam ! s'exclama Nick. Tu veux du café ?

— Non, merci. J'ai déjà le mien, répondit Adam en désignant la tasse qu'il tenait toujours à la main.

— Qu'est-ce qui t'amène de si bon matin ? demanda Casey. C'est à propos de la petite cérémonie de ce soir ? tante Esme m'a dit que tout était prêt.

— Très bien... Mais ce n'est pas de cela que je voulais te parler. Je viens de recevoir un mot de Art Rafferty. Il a dit qu'il s'apprêtait à activer le système d'alarme ce midi. Si nous voulons retarder la mise en marche, il faut que je lui envoie un mail.

— Il a fait vite ! s'exclama Nick, impressionné.

— Tant mieux, ajouta Casey. Je me sentirai plus tranquille lorsque le système sera opérationnel.

— Pourquoi ? demanda Adam en s'asseyant à la table. Y a-t-il eu d'autre problème depuis ce qui s'est passé au moulin ?

— Au moulin ? répéta Casey, inquiète.

— Oui. Je te rappelle que tu m'as demandé de changer la serrure,

— Ah oui, c'est vrai... J'ai tellement travaillé, ces derniers temps, que j'avais oublié cet incident. D'ailleurs, nous ne savons toujours pas s'il s'agissait vraiment d'un sabotage. Un des techniciens en charge du programme a très bien pu effacer quelques lignes par erreur.

— Noelani est pourtant convaincue que cela n'avait rien d'une erreur. Il est regrettable que le moulin ne soit pas équipé d'un système de surveillance vidéo. Nous saurions si les deux accidents en étaient réellement...

— Les *deux* ? répéta Casey en fronçant les sourcils.

— Oui. Noelani m'a dit qu'une barre de métal avait endommagé les pinces qui servent à déplacer la canne à sucre. Ils ont dû arrêter la chaîne durant quelques heures pour réparer.

— Il arrive régulièrement que des déchets se mêlent à la canne à sucre, remarqua Casey en haussant les épaules. Noelani devrait le savoir, elle qui prétend avoir tant d'expérience...

— Oh, elle en est parfaitement consciente. Mais cette barre de métal était d'une taille assez conséquente. Pour le moment, elle estime toujours qu'il s'agit d'un accident et c'est pourquoi elle ne vous en a pas parlé, à Jackson et à toi. Mais je ne suis pas aussi optimiste qu'elle et c'est la raison pour laquelle je pensais que vous pourriez installer là-bas un système de télésurveillance.

— Cela nous coûterait bien trop cher. Et puis, nous avons découvert celui qui était à l'origine de nos problèmes. Il s'agissait de Broderick, un ancien employé qui avait des raisons de m'en vouloir. Il est sous les verrous, en ce moment, et il n'y a aucune raison que d'autres incidents aient lieu...

— Je l'espère, répondit Adam d'un air sombre. Bon... Je vous laisse. Tâchez d'informer le reste de la famille du mode de fonctionnement du système d'alarme.

— Rappelle-nous le principe.

— C'est simple. A partir de 11 heures, les portes se verrouillent automatiquement et les détecteurs de bris de vitre s'activent. Pour entrer ou pour sortir, il faut composer le code ou utiliser une des clés de sécurité. Art a dû vous les faire parvenir.

— Il l'a fait, confirma la jeune femme. Nous les distribuerons à chacun. Mais je ne te cache pas que cela m'agace prodigieusement de devoir adopter des habitudes de paranoïaque à cause de ce maudit Broderick.

— Il n'est pas le seul en cause, lui rappela Nick. Ce système vous protégera aussi d'éventuels cambrioleurs ou des incendies accidentels.

— Je reconnais que cela paraît un peu dingue, soupira Adam. Lorsque j'étais enfant, nous habitions à quelques kilomètres seulement d'ici. Ma mère ne verrouillait jamais les portes. Quant aux Fontaine, ils étaient si respectés dans la région que personne n'aurait pu imaginer mettre le pied chez eux sans une invitation formelle. Et voilà que nous en sommes réduits à installer des détecteurs de mouvement dans les jardins...

— A propos de ta maison d'enfance, remarqua Casey, j'ai vu que Magnolia Manor était en vente à partir d'aujourd'hui. Est-ce que tu as préparé une offre ?

— Oui. Mais je compte attendre encore un peu avant de la déposer. Je voudrais avoir une idée plus précise de l'état de l'immobilier dans la région. Je n'ai le droit qu'à une offre et je m'en voudrais si elle était repoussée pour quelques dollars.

— Je dois reconnaître que ces ventes à enchères secrètes sont assez vicieuses, acquiesça Nick. A mon avis, tu devrais suivre ton instinct et proposer ce que tu es prêt à mettre. De toute façon, le hasard fera le reste...

— Mais qu'arrivera-t-il si l'un des acheteurs soudoie quelqu'un au tribunal pour connaître les offres des uns et des autres ? demanda Casey.

— Casey ! s'exclama Nick en riant. Tu n'as visiblement pas besoin de Broderick pour raisonner en paranoïaque !

— Malheureusement, elle a probablement raison. C'est d'ailleurs en partie pour cela que j'attends la dernière minute avant de déposer mon offre.

— Quelle offre ? demanda Murray qui les avait rejoints.

Adam le regarda avec surprise : depuis qu'il avait demandé Casey en mariage à la grande surprise de la jeune femme, leurs relations étaient restées un peu tendues. Et la présence de Nick n'arrangeait généralement pas les choses. Mais Murray s'efforçait visiblement de normaliser les relations entre les Fontaine et lui.

— Lorsque Adam était jeune, expliqua Casey, sa famille habitait Magnolia Manor. C'est une plantation située à quelques kilomètres d'ici, sur River Road. La propriété est en vente à partir d'aujourd'hui et Adam compte la racheter.

— Ça alors ! s'exclama Murray. Je ne savais pas que tu faisais partie de ces Ross-là ! Jackson m'a dit que tu habitais Natchez et j'ai toujours cru que tu avais grandi là-bas. Dis-moi, est-ce que tu ne traînais pas avec une bande de garnements dans les champs de mon père, autrefois ?

— C'est possible, répondit Adam.

— Je me souviens de vous... Mon père était furieux parce que vous débouchiez à toute allure des champs de canne, manquant régulièrement vous faire écraser par ses camions. Il était convaincu que l'un d'entre vous finirait par se faire écraser.

— Je ne me rappelle pas avoir fait ce genre de choses, remarqua Adam. Mais il faut dire que, dès l'âge de douze ans, j'ai commencé à faire des petits boulots pour aider ma mère à joindre les deux bouts. Cela ne me laissait pas beaucoup de temps pour courir dans les champs.

— De toute façon, soupira Murray, j'ai perdu le contact avec presque tout le monde lorsque mon père m'a envoyé en pension. Lorsque je suis revenu, j'ai découvert que la plupart de nos voisins étaient partis à la suite de l'ouragan qui a dévasté la région, il y a quelques années. Il a eu des conséquences désastreuses sur l'économie de la région : mon père a dû licencier la moitié des employés de la raffinerie et Duke la moitié de ceux du moulin… A un moment, les planteurs en étaient réduits à confier la récolte de la canne à sucre à leurs propres enfants. Je détestais ça !

— Comme Jackson, acquiesça Casey. Je crois que j'étais la seule à aimer ça.

— En tout cas, je te souhaite bonne chance pour la vente aux enchères, Adam, reprit Murray. Mais, je te préviens, tu te retrouveras face à mon père…

— Je ne savais pas que Roland cherchait une nouvelle maison, s'exclama Adam, stupéfait. D'autant qu'étant donné les travaux qu'il y a à y faire, il ne pourra pas la louer de sitôt.

— Oh, il ne veut pas de la maison. En fait, il la fera démolir s'il remporte la vente. Mais il a besoin de trente acres de terrain pour agrandir sa plantation de pacaniers.

— Mais Magnolia Manor est une demeure historique, protesta Adam que la simple idée de voir cette maison détruite mettait hors de lui. Tu dois confondre avec une autre propriété.

— Non, papa l'a mentionnée devant moi, l'autre jour.

Sans même prendre congé des autres, Adam tourna brusquement les talons et se dirigea vers la garçonnière en courant. Il devait absolument vérifier que la propriété de sa famille figurait bien dans le registre des demeures protégées.

Si tel n'était pas le cas, cela signifiait que les acquéreurs ne seraient pas tenus de rénover la maison en cas d'achat. Et qu'ils seraient beaucoup plus nombreux qu'Adam ne l'avait prévu.

Cette nouvelle le désespérait. Et il n'était même pas encore passé voir sa mère…

*
* *

Le soir même, tout le monde prit place à la table que Betty avait spécialement dressée pour la circonstance. Adam s'aperçut que deux places restaient libres.

— Qui manque-t-il, à part Noelani ? demanda-t-il, étonné.

— Murray, répondit Jackson en levant les yeux du dessin que Megan était en train de réaliser. Il est ici au moins aussi souvent que Nick ou Casey et j'ai pensé que nous devions le tenir au courant des nouvelles procédures de sécurité.

— Apparemment, il n'est pas plus ponctuel que son père, fit observer tante Esme un peu sèchement. Betty ! Je vous ai déjà dit de ne pas nourrir Toodles en dehors de ses repas ! s'exclama-t-elle en voyant la cuisinière tendre un biscuit apéritif à son chien.

— Croyez-moi, ces biscuits valent mieux que les sucreries dont vous le gavez à longueur de journée, répliqua Betty du tac au tac.

Esme rougit jusqu'à la racine des cheveux et Jackson leva la main pour interrompre le conflit qui menaçait d'éclater.

— J'entends la Cadillac de Noelani. Qui a prévenu Murray ?

— Moi, ce matin même, répondit Casey. Ne t'en fais pas : il ne décline jamais une invitation à dîner. Surtout depuis que son père a renvoyé leur cuisinière...

— Pardon ? s'écria tante Esme, estomaquée. Il a renvoyé Marie-Louise ? Mais elle travaillait pour sa famille depuis des années ! C'est même grâce à elle que leur foyer conservait un semblant de chaleur...

— Tu ne le savais pas ? s'étonna Casey. Cela fait pourtant quelque temps que c'est arrivé. Je ne sais pas ce qui s'est passé exactement. Murray te le dirait mieux que moi. Toujours est-il qu'il était passablement déprimé que le mau-

vais caractère de son père les ait privés de repas décents…
J'avoue que je n'ai pas été très compatissante.

— Je ne te le fais pas dire ! s'exclama Murray en pénétrant
dans la salle à manger.

Au même moment, Noelani entra par l'autre porte.

— Noelani ! s'exclama tante Esme en constatant que la
jeune femme était pieds nus. Où sont passées tes chaussures ? Une femme comme il faut ne se promène pas les
orteils à l'air !

— Merci, Noelani, fit Murray en riant. Grâce à vous, je
vais échapper à un sermon de tante Esme sur l'importance
de la ponctualité. Se promener pieds nus est pire encore que
d'arriver en retard…

— Murray Dewalt ! protesta tante Esme. Les erreurs de
Noelani n'excusent pas les tiennes ! Cassandra m'a dit que
ton père avait renvoyé Marie-Louise, ajouta-t-elle d'une voix
radoucie. C'est dommage que je ne l'aie pas su auparavant.
Nous aurions pu l'engager…

Betty décocha un regard assassin à la vieille dame tandis
que Noelani profitait de la diversion pour s'asseoir à table,
près de Tanya. Adam lui jeta un regard chargé de reproche
et elle réalisa qu'il lui avait gardé une place à côté de lui.

— Je suis désolée d'être en retard, dit-elle à Jackson.
J'étais au laboratoire en train d'étudier les échantillons de
canne que nous avons recueillis. Je suis impressionnée par
le matériel d'analyse dont vous disposez. Les microscopes
sont bien meilleurs que ceux que nous avons chez Shiller.
Par contre, il faudrait se montrer plus strict pour éviter que
les échantillons ne soient contaminés.

— Pourquoi cela ? demanda Jackson.

— Parce que les femmes qui recueillent les échantillons
passent la plupart de leurs pauses au laboratoire sans se laver
les mains ni enfiler de blouses. Pire, même, elles déjeunent

là-haut. Je me suis rendue assez impopulaire en expliquant aux techniciens du labo qu'ils ne pouvaient continuer à accepter ce genre de pratiques. Est-ce que vous savez si Duke avait édicté des règles en la matière ou s'il laissait les gens faire ce qu'ils voulaient ?

— Aucune idée... Qu'en dis-tu, Casey ?

— Je ne sais pas. Ma responsabilité s'est toujours arrêtée au seuil du moulin. Duke se chargeait de la canne à sucre à partir de là et j'avoue que je ne me suis jamais vraiment intéressée aux détails...

— Dans ce cas, Noelani, déclara Jackson, vous êtes libre d'agir comme vous l'entendez.

— Sauf qu'en faisant cela elle risque de s'exposer encore un peu plus aux méfaits de celui ou ceux qui ont déjà saboté le moulin, remarqua Adam.

— Je sais que tu es arrivé au pire moment, Adam, soupira Jackson. Il y a eu successivement l'incendie, le vol de la moissonneuse et l'agression de Casey. Mais cela ne doit pas t'induire en erreur. La plupart de nos employés ne ressemblent pas à Broderick et ne s'en prendraient jamais à nous.

— Je suis d'accord, acquiesça Noelani. Il ne faut pas sombrer dans la paranoïa...

A cet instant, tante Esme frappa son verre en cristal de son couteau, attirant brusquement leur attention.

— Nous ne sommes pas ici pour parler boutique, déclara-t-elle en fronçant les sourcils. En fait, nous sommes tous réunis ce soir pour célébrer une occasion particulière : aujourd'hui, c'est l'anniversaire de Noelani !

Sous le regard stupéfait de celle-ci, toute la famille entonna avec entrain un retentissant « Joyeux Anniversaire ». La jeune femme sentit une brusque émotion la submerger tandis que tous sortaient des cadeaux qu'ils placèrent devant elle.

— Je ne sais pas quoi dire, murmura Noelani lorsque le silence retomba dans la pièce.

Mais son sourire trahissait mieux que des mots la joie qu'elle éprouvait en cet instant.

— Je n'ai pas l'habitude d'avoir autant de paquets, ajouta-t-elle d'une voix tremblante.

— Ouvre-les, suggéra tante Esme.

La jeune femme hocha la tête et commença soigneusement à découvrir son premier présent.

— Nous ne sommes pas aussi précautionneux dans la famille, lui dit Casey en riant. Généralement, nous nous contentons de les déchirer.

Noelani hocha la tête et fit ce que sa demi-sœur lui suggérait. Elle découvrit avec un mélange d'incrédulité et de joie le cadeau de Casey et de Nick. C'était un splendide chemisier rouge.

— Tu as dit que c'était ta couleur préférée…

Les larmes aux yeux, Noelani prit brusquement conscience que Casey venait de la tutoyer.

— Merci beaucoup, articula-t-elle d'une voix étranglée.

Elle ouvrit alors le paquet de Jackson, révélant une magnifique trousse de couture en cuir.

— C'est Megan qui en a eu l'idée, expliqua Jackson. Comme cela, tu pourras soigner sa poupée la prochaine fois qu'elle aura un accident…

Incapable de contenir son émotion, la jeune femme alla embrasser la petite fille avant de serrer dans ses bras Jackson, Casey et Nick. Elle défit alors le paquet de tante Esme. C'était un livre sur les demeures historiques du Sud.

— Cela pourrait te servir un jour, déclara la vieille dame en jetant un coup d'œil à la dérobée à Adam.

Noelani se sentit rougir jusqu'à la racine des cheveux et bafouilla des remerciements embarrassés.

— Tenez, fit Tanya en lui tenant à son tour un paquet-cadeau.

Il s'agissait d'un disque de jazz de La Nouvelle-Orléans. Ce geste toucha la jeune femme qui ne s'attendait certainement pas à cela de la part de la nounou de Megan.

— Quelqu'un aurait pu m'avertir ! s'exclama Murray. De quoi ai-je l'air, à présent ?

— Désolé, mon vieux, s'excusa Jackson. Nous nous y sommes pris un peu au dernier moment...

— De toute façon, répondit gracieusement Noelani, c'est l'intention qui compte. Merci, Murray.

— Je peux t'aider à ouvrir le dernier ? demanda Megan en désignant le paquet qui portait la mention « De la part d'Adam ».

— Bien sûr, répondit la jeune femme en prenant la petite fille sur ses genoux.

Megan détacha le ruban de satin qui entourait une boîte couverte de velours. Elle contenait un superbe presse-papiers en forme d'ananas. Noelani se rappela ce que tante Esme lui avait dit, le jour de son arrivée à Bellefontaine.

— Merci, dit-elle, émue.

— Il n'y a pas de quoi, mam'zelle, répondit-il en souriant.

Betty frappa alors dans ses mains.

— Le dîner est prêt, déclara-t-elle. J'ai préparé un soufflé aux épinards pour Noelani puisqu'elle ne mange que des légumes. Si je ne le sers pas maintenant, il va retomber.

Le soufflé était succulent. Il fut suivi par une salade composée plus que généreuse et par un délicieux gâteau aux noix de pacane. Mais ce qui toucha le plus Noelani au cours de ce dîner, ce fut le fait que, pour la première fois depuis son arrivée à Bellefontaine, elle se sentait vraiment intégrée à la famille.

Lorsque arriva enfin le moment du café, tante Esme fit de nouveau tinter son verre pour demander le silence.

— Jackson, Casey, vous devriez maintenant nous expliquer en détail ce que nous devons savoir de notre nouveau chien de garde technologique. Mon émission préférée ne va pas tarder à commencer et je ne voudrais pas la rater.

Casey alla chercher dans le bureau des livrets qu'elle distribua à tous ceux qui se trouvaient autour de la table.

— La grille principale et la porte de la maison seront automatiquement fermées à partir de 11 heures du soir, expliqua-t-elle. Pour les ouvrir, utilisez les cartes ou les codes temporaires, dans le cas de Betty, Tanya et Adam. Si vous avez des invités, ils pourront appeler du poste que nous avons fait installer devant la grille. Vous pourrez leur ouvrir de la maison.

— Je ne vois ni carte ni code, remarqua Murray.

— Seuls les membres de la famille en ont un, expliqua Casey.

— Il n'est pas de la famille, protesta Murray d'un air blessé en désignant Adam.

— Mais il vit ici. Art Rafferty, l'homme qui a mis en place le système, a insisté pour que nous restreignions au maximum le nombre de gens ayant des clés.

— Et comment feront ceux qui viennent à Bellefontaine dans le cadre de la visite des demeures historiques ? demanda tante Esme.

— Ils ne devraient pas venir après 11 heures, répondit Jackson. Cela ne posera donc aucun problème.

— Est-ce qu'il y a quelque chose de particulier à quoi je devrais faire attention, lorsque je rentrerai tard comme hier ? demanda Noelani.

— A quelle heure es-tu rentrée ? demanda Jackson.

— Après minuit, répondit-elle en rougissant. Je travaillais, ajouta-t-elle pour faire bonne mesure.

— Tu n'auras qu'à utiliser le code. Je vais vous montrer comment ça marche dès que Murray sera parti.

— Ne t'en fais pas, je m'en vais tout de suite ! déclara ce dernier avec humeur. Je me demande vraiment pourquoi tu m'as demandé de venir si c'est pour ne pas me donner de clé d'accès ! Mais je comprends le message : désormais, quand je voudrais passer vous voir, j'appellerai. Si tant est que j'aie encore envie de venir...

— Murray, je croyais que tu comprendrais, soupira Jackson. Après tout, tu as toi-même été témoin de l'incendie. Tu sais que nous avons besoin de renforcer la sécurité.

— Peut-être. Mais vous auriez mieux fait d'acheter des chiens de garde. A eux, au moins, on peut apprendre à reconnaître les amis !

Sur ce, il se leva de table et se dirigea à grands pas vers la sortie, visiblement furieux. Quelques instants plus tard, la porte claqua violemment, les faisant tous sursauter.

— On dirait qu'il est en colère, observa Nick.

— Ce n'est pas si surprenant, reconnut Jackson. Depuis que sa mère est morte, lorsqu'il avait sept ans, Murray passe la majeure partie de son temps à Bellefontaine. En fait, j'avais demandé à Art de lui fabriquer une carte mais il a refusé, insistant pour en limiter le nombre.

— C'est un peu dur, remarqua Casey. Après tout, c'est son père et lui qui nous ont aidés, le soir du feu.

— Son père ? s'étonna Noelani. C'est surprenant. Je l'ai rencontré à la banque, lorsque j'y ai conduit tante Esme, l'autre jour et il m'a paru plutôt déplaisant. Il est venu me voir et a fait quelques remarques très désagréables sur la liaison de Duke avec ma mère...

— C'est probablement à cause de ce qu'il avait éprouvé pour Angélique, suggéra tante Esme.

— Cela remonte à longtemps, protesta Noelani. De plus, étant donné la façon dont il s'est conduit à votre égard, il n'a pas de quoi se considérer comme un modèle de moralité.

— Je reconnais que je suis probablement la personne la plus mal placée pour prendre sa défense. Mais je sais que la rivalité entre Roland et Duke remontait à leur enfance. Ils ont toujours lutté l'un contre l'autre tant sur le plan personnel que professionnel.

— Rien ne sert de remuer les vieilles querelles, soupira Jackson. Surtout maintenant que Duke est mort… En ce qui concerne Murray, je suis sûr qu'il finira par comprendre. Je dois aller à une réunion du Rotary avec lui, demain, et nous pourrons en discuter en chemin…

— A ce propos, Noelani et moi allons à la Fête du Sucre, demain, intervint Adam.

— Heureusement que tu en parles ! s'exclama tante Esme. La conservatrice m'a remis des badges avec les noms de chacun d'entre nous. Ils tiennent lieu d'invitation. Je le placerai dans une enveloppe que je glisserai sous la porte de Noelani en montant dans ma chambre. Par contre, comme vous êtes invités, la conservatrice vous demandera peut-être de participer à l'organisation.

— Cela ne me dérange pas du tout, répondit Noelani. Mais je ne voudrais pas forcer la main à Adam…

— Ce n'est pas le cas, lui assura ce dernier avec un sourire malicieux.

— Très bien… Jackson, si cela ne t'ennuie pas, pourrais-tu me montrer comment fonctionne l'alarme ? Il faut que je retourne travailler au moulin. C'est ce que je voulais vous dire avant que vous ne me preniez par surprise avec tous ces cadeaux.

— Tu vas finir par te tuer à la tâche, protesta tante Esme.

— Ne vous en faites pas pour moi…

— Ce n'est pas pour toi qu'elle se fait du souci, protesta Jackson en riant. Tante Esme regrette le Sud d'autrefois où tout le monde pouvait prendre le temps de vivre. Aujourd'hui, nous sommes tous débordés. A ce propos, ajouta-t-il en se tournant vers Megan, tu devrais aller chercher ton casque de vélo. Nous allons faire une petite balade le long de la rivière !

Megan poussa un cri de joie et battit des mains avant de se précipiter en direction de l'escalier.

— J'étais censée me rendre à un concert, ce soir, remarqua Tanya. Mais je pourrais annuler pour venir avec vous.

— Non, ce n'est pas la peine, répondit Jackson sans se rendre compte de la déception qu'il causait à la jeune femme. Tu passes toute la journée avec Megan et il est bon que je me retrouve parfois en tête à tête avec elle. Bien, ajouta-t-il en se levant, suivez-moi tous afin que je vous montre comment faire pour rentrer dans la maison à une heure tardive.

Comme il prononçait ces mots, Noelani eut l'impression qu'il la regardait et elle se demanda s'il l'avait vue sortir de chez Adam, ce matin-là.

Même si tel était le cas, elle n'aurait pas dû s'en formaliser. Après tout, elle était majeure et libre d'agir à sa guise.

Le seul problème, en réalité, c'était qu'elle n'avait pas vraiment *choisi* de passer la nuit avec Adam. Et qu'elle ne s'était pas attendue à en éprouver un tel plaisir. Bien sûr, elle lui avait expliqué que cela avait été une erreur. Mais, à voir la façon dont il l'avait regardée durant toute la soirée, il était évident qu'il ne l'avait pas écoutée.

Or elle n'était pas certaine d'être assez forte pour eux deux s'il lui prenait la fantaisie de la séduire de nouveau...

Le lendemain matin, Noelani se réveilla bien décidée à exposer clairement à Adam sa position au sujet de leur aventure d'une nuit. Mais, lorsqu'elle le vit sortir de sa garçonnière, un panier à pique-nique sous le bras et un sourire ravi sur les lèvres, elle envoya brusquement promener ses bonnes résolutions.

Elle s'autorisa même à repenser à la douceur de ses baisers et de ses caresses, à la texture soyeuse de ses cheveux sous ses doigts, aux frissons qu'il lui avait procurés au cours de leur nuit de passion.

— Nous avons de la chance ! déclara Adam en ouvrant la portière de la jeune femme. Il fait un temps superbe. En plus, il ne devrait pas faire trop chaud, ce qui nous permettra de pique-niquer confortablement.

— J'ai apporté une robe pour me changer avant la fête, déclara Noelani en désignant le sac de sport qu'elle avait emporté. Tante Esme m'a dit que les gens faisaient des efforts vestimentaires dans ces occasions et que je devais représenter dignement la famille.

— Est-ce que tu as pris ma robe favorite ?

— Laquelle ? demanda la jeune femme en ouvrant de grands yeux.

— La rouge, celle que tu portais l'autre soir.

— Désolée, celle-ci est bleue.

— Ce n'est pas grave. De toute façon, tout te va à ravir. Même si je te préfère encore nue...

C'était l'ouverture parfaite pour lui parler de leur relation, songea Noelani. Mais elle n'eut pas le courage d'aborder le sujet, jugeant que cela ne ferait que gâcher le moment de bonheur et de légèreté qu'ils s'apprêtaient à partager.

Ils parlèrent peu durant le trajet. Adam avait mis un disque de jazz : « Kind of Blue », de Miles Davis et ils paraissaient dériver dans une atmosphère ouatée et paisible.

— Je serai de retour à midi pile, déclara Adam en se garant sur le parking du moulin. Veux-tu que je passe à ton bureau ou que nous nous retrouvions ici ?

— Je t'attendrai ici, répondit-elle.

Adam la suivit des yeux tandis qu'elle se dirigeait vers le moulin.

A midi, Adam était de retour. Il constata avec surprise que Noelani était toujours en tenue de travail, discutant avec Jackson et Murray Dewalt. Lorsqu'il les rejoignit, Noelani lui jeta un regard étonné.

— Je ne pensais pas qu'il était si tard, s'excusa-t-elle.

— Ce n'est pas grave. Nous n'avons pas de programme fixe.

Adam serra la main des deux hommes qui se trouvaient avec elle.

— Vous paraissez bien sombres, constata-t-il. Y a-t-il eu un nouveau problème ?

— Oui, répondit gravement Noelani. Je crois que quelqu'un a délibérément bloqué l'appareil qui sert à laver les cannes de la boue qui les recouvre. On a retrouvé un pied-de-biche à l'intérieur alors que cette machine n'a fait l'objet d'aucune réparation récemment.

— Encore une barre de fer, constata Adam. Notre saboteur manque d'imagination…

— Sans doute. Le problème, c'est que l'homme qui surveille l'évaporateur a prétendu m'avoir vue m'éloignant de l'appareil dix minutes avant qu'il ne se mette à dérailler. C'était à 9 heures et quart, or je suis restée dans mon bureau jusqu'à 9 heures et demie.

— Donc il ment, conclut Adam en haussant les épaules.

— Le seul problème, c'est qu'il s'agit de Bobby Castille, l'un de nos employés les plus anciens et les plus respectés, précisa Jackson.

— Mais il est cajun jusqu'au bout des ongles, remarqua Noelani. Ce qui signifie qu'il est à la fois macho et superstitieux. Il prétend que j'ai amené le mauvais œil sur le moulin.

— C'est vrai, acquiesça Murray. Plusieurs employés ont pris Jackson à part pour lui dire que Noelani avait un mauvais *mojo*.

— C'est du délire ! protesta Adam. D'ailleurs, c'est la parole de cet homme contre celle de ta sœur, ajouta-t-il à l'intention de Jackson.

— Sa demi-sœur ! précisèrent Murray et Noelani à l'unisson.

— A ma connaissance, soupira Jackson, nous n'avons jamais eu le moindre problème avec le personnel du moulin. Peut-être ai-je eu tort de nommer Noelani à sa tête.

— Je ne sais pas si le problème vient de Noelani ou du fait qu'elle est une femme, remarqua Adam. Crois-tu que les employés auraient mieux réagi si Casey avait été nommée à leur tête ? A moins, bien sûr, que tout cela ne soit l'œuvre de celui qui s'en est déjà pris à votre famille à plusieurs reprises.

— C'est évidemment une possibilité. Ce peut aussi être une coïncidence. Après tout, notre équipement est vieux. Quelqu'un a très bien pu utiliser un pied-de-biche pour décoincer une pince et le poser ensuite près de l'évaporateur. Les trépidations de la machine l'auront fait rouler à l'intérieur.

— C'est possible, reconnut Noelani. Pris séparément, chacun de ces problèmes pourrait n'être qu'un accident. Je suis certaine que, si nous avions accès aux registres de Duke, nous trouverions plusieurs rapports concernant des événements de ce type. Mais c'est la brusque multiplication de ces accidents qui semble suspecte. Et si tu me démets de mes fonctions, ajouta-t-elle à l'intention de Jackson, cela reviendra à admettre que je porte malheur.

— C'est vrai, admit son demi-frère. Et ce sera la porte ouverte à toutes sortes de superstitions. Qui sait, les employés demanderont peut-être ensuite une cérémonie vaudou pour chasser les mauvais esprits… La croyance en la magie est encore solidement enracinée dans le bayou. Et je ne peux pas me permettre de lui accorder le moindre crédit.

— Bien, conclut Noelani, dans ce cas, je vais aller me changer pour la Fête du Sucre. Pendant ce temps, tu pourras aller expliquer à Bobby Castille et à ses amis que c'est moi qui commande au moulin.

Jackson hocha la tête et prit Noelani par le bras. Tous deux se dirigèrent vers le bâtiment, laissant Adam et Murray seuls.

— Bellefontaine n'avait jamais connu le moindre problème avant que Nick Devlin n'arrive à Baton Rouge, remarqua Murray d'un air sombre. C'est peut-être lui qui porte la poisse…

— Arrête, Murray. Tu lui en veux simplement parce qu'il t'a soufflé la femme que tu aimais.

— Peut-être, reconnut Murray en haussant les épaules. Mais cela ne change rien aux faits : avant son arrivée, tout allait parfaitement bien.

184

Adam s'abstint de tout commentaire, mettant ces remarques mesquines sur le compte de la jalousie. Il n'aurait servi à rien d'envenimer une situation déjà tendue. Casey avait fait son choix et il ne restait plus qu'à espérer que son ami d'enfance finirait par s'y résigner...

Quelques minutes plus tard, Noelani revint, vêtue d'une superbe robe bleue qui mettait en valeur sa silhouette longiligne et sa peau délicieusement dorée.

Dès qu'il la vit, Adam sentit son cœur se mettre à battre la chamade alors qu'un brusque élan de désir irrépressible montait en lui.

— Alors ? fit la jeune femme en pirouettant sur elle-même. Comment me trouves-tu ?

— Je suis ébloui. Et si tante Esme trouve quoi que ce soit à redire à cette tenue, c'est qu'elle est complètement aveugle.

En riant, Noelani prit le bras d'Adam sous le sien, heureuse de l'admiration qu'il lui vouait en cet instant. Elle en oubliait presque tous les problèmes qui s'étaient succédé depuis le matin et se sentait prête à profiter de la journée en sa compagnie.

Dès qu'ils furent installés dans la voiture, elle le surprit en posant doucement la main sur son genou. En souriant, il se pencha vers elle et posa sur ses lèvres un léger baiser. Elle était probablement en train de faire une bêtise, songea la jeune femme, mais, si tel était le cas, c'était l'une des plus délicieuses qui lui eût jamais été donné de commettre.

10.

— Je suggère que nous allions déjeuner tranquillement avant de nous rendre à cette fête, proposa Adam. Je meurs de faim et, si nous devons aider à l'organisation, nous n'aurons peut-être pas le temps d'avaler quoi que ce soit.

— Cela me convient parfaitement, répondit la jeune femme. D'ailleurs, je dois avouer que la simple vue de ce panier à pique-nique éveille ma gourmandise ! Est-ce que tu connais un parc où nous pourrions nous installer, dans les environs ?

— Il y a un sentier qui longe la rive du Mississipi. On y trouve des bancs à intervalles réguliers. C'est un endroit où je viens très souvent.

— Excellente idée ! s'exclama Noelani avec enthousiasme. D'autant que je n'ai pas vraiment eu le temps de contempler le Mississipi, à part l'autre soir, lorsque nous sommes allés au casino.

Adam se gara donc sur le bas-côté et prit le panier tandis que Noelani s'emparait des bouteilles de vin blanc et d'eau fraîche qu'il avait pris soin d'apporter. Ils suivirent un chemin qui menait jusqu'à la rive du fleuve majestueux, puis le sentier de halage qui courait le long de sa berge.

Au passage, ils croisèrent quelques coureurs. Poursuivant leur route jusqu'au-delà de la courbe que formait le cours d'eau, ils atteignirent un endroit dégagé d'où on pouvait voir le bateau casino de Nick et, sur l'autre rive, la ville de Baton Rouge. Tous deux s'assirent sur un banc et entreprirent de déballer le festin que Betty leur avait préparé.

— Est-ce que Casey et Jackson t'ont dit ce qui s'était passé avec ce pilote, Chuck Riley ? demanda Adam tandis que la jeune femme alignait assez de fruits, de sandwichs et de paquets de chips pour nourrir une garnison entière.

— J'ai posé la question à Casey. Elle dit que ce Riley était détestable. Il prétendait que Duke lui devait de l'argent pour les heures de vol qu'il avait effectuées en Europe. Mais Jackson refuse de le payer avant d'avoir obtenu les registres de vol de leur avion. Or les autorités les gardent, le temps de boucler l'enquête sur l'accident... C'est à cause du casino que tu me poses la question ?

— Oui, fit Adam en grignotant un cornichon.

— Crois-tu que Chuck Riley puisse être responsable des accidents survenus au moulin ? Il en veut peut-être à la famille de Duke qui refuse de lui payer son dû. D'autant que Nick l'a déclaré persona non grata au casino.

Noelani entreprit d'ôter ses chaussures pour se mettre à son aise mais Adam secoua la tête.

— Je ne ferais pas cela à ta place, la prévint-il. Je ne sais pas si vous avez des orties à Hawaii mais, dans le coin, elles poussent comme du chiendent. Si tu te fais piquer, tu vas passer une semaine entière à te gratter.

— Nous n'avons pas d'orties, répondit Noelani en remettant prudemment ses chaussures. Seulement des méduses et des moustiques qui ont à peu près le même effet. Et des fourmis rouges assez méchantes, dans les champs de canne, notamment.

— Noelani... Tu ne m'as pas dit ce que tu pensais de mon hypothèse au sujet de Chuck Riley.

— C'est parce que je suis en train d'y réfléchir, répondit-elle. Il ne fait aucun doute qu'il est assez en colère pour vouloir causer du tort aux Fontaine. Il l'a prouvé en faisant cet esclandre au casino. Mais je ne vois pas comment il aurait pu accéder au moulin. Tout le personnel se connaît et, si quelqu'un l'avait repéré, on m'aurait prévenue...

— D'un autre côté, ce Bobby Castille prétend t'avoir vue alors que tu te trouvais dans ton bureau.

— C'est vrai, reconnut la jeune femme. Mais il est tellement convaincu que je porte la poisse qu'il serait capable de s'en persuader lui-même. Qui sait ? Il a peut-être même menti dans l'espoir que Jackson le débarrasserait de moi...

— C'est possible. Dans cette partie du Sud, on ne prend pas à la légère les histoires d'envoûtement et de mauvais sort. La plupart des gens croient dur comme fer à l'efficacité du vaudou. Et nombre de personnes pratiquent ce culte.

— Arrête, Adam, j'ai l'impression d'être dans un film d'horreur. Dans quelques instants, tu vas m'expliquer que j'ai un double qui se promène dans le moulin et cause des dégâts que j'essaie ensuite de réparer !

— Je ne voulais pas te faire peur, protesta Adam. J'aimerais juste que tu me promettes de rester sur tes gardes, c'est tout...

— Je te le jure, lui répondit-elle solennellement. Tu sais, je n'ai pas l'habitude que quelqu'un se fasse autant de souci pour moi. Bizarrement, je trouve ça plutôt agréable...

Adam fut tenté de lui expliquer combien il tenait à elle et combien il s'inquiétait à son sujet. Mais il la sentit brusquement se replier sur elle-même, comme si elle venait d'outrepasser une limite qu'elle s'était fixée et il jugea préférable de se taire.

Ils pique-niquèrent tranquillement et reprirent ensuite le chemin de la voiture.

— Au fait, lui demanda alors la jeune femme, est-ce que tu as proposé ton enchère, pour Magnolia Manor ?

— Non, je préfère attendre un peu. Je ne voudrais pas courir de risque. Tu sais, c'est assez curieux. Cela fait si longtemps que je pense racheter cette maison que je n'ai même pas envisagé de pouvoir perdre.

— Tu savais pourtant que tu ne serais pas le seul sur le coup.

— Oui. Mais c'était un concept abstrait. Aujourd'hui, j'ai appris par exemple que le père de Murray avait fait une offre pour avoir le terrain.

— Le terrain ? répéta la jeune femme, surprise. C'est bizarre… Il est bien trop petit pour être vraiment exploitable. Et tu m'as dit que le bâtiment était classé.

— Il l'est, je l'ai vérifié. Mais, en étendant sa plantation de noix pacane au terrain de Magnolia Manor, Roland Dewalt ferait plus de quarante mille dollars par an de bénéfice supplémentaire…

— Tant que cela ?

— C'est ce que m'a dit un des clercs chargés du cadastre. Il a ajouté qu'il y avait beaucoup trop de vieilles maisons classées dans le secteur et qu'il ne serait peut-être pas si difficile que cela d'en déclasser une. Il suffirait par exemple que Roland obtienne un certificat indiquant que la majeure partie du bois constituant la demeure est vermoulue…

— Mais tu as dit que la maison était saine, protesta Noelani.

— Un inspecteur peut être acheté, répondit Adam en haussant les épaules. D'autant que Roland est un homme influent dans la région. Le clerc m'a également conseillé de consulter les registres pour voir combien de maisons classées avaient été victimes de mystérieux incendies peu de temps après avoir été rachetées pour une bouchée de pain.

— Mais c'est une escroquerie à l'assurance ! s'exclama Noelani.

— C'est vrai. Mais, si elle est bien faite, il est quasiment impossible de le prouver. Généralement, on accuse des vagabonds ou des enfants…

— Adam, c'est affreux. Je ne peux pas croire que Roland Dewalt se compromette dans de telles pratiques !

— J'espère sincèrement que tu as raison.

— De toute façon, rien ne dit que tu ne remporteras pas les enchères !

— Peut-être. Mais je n'ai pas des ressources illimitées, tu sais. Juste ce que j'ai réussi à économiser au fur et à mesure. Et il faut que je garde de l'argent si je veux pouvoir restaurer l'endroit.

— Eh bien… J'ai de l'argent de côté, tu sais. J'ai économisé pour racheter la plantation de Bruce Shiller mais, à présent, j'aurai de quoi le faire grâce à l'héritage. Je pourrais t'avancer.

— Il n'en est pas question, Noelani. D'ailleurs, je ne voudrais pas t'emprunter de l'argent pour acheter une maison que tu n'aimes pas.

— Mais si, je l'aime bien, protesta la jeune femme. Simplement, à mes yeux, la terre est plus importante que la propriété qui est construite dessus. Si tu possèdes des terres arables, tu es virtuellement autonome : ta terre te rapporte ce qu'elle te coûte et tu ne dépends de personne d'autre.

— C'est important pour toi, n'est-ce pas ? D'être indépendante.

— Ne te moque pas de moi, protesta Noelani. Je ne fais que tirer les leçons de ce que j'ai vécu. Prends le cas de ma mère, par exemple. Si elle avait possédé des terres au lieu de travailler pour Bruce, elle n'aurait pas eu besoin d'être entretenue par Duke. Regarde tante Esme : même si elle

190

s'investit énormément dans la vie de Bellefontaine et qu'elle y consacre toute son énergie, il n'en reste pas moins qu'en dernier ressort elle n'est propriétaire de rien.

— Je ne crois pas qu'elle s'en soucie, répondit Adam. De son temps, la propriété allait toujours au fils aîné de la famille. D'ailleurs, si Jackson est propriétaire des murs, il est tenu d'héberger sa tante jusqu'au jour de sa mort. Duke a brisé la tradition en partageant ses champs entre ses trois enfants. Ce faisant, pourtant, il a pris un sacré risque : il suffirait que vous vous disputiez pour que Bellefontaine s'effondre du jour au lendemain.

— Ne parlons pas de Duke. Mais prends le cas de Jackson. Imagine qu'il épouse une femme qui ne peut pas supporter tante Esme. Imagine qu'il soit fou amoureux d'elle et qu'elle lui demande d'éloigner sa vieille tante. Crois-tu qu'il hésiterait un seul instant à l'envoyer en maison de retraite ?

— Visiblement, tu as une curieuse idée de ce que signifie le fait de tomber amoureux, observa Adam. Lorsque l'on aime vraiment quelqu'un, on évite de lui faire de la peine. Que tu le veuilles ou non, c'est ce qu'a fait Duke en aidant ta mère par l'entremise discrète de Bruce Shiller. Une femme qui aimerait vraiment Jackson ne lui briserait jamais le cœur en s'attaquant à ceux qu'il aime.

— Mon Dieu, quel sermon ! s'exclama Noelani qui préférait cacher son trouble sous le masque de la dérision. Tu n'as jamais pensé à devenir pasteur ?

— Désolé…, s'excusa Adam. Je ne voulais pas parler comme un psychologue de comptoir…

— Oh, rassure-toi, ce n'est pas ce que tu as fait. En fait, je dois bien admettre que tu as vu parfaitement clair en moi. Le dernier homme avec lequel je suis sortie m'a d'ailleurs fait à peu près les mêmes reproches. Mais, comme il ignorait tout de Duke et de mon passé, il pensait que j'étais si dure parce que je ne pensais qu'à ma carrière.

La jeune femme soupira.

— Je souhaite que tu aies raison au sujet de Jackson, reprit-elle. J'espère qu'il saura faire preuve de plus de compassion et de plus de tact que son père. Parce que, contrairement à ce que tu dis, je ne pense pas que Duke ait vraiment pris ses responsabilités. Un carnet de chèques ne remplace pas tout.

— Je le sais bien, Noelani, soupira Adam. Mais il est trop tard pour revenir là-dessus, à présent. Duke est mort et tu ne sauras jamais pourquoi il n'a pas décroché son téléphone pour t'appeler. Ni pourquoi il n'a jamais jeté les lettres que lui avait renvoyées ta mère. Si tu veux mon avis, un homme dénué de cœur se serait contenté de les brûler.

— Je ne veux pas en parler, protesta Noelani d'une voix sourde.

— C'est important, tu sais. Cela concerne aussi notre relation.

— Quelle relation ? s'exclama-t-elle. Je tiens beaucoup trop à toi pour te laisser te faire des idées. Tu as besoin d'une femme qui acceptera de passer sa vie à s'occuper de Magnolia Manor et à restaurer sa grandeur passée.

— Non. Je veux une femme qui m'aime et qui veuille être la mère de mes enfants. Bien sûr, j'espère aussi qu'elle aimera Magnolia Manor si je devais effectivement remporter les enchères. Mais c'est très secondaire. Une vie en commun se construit : on apprend chaque jour à mieux se connaître, à mieux s'apprécier… D'ailleurs, je doute fort que je pourrais supporter une femme qui limiterait son rôle à celui de parfaite hôtesse. Alors laisse-nous une chance de voir où notre relation peut nous mener, d'accord ?

— Tu perds ton temps, Adam, protesta Noelani. Il y a des milliers de jeunes femmes dans cette région qui ne demanderaient pas mieux que de sortir avec toi.

— Mais c'est toi que je veux, répliqua Adam d'un ton qui n'admettait pas de réplique.

Sur ce, il accéléra le pas pour regagner la voiture. Comprenant qu'elle n'avait pas d'autre choix, Noelani lui emboîta le pas en silence.

Lorsqu'ils atteignirent le musée, ils constatèrent que les deux parkings réservés aux visiteurs étaient pleins. D'autres voitures étaient garées le long des trottoirs, témoignant de l'importance de la fête.

— J'espère que tes chaussures sont confortables, remarqua Adam. Nous allons peut-être devoir marcher un moment si nous ne trouvons pas de place dans les environs.

Noelani observait attentivement les familles qui déambulaient sur les pelouses du musée. Tout le monde semblait heureux et détendu et il flottait sur la scène une délicieuse odeur de caramel.

— Regarde, Adam, ils font cuire de la canne à sucre... Tiens, ajouta-t-elle en désignant une grosse Lincoln qui quittait sa place de parking, tu pourras peut-être te garer.

— Ce sera juste mais c'est possible, admit Adam avant de manœuvrer habilement pour introduire son 4x4 dans l'espace laissé vacant.

— Je suis impressionnée, s'exclama la jeune femme. Moi qui ai un mal fou à garer la Cadillac d'Angélique... A Hawaii, j'ai une petite jeep et je ne suis pas habituée à vos mastodontes.

— C'est étrange, remarqua Adam. Je ne t'imaginais pas conduisant ce genre de voiture.

193

— C'est que tu ne me connais pas encore très bien, répondit-elle en haussant les épaules. Il faut un véhicule tout-terrain pour circuler entre les champs de canne à sucre.

— Je crois que je te connais mieux que tu ne le penses, protesta Adam. Je sais que tu es fondamentalement bonne. Il n'y a qu'à voir la façon dont tu t'occupes de Megan pour s'en rendre compte. Tu as beaucoup d'humour et un sens aigu de l'autodérision. Tu prends toujours le temps d'analyser les choses en profondeur au lieu de sauter directement aux conclusions. Quoi que tu en dises, tu es assez coquette pour mettre du parfum même quand tu vas travailler en bottes et en jean au moulin. Tu préfères travailler d'arrache-pied plutôt que de rester oisive…

— Je suis impressionnée par ton sens de l'observation, remarqua la jeune femme, flattée qu'il l'ait si attentivement observée.

— Il est à la mesure de l'intérêt que je porte au sujet, répondit-il en souriant.

— Tiens, fit la jeune femme pour faire diversion. Accroche ce badge. Nous devons nous mettre à la recherche de la conservatrice. D'après tante Esme, elle portera une robe du dix-neuvième siècle bordeaux et un chapeau à larges bords rehaussé de dentelle.

Ils gagnèrent donc le musée et ne tardèrent pas à repérer la conservatrice qui répondait parfaitement au signalement donné par la vieille dame. Lorsqu'ils se présentèrent, elle les salua cordialement et leur remit une pile de brochures du musée.

— Esme m'a dit que vous seriez prêts à nous aider. Si cela ne vous dérange pas, ajouta-t-elle à l'intention de Noelani, vous pourriez vous installer à l'entrée et distribuer des brochures à tous les nouveaux arrivants. Quant à vous, Adam, j'aurais besoin de vous pour préparer les glaces. Dans une heure, j'enverrai quelqu'un vous remplacer.

— Bien, dit Noelani à Adam, nous nous retrouverons tout à l'heure, alors. Nous pourrons visiter le musée, ajouta-t-elle en jetant un coup d'œil à l'une des brochures. Il a l'air vraiment passionnant.

— A tout à l'heure, acquiesça Adam avant de s'éloigner en direction de la machine à fabriquer les glaces.

En réalité, il leur fallut attendre plus de deux heures et demie que des volontaires prennent leur place. Le beau temps avait attiré près du double des personnes prévues et les bénévoles étaient débordés.

— J'ai cru que mon bras allait finir par se détacher de mon corps, s'exclama Adam lorsqu'ils se retrouvèrent enfin. Je ne savais pas que préparer des glaces était une activité aussi épuisante.

— Quant à moi, j'ai les pieds en compote, répondit la jeune femme. J'aurais dû mettre des baskets au lieu de ces escarpins… Et, le pire, c'est que tous les gens qui regardaient mon badge comprenaient instantanément qui j'étais et me regardaient comme une bête curieuse. Apparemment, la nouvelle de l'infidélité de Duke s'est répandue comme une traînée de poudre !

— Ne me dis pas qu'à leur place tu ne serais pas curieuse ! Tout le monde dans la région connaissait Duke Fontaine et la plupart des gens travaillaient pour ou avec lui. Il était l'homme incontournable dès qu'il s'agissait de sucre. Au moins, ils ont pu constater que ton père aurait eu de quoi être fier de toi.

— Arrête ton boniment, Adam !

— C'est la vérité, répondit-il. Je pense même que c'est pour cela que tante Esme a tant insisté pour que tu viennes. Elle voulait prouver à tous que tu étais digne des Fontaine. De cette façon, d'ici la fête qui marque la fin des moissons, tu seras universellement acceptée comme un membre respecté du clan.

— Mais je ne fais pas partie de cette famille, protesta la jeune femme. Alors qui se soucie de savoir si je serai acceptée ou pas ?

— Ne me dis pas que cela t'est complètement indifférent, protesta Adam.

Noelani retira son badge, furieuse d'avoir été percée à jour. Elle ne voulait pas s'en soucier. Elle n'aurait même pas dû s'en préoccuper. Pourtant, le fait était qu'elle enviait à Casey et Jackson leur complicité et leur appartenance au monde rassurant qui était le leur. Ils avaient grandi dans le giron d'une famille puissante et respectée, fiers de leur nom et de leurs parents.

Un mois auparavant, la jeune femme aurait ri si on lui avait dit qu'elle aspirerait un jour à appartenir au clan des Fontaine. C'était un nom qu'elle avait appris à haïr de toute son âme. Mais plus elle vivait avec cette famille et plus elle la trouvait attachante.

C'était d'autant plus absurde que ces illusions ne feraient que gâcher la joie de son retour au pays.

— Qui sait si je serai encore là pour cette fête ? répondit-elle gravement. Avec un peu de chance, les problèmes des Fontaine seront réglés et je serai de retour à Maui pour racheter la plantation de Bruce Shiller.

Cette déclaration suffit à saper complètement le moral d'Adam. C'était la première fois qu'elle évoquait aussi directement son prochain retour à Hawaii. Il y voyait aussi un moyen sans détour de lui rappeler que leur histoire n'avait aucun avenir. Et, si Adam avait parfois la tête dure, il n'était pas pour autant masochiste. Puisque Noelani tenait tant à mettre un terme à leur idylle éphémère, il saurait bien s'effacer.

Il la suivit donc tristement dans le musée où il découvrit avec étonnement combien l'histoire de cette partie de la Louisiane était irrémédiablement mêlée à celle des plantations de la région. Depuis des siècles, les habitants vivaient au gré des fluctuations de la production et du cours du sucre.

Et les Fontaine étaient depuis des décennies les maîtres incontestés de cet or blanc.

— Jackson et Casey doivent être très fiers de la contribution que leur famille a apportée à cet Etat, observa-t-il, pensif.

— Peut-être, concéda Noelani. Mais ils ont tout de même bâti leur fortune sur l'exploitation des esclaves… A ton avis, que pensent les descendants de ceux-ci lorsqu'ils voient le renom dont jouissent leurs anciens maîtres ?

— Tu ne crois quand même pas que les incidents au moulin pourraient avoir un rapport avec ce genre de rancœur ? demanda Adam qui n'avait jamais envisagé le problème sous cet angle. J'imagine mal une haine qui remonterait à la guerre de Sécession.

— Tu as probablement raison, reconnut la jeune femme.

— Si je me souviens bien, le dernier règlement de comptes de ce genre s'est déroulé dans les Appalaches, remarqua Adam. Et c'était bien avant notre naissance.

— En effet. Mais en voyant tous ces documents d'archives, on ne peut s'empêcher de comprendre combien de centaines d'hommes et de femmes ont été exploités par les planteurs.

197

— C'est exact. Mais il pourrait tout aussi bien s'agir d'une querelle politique. Regarde combien les Fontaine ont produit de maires et de sénateurs au cours du siècle.

— Possible... Je me souviens effectivement que, dans les albums que tante Esme m'a montrés, figuraient un certain nombre de notables locaux. Si tu avais vu le nombre de photographies qu'ils ont de leurs ancêtres, c'est tout simplement incroyable ! Moi, je n'ai que quelques clichés sur deux générations seulement.

— Pareil pour moi. Je n'ai que deux photographies de mon père : une en uniforme d'aviateur et une prise le jour de son mariage avec ma mère.

— Et que sont devenus les meubles de ta famille, ceux qui se trouvaient à Magnolia Manor lorsque tu étais petit ?

— Autant que je sache, ma mère en a vendu la plupart pour payer ses dettes.

— Autant que tu saches ? répéta Noelani, surprise.

— Eh bien... Ma mère souffre de troubles aigus de la personnalité et ce genre d'information lui échappe complètement aujourd'hui. Elle a fait plusieurs tentatives de suicide après la disparition de mon père. La première lorsque j'étais encore au lycée. En rentrant à la maison après un match de football, j'ai appris qu'elle s'était ouvert les veines. Elle a été placée en milieu hospitalier dans une clinique privée. Là, le directeur l'a convaincue de vendre Magnolia Manor pour payer son traitement. Je suis allé vivre chez mon grand-oncle...

— Combien de temps ta mère est-elle restée en hôpital psychiatrique ? demanda Noelani, le cœur serré par cette confession inattendue.

— Elle s'y trouve encore, avoua Adam. Enfin, dans une autre clinique... J'ai obtenu son transfert dans une institution moins inhumaine.

— Et son état s'est-il amélioré ? demanda la jeune femme.

— Pas vraiment… Elle a des hauts et des bas. Au départ, je lui rendais régulièrement visite mais, elle a fini par se mettre en tête que j'étais mon père. C'était horrible… Le médecin m'a alors conseillé d'espacer mes visites et je passe la voir deux fois par mois, à présent. Quand elle va bien, je déjeune avec elle mais, malheureusement, c'est de plus en plus rare. J'ai même fini par renoncer à la ramener un jour à Magnolia Manor…

— Son traitement doit te coûter très cher, fit observer Noelani. Je comprends que tu aies eu du mal à économiser pour racheter ta maison d'enfance…

— Heureusement, je dépense peu, répondit Adam en haussant les épaules. Et, grâce à la gentillesse de Jackson qui me laisse loger gratuitement dans la garçonnière, je peux économiser la quasi-totalité de ce que me fait gagner le chantier de Bellefontaine. Il n'y a vraiment pas de quoi s'apitoyer sur mon sort, ajouta-t-il avec une pointe de reproche.

— Ce n'est pas ce que je faisais, répondit Noelani.

Brusquement, Adam lui apparaissait sous un jour nouveau. Apparemment, il avait au moins autant de problèmes familiaux qu'elle, même s'il parvenait mieux à les cacher et à contrôler l'impact qu'ils pouvaient avoir sur son existence.

Après avoir achevé la visite du musée, tous deux regagnèrent la voiture d'Adam et reprirent la route de Bellefontaine. Son compagnon paraissait pensif et sombre et elle regretta d'avoir ravivé en lui de tristes souvenirs, gâchant une journée qui avait été en tout point parfaite.

Au moment où ils arrivaient devant les grilles de la propriété, ils virent avec stupeur la Jaguar de Jackson remonter l'allée à toute allure. En les apercevant, il freina brusquement pour s'arrêter à leur hauteur.

— Que se passe-t-il ? demanda Adam après avoir baissé sa vitre.

— Il y a eu un accident au moulin, répondit Jackson.

— Que s'est-il passé ? intervint Noelani, le cœur battant. Quelqu'un est blessé ?

— Une grue a laissé tomber un container sur la cabine d'un camion, expliqua Jackson. Le conducteur était à l'intérieur et, apparemment, il a été salement touché. Les secours sont en train d'essayer de le désincarcérer.

— Très bien, déclara calmement Adam. Nous te suivons.

Jackson hocha la tête et démarra en trombe. Adam l'imita et ils reprirent la route du moulin à toute vitesse.

— Où as-tu mis mon sac ? demanda Noelani. Je ferais mieux de me changer avant d'arriver là-bas.

— Il est sur la banquette arrière, indiqua Adam.

La jeune femme le récupéra et entreprit d'ôter sa robe pour enfiler le jean et le T-shirt qu'elle portait le matin même. Adam ne put retenir un petit sifflement admiratif.

— Regarde la route ! lui dit-elle. Il ne manquerait plus que nous ayons un accident à notre tour.

— Je n'ai vraiment pas de chance, soupira Adam en se concentrant sur la route. Une fille magnifique fait un strip-tease à dix centimètres de moi et je n'ai pas le droit de regarder !

— Ce n'est pas le moment de plaisanter, protesta Noelani.

— Je ne plaisante pas. J'essaie juste de t'empêcher de penser à cet accident.

— Si c'est bien un accident, le reprit-elle. Je ne serais hélas pas surprise de découvrir que quelqu'un a trafiqué la grue... Si c'est le cas, je te promets que je resterai nuit

200

et jour au moulin jusqu'à ce que j'aie découvert qui est responsable !

— Bon sang, Noelani, tu es sûre que tu travailles dans un moulin et pas dans un bar de strip-teaseuses ?

— J'aurais mieux fait de monter avec Jackson. Il n'est peut-être pas aussi obsédé que toi.

— Je ne doute pas que Jackson Fontaine soit un saint, répondit Adam d'une voix moqueuse.

— Peut-être pas, soupira-t-elle. Je suppose que tous les hommes du Sud sont des coureurs de jupons, de toute façon...

Ils étaient parvenus devant le moulin. Sur le parking était garé un camion de pompiers rutilant.

— Ralentis pour que je puisse descendre, demanda Noelani.

— Très bien, fit Adam en obéissant à ses instructions. Je me gare et je vous rejoins.

Noelani sauta du 4x4, laissant sa robe sur le siège passager et ne prenant que son sac à main qui contenait les clés de son bureau. Elle se fraya un chemin dans la foule d'employés et de badauds attroupés autour du camion et rejoignit Jackson qui était en pleine discussion avec le capitaine des pompiers.

— Mason me dit que Rob Dvorak est vivant et qu'il n'est que superficiellement blessé, l'informa-t-il. Ils l'ont transporté aux urgences. Tu devrais y aller avec Adam pendant que je m'occupe des déclarations et des constats. La femme de Rob a été avertie et elle doit déjà se trouver à l'hôpital. Je vous rejoindrai dès que possible, mais n'hésite pas à me téléphoner dès que tu connaîtras le verdict des médecins...

— Pas de problème ! s'exclama la jeune femme avant de faire demi-tour pour se précipiter vers le 4x4 d'où elle venait de sortir. On va à l'hôpital ! s'exclama-t-elle en montant à bord.

Tandis qu'ils roulaient à vive allure en direction de la ville, elle mit Adam au courant de la situation.

— Croisons les doigts pour que les blessures de Rob ne soient pas trop graves, conclut-elle.

Quelques minutes plus tard, ils se garaient dans le parking des urgences.

Suivant les indications d'une infirmière, ils ne tardèrent pas à trouver la chambre de Rob. Ce dernier était un homme d'environ vingt-cinq ans qui était en train d'expliquer au médecin qu'il n'avait pas besoin de radio du crâne mais qu'il devait absolument aller voir dans quel état était son camion.

A son côté se trouvait sa femme, une jolie blonde qui tentait désespérément de le convaincre d'écouter le praticien.

— Je suis Noelani Hana, se présenta la jeune femme lorsque les trois occupants de la chambre se tournèrent vers elle. Je dirige le moulin des Fontaine…

— Ah, oui, j'ai entendu parler de vous, répondit Rob en lui tendant une main bandée. Certains disent que c'est à cause de vous qu'il y a tous ces problèmes.

— Rob ! protesta Adam. Ne me dites pas que vous croyez à ces histoires ridicules de mauvais *mojo* !

— Pas vraiment, répondit ce dernier. En tout cas, beaucoup moins depuis que je vais à l'université, ajouta-t-il en souriant. J'ai une femme et un enfant à nourrir, expliqua-t-il à Noelani, c'est pour cela que je travaille. Mais je ne compte pas rester chauffeur de poids lourds toute ma vie !

— C'est tout à votre honneur, répondit la jeune femme avec un sourire chaleureux. Mais dites-moi ce qui s'est passé, exactement ?

202

— Eh bien… Je livrais une cargaison de canne à sucre appartenant à Junior Mandeville. Cela fait plusieurs fois que je lui signale que le système hydraulique de la grue est défaillant mais il est trop radin pour le faire réparer.

— Alors ni le grutier ni le matériel du moulin ne sont en cause ? demanda Noelani.

— Non ! Ray Dee Plover est le meilleur grutier que je connaisse. C'est d'ailleurs ce que j'ai expliqué à Mason Trotter lorsqu'il m'a sorti de ce tas de ferraille.

A cet instant, Jackson les rejoignit et regarda Rob avec soulagement.

— Je suis rassuré de voir que ta petite gueule d'amour est intacte ! s'exclama-t-il en tapant sur son épaule valide. Lorsque j'ai vu tout le sang qui maculait le tableau de bord, j'ai vraiment eu peur. Je crois que je vais demander à Junior de faire moudre sa canne à sucre ailleurs. Quant à toi, si ça te dit, tu peux travailler pour nous plutôt que pour ce vieux grigou !

— Avec plaisir, déclara Rob, un sourire radieux aux lèvres. Je serai à mon poste lundi à la première heure. Vous n'aurez qu'à me montrer mon nouveau bahut.

— Pas question, vieux. Prends ta journée de lundi. Et, en attendant, fais ce que te dit le médecin et passe ces radios. Noelani, est-ce que tu pourrais passer voir Casey à Wisteria Cottage en rentrant et lui demander de mettre Rob sur nos registres du personnel ? Fais en sorte qu'il touche sa première paie comme s'il avait commencé au premier du mois.

— Merci, Jackson, s'exclama Rob. Tu es vraiment un chic type comme ton père, tu sais.

— J'appellerai Casey du moulin, déclara Noelani. Il vaut mieux que je retourne là-bas pour répondre aux questions des autres employés et veiller à ce que le travail reprenne normalement.

— Excellente idée. Je te déposerai. Comme cela, Adam pourra rentrer tranquillement à la maison.

Ce dernier fut tenté de protester mais il comprit aussitôt combien cela aurait été futile. Tout au long de la journée, Noelani n'avait cessé de lui signifier que tout était fini entre eux sur le plan sentimental. Et, si difficile que cela fût à admettre, il ne pouvait que s'incliner devant cette décision.

11

Comme Noelani l'avait craint, la plupart des employés avaient été très marqués par l'accident. La carcasse du camion trônait toujours au centre du parking, rappelant à chacun la catastrophe qui venait de se produire et toutes celles qui l'avaient précédée.

— Ceux dont le travail n'est pas directement affecté par l'accident peuvent retourner à leurs postes, déclara la jeune femme à la cantonade.

Jackson confirma ses ordres et les ouvriers retournèrent à contrecœur à leurs tâches respectives.

— Allons parler à Ray Dee, suggéra-t-il ensuite. Nous devons lui dire que nous ne le tenons absolument pas pour responsable de ce qui s'est passé.

Ray Dee Plover était un homme imposant à la longue crinière en bataille. Ses biceps impressionnants étaient couverts de tatouages. Contrairement à ce que Jackson avait redouté, il ne paraissait pas très impressionné par ce qui venait de se produire.

— Ce n'est pas la première fois qu'une telle chose arrive, commenta-t-il en haussant les épaules. Et ce ne sera pas la dernière… En tout cas, Rob a eu de la veine. Quant à Junior Mandeville, il a intérêt à faire réviser son matériel plus souvent s'il ne veut pas que quelqu'un vienne lui arranger le portrait, un de ces jours.

— Noelani et moi avons décidé de nous passer de sa canne à sucre à partir d'aujourd'hui, indiqua Jackson. Nous refusons de cautionner de telles pratiques. Par contre, nous craignons que ce nouvel accident ne fasse peur aux autres employés. Nous apprécierions beaucoup votre aide pour calmer un peu les esprits.

— C'est vous le patron, répondit Ray Dee. En ce qui concerne Junior, je doute qu'il prenne très bien la nouvelle. Vous feriez bien de surveiller vos arrières.

— Ce type est un dégonflé, répondit Jackson en haussant les épaules. Il ne me fait pas peur. Par contre, il réfléchira peut-être à deux fois lorsqu'un de ses chauffeurs lui demandera de faire réviser son camion.

— On peut toujours rêver… Tiens, voilà la dépanneuse. On va enfin pouvoir reprendre le travail. Je vais aller donner un petit coup de sifflet aux autres pour leur signaler qu'ils peuvent arrêter de se tourner les pouces.

Le petit coup de sifflet dont parlait Ray Dee était en réalité un code complexe qu'une sirène faisait retentir pardessus le bruit des diverses machineries du moulin. Tous les employés commençaient par apprendre les codes auxquels correspondaient les diverses instructions qu'ils étaient susceptibles de recevoir.

— Tu sais qu'une partie du conseil municipal voudrait que nous cessions de faire sonner la sirène à midi et à 6 heures, indiqua Jackson à Noelani. Certains nouveaux habitants se sont plaints du bruit. Les anciens, au contraire, y sont attachés. Ils règlent leurs montres sur ces signaux. Je ne suis pas passéiste mais, si nous devons renoncer à cette sirène, ce sera comme si nous tournions la page sur toute une époque.

— On croirait entendre Adam, remarqua la jeune femme. Il y a quelques semaines, je l'entendais se plaindre des changements survenus à Baton Rouge au cours de ces dernières années. Il a prétendu que la lune n'était plus aussi brillante qu'autrefois, que le Mississipi était plus sale, que son cours avait changé, que le mode de vie du Sud traditionnel tendait à disparaître… Je suppose que c'est dans l'ordre des choses. Qui sait ? Peut-être n'y aura-t-il plus de plantations de canne à sucre en Louisiane, un jour…

— Oui, et ce sera peut-être la semaine prochaine si nous ne parvenons pas à sauver celle-ci, répondit Jackson d'un air sombre.

— Ne t'en fais pas. Jusqu'ici, je tiens mes délais. J'ai même augmenté la productivité de près de dix pour cent. Si tu m'y autorises, je peux faire passer toute la chaîne à la vitesse supérieure ce soir même. Ce sera d'autant plus facile que je serai là pour tout superviser. Si tout se passe bien, demain à midi, notre rendement aura presque doublé.

— Tu ne crois pas qu'il faudrait laisser un peu de temps aux employés pour se remettre de l'accident de Rob ?

— Eh bien… A priori, ils ne sont pas opposés au programme.

— Mais… ?

— Mais les femmes chargées du prélèvement des échantillons vont devoir travailler deux fois plus. De même que les chimistes. Ce sont les seuls dont le travail n'est pas automatisé.

— Crois-tu que ce soit possible ?

— Sans problème. A terme, il serait peut-être envisageable d'engager un chimiste de plus mais, en ce qui concerne l'équipe de prélèvement, une accélération de la cadence ne leur fera pas de mal.

— Mais tu as peur qu'elles ne s'y opposent, pour le principe ?

— Exactement. Duke régnait sur le moulin en maître absolu, ce qui est loin d'être mon cas. Regarde Ray Dee : il s'est contenté de s'adresser à toi sans même me regarder. Si je dois imposer des changements, je dois être certaine d'avoir ton soutien et celui de Casey.

— Tu l'as, assura Jackson alors qu'ils arrivaient devant le bureau de la jeune femme. Est-ce que tu as calculé combien de tonnes supplémentaires représenterait l'amélioration de notre productivité ?

— Au moins vingt-cinq tonnes d'ici Noël.

Jackson poussa un petit sifflement admiratif en se laissant tomber sur l'un des fauteuils du bureau.

— Heureusement que Duke a racheté quelques entrepôts à Roland Dewalt lorsqu'il a repris la raffinerie. Je les avais gardés pour faire face à la production accrue des hybrides de Casey. Elle prétend qu'ils devraient fournir soixante-quinze pour cent de sucre en plus.

— Quand compte-t-elle les couper ? demanda Noelani. J'ai entendu dire qu'ils arrivaient à maturité plus vite que les plants normaux.

— Je crois qu'elle va commencer dans deux semaines. Elle a hâte de voir les résultats des tests qui seront faits sur les échantillons. S'ils sont aussi prometteurs qu'elle semble le penser, nous aurons vraiment besoin d'un moulin plus productif. Alors je te laisse carte blanche, Noelani.

Il se releva et passa une main dans ses cheveux.

— Il est temps que j'y aille, conclut-il. Au passage, j'irai prévenir Rose et les autres filles qui collectent les échantillons que nous nous apprêtons à augmenter la cadence. Elles me considèrent comme un ami et je pense qu'il vaut mieux que ce soit moi qui le leur dise.

A cet instant, le téléphone qui se trouvait sur le bureau de la jeune femme retentit. Jackson, qui se trouvait plus près du poste, décrocha.

— C'est pour toi, dit-il à Noelani. C'est Eugène Blanchard, un pépiniériste. Je ne savais pas que tu t'adonnais au jardinage à tes heures perdues.

— Monsieur Blanchard ? Noelani Hana à l'appareil. Vous avez reçu la proposition que je vous ai envoyée l'autre jour ? Très bien… Vous seriez intéressé ? C'est une excellente nouvelle. Voilà ce que je vous propose : nous vous livrerons les premiers chargements gratuitement à titre d'essai. Si vous êtes satisfait, nous poursuivrons au tarif que je vous ai indiqué. Vous devriez voir arriver la première cargaison d'ici vendredi.

— De quoi s'agissait-il ? demanda Jackson, curieux, après qu'elle ait raccroché.

— J'ai démarché quelques entreprises pour leur vendre nos copeaux de canne à sucre, ainsi que je te l'avais suggéré. Blanchard est prêt à essayer et, s'il voit que ses semis prennent, il signera un contrat avec nous. Il est également prêt à racheter nos résidus de bagasse.

— Ça alors ! Mais que compte-t-il en faire ?

— Eh bien, ces résidus ressemblent à des sortes de rochers volcaniques et peuvent servir dans le cadre de son travail de paysagiste. J'ai eu l'idée en regardant vos plates-bandes, à Bellefontaine.

— C'est maman qui s'en occupait, acquiesça tristement Jackson. Je ne savais pas qu'elle récupérait de la bagasse.

— A propos de jardin, pourquoi y a-t-il toutes ces fontaines sur la propriété ?

— Oh, c'est la tradition familiale. Chaque génération fait ériger une fontaine. Ce sera bientôt notre tour… Plus tôt que je ne l'avais prévu, hélas. D'ailleurs, tu devras choisir la fontaine avec nous puisque tu es à présent l'une des héritières légitimes de Duke.

— J'adore celle qui est surmontée d'un ananas, remarqua la jeune femme. Et je serai très flattée de participer, Jackson. Nous devrions en discuter avant que je ne rentre à Hawaii. Comme cela, elle sera construite la prochaine fois que je viendrai vous voir…

— Espérons-le, acquiesça Jackson. Bon courage pour cette nuit, Noelani. Appelle-moi si tu as le moindre problème. Je passerai te déposer la Cadillac demain matin.

Il était près de 10 heures du matin lorsque Noelani finit de mettre en place le nouveau programme. Jusque-là, tout se passait conformément à ses attentes et les employés paraissaient n'avoir aucun mal à suivre la nouvelle cadence.

Comme elle remontait dans son bureau, le téléphone retentit, la faisant sursauter.

— Noelani ? C'est Jackson. Nous n'allons pas tarder à arriver au moulin.

— Nous ? dit-elle, en étouffant un bâillement.

— Oui. J'ai demandé à Adam de conduire la Cadillac et j'ai pris la Jaguar pour pouvoir le ramener à Bellefontaine. De cette façon, tu pourras rester sur place, si besoin est. Est-ce que tu peux nous rejoindre sur le parking dans quelques minutes pour me dire comment s'est passée la nuit ?

Sans attendre la réponse de la jeune femme, Jackson raccrocha. Malgré elle, elle sentait son cœur s'emballer à la simple idée de revoir Adam. Cet homme avait un effet des plus préjudiciables sur sa santé mentale, songea-t-elle avec une pointe d'agacement.

210

Mais elle n'y pouvait rien. Pour la première fois de sa vie, elle avait trouvé quelqu'un qui la faisait se sentir spéciale, unique...

Lorsqu'elle arriva au parking, les deux hommes étaient déjà là et ils étaient descendus de leurs voitures. Ce fut Jackson qui la remarqua la première et il lui adressa un petit signe de la main tandis qu'elle venait à leur rencontre.

— Eh bien, constata-t-il, tu as bonne mine pour quelqu'un qui a passé la nuit à travailler ! Je t'ai apporté de quoi manger. Tante Esme a demandé à Betty de te préparer une salade. Elle voulait aussi t'envoyer des habits de rechange mais elle n'a pas osé entrer dans ta chambre pour aller les chercher.

Pendant qu'il parlait, Adam avait quitté la Cadillac pour aller s'installer sur le siège passager de la Jaguar, se contentant d'adresser à la jeune femme un léger signe de tête.

— Qu'est-ce qui lui arrive ? s'étonna Jackson auquel cette attitude n'avait pas échappé.

— Je ne suis pas médium, protesta la jeune femme. Tu n'as qu'à le lui demander.

— C'est ce que je ferai en rentrant. Est-ce que vous vous êtes disputés, tous les deux ?

— Pourquoi nous disputerions-nous ? demanda Noelani en rougissant jusqu'à la racine des cheveux.

— Allons ! Tu crois peut-être que je n'ai pas remarqué la façon dont Adam te regarde ? Il est fou amoureux...

— Tu ferais mieux de consulter un bon ophtalmo, répliqua la jeune femme.

— Tante Esme sera très déçue, remarqua son demi-frère, amusé. Elle n'a pas réussi à faire de Casey une respectable femme du Sud et elle comptait sur toi. Hier, je l'ai entendue dire que, si tu épousais Adam, elle te convaincrait d'ouvrir

211

Magnolia Manor dans le cadre des visites des demeures historiques.

— Je crois que tante Esme a un peu abusé du mint-julep, répliqua Noelani, sidérée.

— Je te promets de ne pas lui répéter ce que tu viens de dire. Elle n'aimerait pas que quelqu'un se soit aperçu de sa petite faiblesse… Bien, trêve de plaisanteries. Dis-moi plutôt comment marche le nouveau programme.

— Tout se passe comme sur des roulettes, répondit Noelani. Je pense que je vais faire une sieste après le déjeuner de façon à rester ici la nuit prochaine. Après quarante-huit heures sans problème, on pourra considérer que la transition est faite.

— Génial… Je voulais aussi te dire que, la semaine prochaine, je serai souvent absent de la maison. Je dois assister à un certain nombre de réunions à La Nouvelle-Orléans. Apparemment, l'Australie et le sud-ouest des Etats-Unis sont en train de nous voler des parts de marché en Europe et nous avons décidé de réagir avant de devoir nous reconvertir dans la noix pacane.

— Cela ne m'étonne pas, remarqua Noelani. La plupart des producteurs australiens ont modernisé leurs moulins. Ils innovent beaucoup plus que les autres et j'ai essayé de convaincre Bruce d'acheter certaines de leurs machines. Si nous ne suivons pas, ils vont finir par nous prendre la totalité du marché.

— Merci pour ces prévisions encourageantes, répondit Jackson en riant.

— Il n'y a pas de quoi. J'espère que cela t'incitera à faire entendre ta voix au cours des réunions.

— Ne t'en fais pas, je ferai tout ce qui est en mon pouvoir. Tu ne m'as encore jamais vu dans mon rôle de général en chef !

Au cours des jours suivants, Adam ne vit ni Jackson ni ses deux sœurs. Il aperçut une fois ou deux la voiture de Noelani alors qu'elle rentrait du moulin au beau milieu de la nuit, selon son habitude. Chaque fois, il fut tenté d'aller lui parler mais se dit que cela ne servirait à rien.

Le pire était que son propre travail prenait du retard. Il avait le plus grand mal du monde à trouver le bois de cyprès qui correspondait à la partie du plancher de la salle à manger endommagée par les flammes.

Tante Esme, elle, était très occupée : elle s'était lancée à corps perdu dans le grand nettoyage traditionnel qui précédait le bal de Noël des Fontaine. Adam préférait ne pas penser à cette fête. Noelani lui avait clairement fait comprendre qu'elle serait partie d'ici là et cette idée le déprimait.

A plusieurs reprises, Adam fut tenté d'aller déposer son enchère pour Magnolia Manor mais il s'en abstint, désireux de mettre toutes les chances de son côté. Il se mit également à chercher de futurs chantiers dans la région au cas où il remporterait la vente.

Le lundi suivant, alors qu'il revenait d'une belle propriété où il avait établi un devis, il s'arrêta dans un magasin pour acheter les nouvelles ampoules que tante Esme lui avait commandées pour le grand chandelier du salon.

Dans la file des clients qui faisaient la queue devant la caisse enregistreuse, il remarqua une jeune femme blonde aux jolis yeux noisette qui le regardait avec insistance. Son visage lui était vaguement familier et il se demanda où il avait bien pu la rencontrer.

Finalement, elle paya pour ses achats et quitta la boutique avant qu'Adam n'ait pu retrouver son nom. Il régla à son tour et gagna le parking. Mais là, à sa grande surprise, la charmante inconnue l'attendait.

— Vous êtes bien Adam Ross, n'est-ce pas ? demanda-t-elle.

— Euh, oui. Je suis désolé, mademoiselle, mais je n'arrive pas à me souvenir…

— Cela ne me surprend pas, lui dit-elle en riant. J'ai beaucoup changé depuis la dernière fois que nous nous sommes vus. Nous étions tous deux à l'école élémentaire St Francis. Mon nom est Denise Rochelle, ajouta-t-elle en lui tendant la main.

— Denise Rochelle ? répéta-t-il, stupéfait. Le nom m'est vaguement familier. Mais c'était il y a une éternité… Comment diable m'avez-vous reconnu ?

— En fait, je vous ai vu au moulin des Fontaine. Je travaille dans l'équipe qui prélève les échantillons de canne à sucre. En vous voyant, j'ai trouvé votre visage familier et j'ai demandé à Rose, une de mes collègues, qui vous étiez. Elle m'a donné votre nom et m'a dit que vous restauriez Bellefontaine.

— C'est exact. Vous avez peut-être entendu parler de l'incendie qui a ravagé la cuisine de la maison. Je suis chargé de réparer les dégâts.

— Oui, je suppose que, contrairement aux gens qu'ils ont floués, les Fontaine ont les moyens de faire rénover leur maison quand ça leur chante, dit la jeune femme d'une voix un peu sèche.

Adam fronça les sourcils, se demandant quelles pouvaient être les raisons d'une telle agressivité. Une chose était certaine, en tout cas : ses employeurs avaient bien plus d'ennemis qu'ils ne le pensaient.

— Vous ne voyez donc toujours pas qui je suis, remarqua Denise. Mon père s'appelait Arlen Rochelle. Il supervisait les fours au moulin Fontaine. Un jour, il y a eu un accident et Duke a licencié mon père parce que quelqu'un avait prétendu à tort qu'il était ivre et que tout était arrivé par sa faute. Mon père s'est retrouvé sur le carreau alors qu'il avait été sérieusement blessé dans l'accident. Il a dû vendre successivement sa voiture et notre maison et ma mère en est morte de chagrin. C'est arrivé l'année où votre père a disparu au Viêt-nam et nous en avons beaucoup parlé, tous les deux, nous demandant ce que nous ferions si nous étions plus grands.

— Ça y est, acquiesça Adam, stupéfait. Vous aviez des tresses rousses et des taches de rousseur.

— Exact…

Ils discutèrent durant quelques minutes de leurs souvenirs d'enfance, se donnant des nouvelles de leurs amis de l'époque.

— Alors vous dites que c'est Roland Dewalt qui a racheté votre maison et celle des Chenard pour y bâtir sa raffinerie ? demanda enfin Adam.

— Oui. Mais je n'en veux pas au vieux Dewalt. Il a embauché mon père, lui donnant une deuxième chance alors que plus personne ne voulait de lui. Après le lycée, j'ai également travaillé pour lui. Mais l'ironie du sort a voulu qu'il vende la raffinerie aux Fontaine et je me suis retrouvée à travailler pour ceux qui avaient injustement licencié mon père.

— Et votre père ? demanda Adam, touché par cet étrange destin.

— Il est mort, il y a cinq ans. Après la vente de la raffinerie, il n'avait jamais réussi à retrouver un emploi.

— Je suis désolé…

— C'est gentil. Heureusement, on dit que le temps referme les blessures.

— Vous y croyez vraiment ? demanda Adam.

Denise lui adressa un sourire qui reflétait sa propre tristesse.

— Bien, dit-il enfin, j'ai été vraiment très heureux de vous revoir mais il faut que je file. J'ai encore pas mal de travail qui m'attend.

— Attendez, je vais vous laisser mon numéro de téléphone. Si cela vous dit, nous pourrions aller boire un verre, un de ces jours, en souvenir du bon vieux temps.

— Pourquoi pas ? répondit Adam. Ce sera une expérience nouvelle pour moi. J'ai perdu tous mes amis d'enfance depuis que nous avons déménagé pour vivre à Natchez.

— J'ai une idée. Que diriez-vous de m'accompagner à la Fête du Sucre de New Iberia, le week-end prochain ? Il y aura à boire et à manger, du jazz et de la musique cajun…

— Eh bien… Je suis déjà allé à celle de Baton Rouge, l'autre semaine.

— Oh, ce n'est pas du tout la même ambiance. Celle de New Iberia ressemble plus au carnaval. On y chante et on y danse. Vous verrez, c'est très amusant !

— Très bien, acquiesça Adam en empochant le morceau de papier sur lequel Denise avait inscrit ses coordonnées.

— Génial ! Dans ce cas, vous n'aurez qu'à passer me chercher au moulin vers 8 heures, samedi matin.

Adam se sentit brusquement très mal à l'aise à l'idée de croiser Noelani en allant chercher Denise. Il n'y avait pourtant aucune raison à cela. Après tout, ce n'était qu'une amie d'enfance. Et puis Noelani lui avait clairement laissé entendre qu'il n'avait rien à attendre d'elle…

— Je préférerais passer directement chez vous, répondit-il. Disons vers 10 heures, si cela vous convient.

— Ce sera parfait. Et tu peux me tutoyer, tu sais. Après tout, nous sommes de vieux amis.

— D'accord. Tu veux que j'apporte quelque chose ?

— Non. Rien que toi, répondit-elle joyeusement.

Sur ce, elle lui adressa un petit signe de la main et fit demi-tour pour se diriger vers sa voiture sans lui laisser le temps de changer d'avis.

Adam resta quelques instants immobile, se demandant pourquoi il avait accepté l'invitation d'une quasi-inconnue. Puis il songea que, de toute façon, cela ne l'engageait à rien. Si Denise se faisait des idées sur ses intentions, il pourrait la détromper gentiment et se conduire en ami avec elle.

Le lendemain, Adam dénicha enfin le bois qu'il cherchait depuis si longtemps et il put se remettre immédiatement au travail. Dans la journée, le couple qui lui avait demandé un devis le rappela pour lui confirmer qu'il pourrait commencer le chantier dès qu'il en aurait terminé à Bellefontaine. Ces nouvelles illuminèrent sa journée qui passa comme un rêve.

Le soir venu, après avoir pris une douche et s'être changé, il gagna la salle à manger et eut la surprise de découvrir toute la famille réunie.

— Est-ce que nous célébrons un nouvel anniversaire ? demanda-t-il avec curiosité. Si c'est le cas, personne ne m'a prévenu...

— C'est exactement ce que j'ai demandé à tante Esme lorsqu'elle m'a appelée au moulin pour me demander de venir ce soir, déclara Noelani. Mais elle a refusé de m'en dire plus. Où est Jackson ? Est-ce que cette nouvelle le concerne ?

— Tante Esme a une surprise pour papa, expliqua Megan. Mais elle ne veut dire à personne de quoi il s'agit...

— Une surprise pour Jackson ? répéta Casey, brusquement curieuse. Et combien de temps comptes-tu encore garder le secret pour toi, tante Esme ? Qu'est-ce qui peut justifier une telle discrétion ?

— De la discrétion ? s'exclama Jackson en les rejoignant. C'est bien la première fois que j'en entends parler dans cette famille. Que se passe-t-il, ici ?

— Demande à tante Esme, répondit Megan. Elle est la seule à savoir…

Jackson s'assit auprès de sa fille et jeta un regard interrogateur à tante Esme qui se leva et ramassa l'enveloppe qui était posée près de son assiette.

— Ripley Spruance est passé à la maison, cet après-midi, commença-t-elle gravement. Il est venu m'annoncer que les planteurs de canne s'étaient réunis et avaient élu Jackson Roi du Sucre pour l'année !

La plupart de ceux qui se trouvaient autour de la table la regardèrent avec stupeur. Seule Casey décocha un coup de coude moqueur à son frère.

— Te voilà enfin reconnu à ta juste valeur, lui dit-elle en souriant. Si tu ne devais pas porter cette cape et cette stupide couronne, je t'envierais presque.

— Cassandra ! protesta tante Esme en fronçant les sourcils. Le fait d'être choisi comme Roi du Sucre est considéré comme un honneur dans votre profession. Il reste peu de traditions du temps jadis et elles sont précieuses. J'ai demandé à Ripley de nous réserver une table samedi prochain pour célébrer comme il se doit l'intronisation de Jackson.

— Portons un toast à notre illustre souverain ! s'exclama Casey en levant son verre de bordeaux. Tu as de la chance, Jackson. Le comité te choisira une jolie reine au bras de laquelle tu paraderas durant toute la journée !

Tous trinquèrent puis Noelani finit par poser la question qui lui brûlait les lèvres.

218

— Qu'est-ce que c'est exactement que ce Roi du Sucre ?

— Eh bien, expliqua tante Esme, son intronisation marque l'ouverture de la Fête du Sucre au cours de laquelle on célèbre l'importance de la canne à sucre dans notre économie. Bien sûr, la plupart des jeunes gens y voient un simple prétexte pour s'amuser et danser mais, à l'origine, il s'agit d'un hommage rendu à ceux qui font vivre la région.

— Au moins, cela ne fera pas de mal à mon ego de vous voir tous vous incliner devant moi, ne serait-ce que pendant une journée, remarqua Jackson. Megan sera la demoiselle d'honneur de ma reine et il lui faudra une belle robe pour cela.

— J'irai en acheter une avec elle, déclara immédiatement Tanya.

— Betty, appela tante Esme.

— Mouais ? grogna Betty qui sentait approcher la corvée.

— De nombreuses personnes passeront à Bellefontaine pour féliciter Jackson au cours des semaines à venir. Il faudrait que vous prépariez des amuse-gueules pour les recevoir. C'est la coutume. Et je vous en prie, samedi prochain, évitez de venir à New Iberia sur votre horrible moto.

Ce ne fut qu'à cet instant qu'Adam fit le rapprochement avec la fête à laquelle Denise Rochelle l'avait convié. Un frisson lui parcourut l'échine tandis qu'il se demandait avec angoisse comment l'annoncer aux autres.

— J'emmènerai Jackson, Megan et Tanya, poursuivait tante Esme. Vous pourrez y aller avec Nick et Casey ou avec Noelani et Adam.

— J'ai bien peur de ne pouvoir vous accompagner samedi, articula Adam, gêné. J'ai déjà une cavalière pour cette fête…

Tous les yeux se tournèrent vers lui, semblant le traverser de part en part et ajoutant à son malaise.

— Crache le morceau, mon vieux, lui dit alors Nick pour briser le silence gêné. Qui est l'heureuse élue ?

— C'est l'une de mes amies d'enfance que j'ai croisée par hasard à la quincaillerie, l'autre jour. Elle s'appelle Denise Rochelle.

Dans les yeux de Noelani, il surprit une brève lueur de colère et se demanda si elle n'était pas jalouse. Voilà qui changerait radicalement les données du problème, se dit-il. Hélas, elle détourna le regard avant qu'il puisse s'assurer de la nature exacte de ses sentiments.

— Rochelle ? fit tante Esme, pensive. Ne serait-elle pas de la famille de ce… Non… C'est impossible ! marmonnat-elle avant de s'interrompre.

— Je pourrais prendre la voiture d'Angélique, suggéra alors Noelani. De cette façon, si Megan est fatiguée, je pourrai la ramener. Cela permettra à Jackson de rester jusqu'à la fin de la soirée et de tenir dignement son rôle de Roi du Sucre.

— Excellente idée, déclara ledit roi. D'autant que les planteurs se réunissent généralement après la fête pour discuter de choses et d'autres.

— Puisque tout est réglé, déclara sa demi-sœur, je vais retourner au moulin. J'ai encore du pain sur la planche.

Elle se leva de table et, après un instant d'hésitation, Adam se décida à la suivre, bien décidé à vérifier quelque chose.

— On dirait que mon annonce t'a mise en colère, remarqua-t-il d'un ton léger.

— Disons que j'ai été surprise…, répondit-elle un peu sèchement.

— Pourquoi ? N'est-ce pas toi qui m'as dit que j'avais besoin de trouver une autre femme ? A moins que tu n'aies changé d'avis.

Noelani hésita une fraction de seconde, ce qui n'échappa pas à Adam.

— Je suis désolée de te décevoir, Adam, répondit-elle enfin, mais si tu as invité Denise pour me rendre jalouse, c'est raté... Je te souhaite de bien t'amuser.

Sur ce, elle s'éloigna à grands pas pour se diriger vers sa voiture garée au bas des marches. Son démarrage fut peut-être un peu trop sec et le nuage de poussière qu'il souleva trahissait mieux que ses paroles la colère qu'elle éprouvait en cet instant.

Malgré lui, Adam ne put s'empêcher de sourire. La partie n'était peut-être pas encore perdue.

12.

Se garer pour la fête du Sucre relevait du prodige, réalisa Noelani alors qu'elle amorçait son cinquième tour du quartier à la recherche d'une place libre. Brusquement, elle aperçut une voiture qui démarrait dans une rue latérale et s'y engagea en bénissant le ciel.

Sortant de sa voiture, elle s'étira avant de lisser le tissu de la robe qu'elle avait choisie pour la soirée. C'était un modèle très simple d'une couleur jaune doré qui accentuait les reflets auburn de sa chevelure. Elle avait choisi des vêtements dans lesquels elle se sentait à l'aise, sachant que cette soirée était importante pour la famille Fontaine.

En pénétrant dans la salle où avait lieu la fête, la jeune femme fut quelque peu étourdie par le nombre impressionnant de convives. Par chance, elle repéra presque aussitôt Jackson et Megan.

Elle s'arrêta quelques instants pour les contempler. Jackson était vêtu d'un smoking noir qui soulignait son élégance naturelle. Sa fille, quant à elle, portait une magnifique robe de taffetas violet qui faisait ressortir la couleur de ses yeux. Ses cheveux noirs et bouclés étaient coiffés avec goût, lui donnant un air presque adulte.

— Eh bien, s'exclama-t-elle à l'intention de la petite fille, on peut dire que tu ressembles vraiment à une princesse !

— Ah, Noelani, te voilà, s'exclama Jackson avec un chaleureux sourire. Tante Esme avait peur que tu ne te sois perdue. Notre table est située devant, juste à côté de la scène. Cela ne te dérange pas d'y accompagner Megan ?

— Pas du tout. Viens, ma chérie, ajouta-t-elle à l'intention de sa nièce. Allons les éblouir de notre charme légendaire.

— Ça veut dire quoi exactement « éblouir » ? demanda la fillette.

— C'est ce que tu ressens quand tu regardes le soleil.

— Oh, je vois... Dis, Noelani, si mon papa est un roi, est-ce que ça veut dire que nous allons devoir aller vivre dans un château ?

— Non, ma chérie. C'est pour de faux... Jackson fait semblant d'être un roi, ce soir, mais demain il redeviendra un papa comme les autres. En fait, c'est une sorte de jeu...

Tandis qu'elle traversait la pièce, Noelani chercha la table des Fontaine du regard. Et, au milieu de la foule, elle aperçut brusquement Adam Ross qui était assis à côté de Denise Rochelle. Noelani la connaissait de vue pour l'avoir croisée à plusieurs reprises au moulin.

Lorsque Denise la vit, elle lui décocha un regard où couvait une animosité à peine voilée. La jeune femme se demanda si c'était parce qu'elle la considérait comme une rivale ou juste parce qu'elle se défiait de sa supérieure hiérarchique.

A cet instant, Casey arriva en compagnie de Nick, de Viv et de Luc. Ils saluèrent Noelani et Megan et les entraînèrent vers la table réservée à la famille. A peine avaient-ils rejoint leurs sièges que la cérémonie commença.

Durant le dîner qui suivit le couronnement de Jackson, Casey discuta avec Viv tandis que Luc parlait avec Nick. Les deux amis lançaient de temps à autre quelques boutades à Jackson qui se tenait en bout de table, drapé dans son manteau royal, sa couronne sur la tête.

Noelani passa la plus grande partie du temps à deviser avec Megan.

— Nous allons faire un tour tous les quatre, déclara Casey lorsque le repas toucha à sa faim. Si vous voulez, vous pourrez nous rejoindre au parc vers 3 heures. Luc doit y jouer quelques morceaux.

Sur ce, elle s'éloigna en compagnie de Viv, Nick et Luc. Noelani les suivit des yeux avant de chercher du regard Adam et Denise. Mais ils avaient également quitté leur table.

— Tante Esme m'a dit que je n'avais pas le droit de vous demander ça, lui dit alors Tanya, mais puisque vous n'avez pas de cavalier, est-ce que cela vous dérangerait de vous occuper de Megan ?

— Pas du tout, pourquoi ?

— Plusieurs de mes amis jouent au parc. Il y a aussi des groupes de La Nouvelle-Orléans que je n'ai jamais vus. Et je sais que Megan n'a pas une passion immodérée pour le jazz.

La petite fille confirma cette remarque d'un vigoureux hochement de tête.

— Et que fait tante Esme ? demanda Noelani.

— Elle va chez une amie qui a une maison sur la route le long de laquelle passera la parade. Elle regardera le spectacle du balcon.

— Très bien, déclara Noelani. Je m'occupe de Megan. Bon concert, Tanya ! On dirait que c'est entre toi et moi, ma chérie, ajouta-t-elle à l'intention de Megan. Tiens-moi par la main et ne me lâche pas, d'accord ? Je ne voudrais pas être obligée de dire à ton papa que je t'ai perdue dans cette foule.

Elles quittèrent alors le bâtiment dans lequel avait eu lieu la cérémonie d'ouverture pour se joindre à la grande parade. Toutes deux furent enthousiasmées par le spectacle qui s'offrait à elles.

Des dizaines de chars colorés se succédaient tandis que des centaines de gens déguisés les suivaient, en marchant et en dansant. Ils distribuaient aux enfants comme aux adultes des tonnes de bonbons et de sucreries et Megan et Noelani en eurent plus que leur compte.

La seule chose qui gâcha quelque peu le plaisir de la jeune femme fut de croiser à plusieurs reprises Adam et Denise.

La première fois, ce fut près d'une baraque foraine où Adam venait de remporter pour sa cavalière un énorme dinosaure en peluche que convoitait Megan. Il fit les présentations, s'efforçant d'ignorer la tension presque palpable qui régnait entre les deux femmes.

La deuxième fois, alors que Noelani venait de gagner à son tour une peluche pour Megan, Adam rattrapa au vol la barbe à papa que la petite fille était sur le point de faire tomber.

— Nous allions justement mettre le dinosaure de Denise dans ma voiture, expliqua-t-il. Voulez-vous que nous emportions le vôtre ?

— Non, répondit fermement Megan en regardant avec défiance Denise qui était pendue au bras d'Adam. Je préfère le mettre dans la voiture de Noelani.

— Où l'avez-vous acheté ? demanda Adam.

— C'est Noelani qui l'a gagné pour moi, répondit fièrement la fillette. Elle a réussi à faire sonner la machine avec le marteau !

— Eh bien ! Je ne savais pas que tu étais aussi forte.

— Je pensais pourtant que tu avais eu toute latitude de t'assurer de ma musculature, répliqua Noelani avec un sourire sucré.

Sur ce, elle s'éloigna sans attendre de voir les conséquences de sa remarque perfide sur la belle humeur de Denise. Elle l'entendit pourtant demander à Adam ce qu'elle avait voulu dire et ce dernier répondit si évasivement et d'un ton si gêné qu'il aurait fallu qu'elle soit complètement idiote pour ne pas comprendre ce que Noelani avait voulu sous-entendre.

Comme la jeune femme se dirigeait vers sa voiture pour y déposer la peluche de Megan, elles rencontrèrent Jackson qui se promenait en compagnie de sa reine, une très jolie blonde qui arborait une couronne identique à la sienne.

— Salut, les filles ! s'exclama Jackson en s'agenouillant pour embrasser Megan. Je me demandais où vous étiez passées... Trish, je te présente ma fille, Megan. Et voici Noelani, ma... euh... ma sœur.

Noelani serra la main de la reine, touchée que Jackson l'ait présentée de cette façon.

— Trish a rendez-vous avec son petit ami mais je comptais aller manger un morceau, expliqua Jackson. Nous avons rencontré Denise et Adam tout à l'heure et je leur ai donné rendez-vous dans un fast-food, non loin d'ici.

— Moi, j'ai très faim ! s'exclama Megan.

Résignée, Noelani suivit le père et la fille jusqu'au restaurant où ils retrouvèrent Adam et Denise. Fort heureusement, ceux-ci avaient croisé Casey et Nick, et l'ambiance fut moins pesante qu'elle ne l'avait redouté.

— Nous voulions attendre Luc et Viv, expliqua Casey. Mais Nick était affamé. Alors ? Comment trouvez-vous notre fête du Sucre ?

— Géniale ! s'exclama Megan avec enthousiasme. On a gagné plein de bonbons… Surtout grâce à Noelani, d'ailleurs. Un pirate lui en a donné des tas en échange d'un bisou !

Nick et Jackson se firent un plaisir de se moquer gentiment de la jeune femme tandis qu'Adam lui adressait un regard chargé de jalousie qu'étant donné les circonstances elle trouva passablement déplacé.

— Adam, fit alors Denise auquel son expression n'avait pas échappé, nous ferions bien d'y aller. Le concert de blues dont je t'ai parlé commence dans quelques minutes.

— Mais j'ai à peine commencé mon *po'boy*, protesta ce dernier.

— Emporte-le avec toi. Je finirai mon poisson-chat en route, moi aussi.

Adam soupira et se leva tandis que Jackson et Nick échangeaient un regard amusé.

— Je ne vois vraiment pas ce qu'il lui trouve, remarqua aigrement Casey lorsque le couple eut disparu.

— Ce n'est pas juste, protesta Jackson. Tu ne l'as vue que quelques minutes. Comment peux-tu la juger aussi sévèrement ?

— Je n'aime pas la façon dont elle se conduit vis-à-vis d'Adam.

Noelani partageait cette impression et cela la déprimait profondément. Elle fut tentée de prendre congé des autres pour rentrer à Bellefontaine mais ils insistèrent pour qu'ils aillent danser tous ensemble.

Ils retournèrent donc à la salle où Jackson avait été couronné. Elle avait été transformée en une gigantesque boîte de nuit cajun sur la scène de laquelle les groupes locaux se succédaient sans relâche dans une ambiance survoltée.

Noelani accepta quelques invitations à danser mais le cœur n'y était pas et, au bout d'une petite heure, elle proposa à Jackson de ramener Megan qui tombait de sommeil.

Après avoir assisté au concert de blues, Denise entraîna Adam dans la salle de danse. Ce dernier n'accepta qu'à contre-cœur, ayant compris que la jeune femme ne se contenterait pas de rester une simple amie d'enfance très longtemps.

Elle le lui prouva d'ailleurs en dansant avec lui de façon particulièrement langoureuse. En d'autres circonstances, il se serait peut-être laissé séduire. Après tout, Denise était drôle et terriblement sensuelle. Mais il ne cessait de penser à Noelani.

Alors qu'ils gagnaient le bar pour boire un verre, Adam s'excusa auprès de sa cavalière.

— J'ai promis quelques danses aux dames Fontaine, dit-il. Et je m'en voudrais de les laisser tomber.

— Je me demande pourquoi tu te donnes autant de mal pour eux, soupira la jeune femme. Ils te considèrent proba-blement comme un vulgaire employé, tu sais.

— Ce n'est pas vrai, Denise, répondit-il d'un ton de reproche. Ce sont des gens bien.

— Je serais surprise qu'ils soient si différents de leur père, objecta Denise. Mais vas-y si tu y tiens tant !

Adam traversa la salle en direction de la table des Fontaine. Seuls Casey et Nick s'y trouvaient, discutant tranquillement entre eux.

— Salut, fit Adam. Je viens essayer de remplir mon carnet de bal.

— J'ai bien peur que tu ne doives te contenter de moi, dans ce cas, répondit Casey. Noelani est repartie à Bellefontaine avec Megan et tante Esme. Quant à Tanya, elle est avec ses amis au concert.

— Peut-on savoir ce que tu fabriques avec Noelani, exactement ? demanda alors Nick avec son tact habituel. Elle avait autant envie d'être avec toi que toi avec elle, ce soir. Alors pourquoi cette comédie ridicule ?

— Tu te trompes, Nick, protesta Adam. Noelani n'a aucune envie de sortir avec moi, je t'assure…

— Dans ce cas, pourquoi était-elle verte de jalousie lorsqu'elle t'a vu avec Denise ? demanda Casey. Je reconnais que c'est un bon moyen pour attirer une femme mais il va falloir transformer l'essai, Adam. Sinon, elle finira par se lasser d'attendre que tu fasses le premier pas. En attendant, allons danser puisque tu me l'as suggéré aussi gentiment.

Après quelques danses, Adam rejoignit Denise qui discutait avec un groupe d'amis.

— Je suis épuisé, dit-il. Que dirais-tu de rentrer ?

— Avec plaisir, répondit-elle en lui décochant un radieux sourire.

Sur le chemin du retour, elle s'endormit sur le siège passager et Adam ne la réveilla que lorsqu'ils arrivèrent devant son immeuble.

— Et si tu montais prendre un dernier verre ? demanda-t-elle d'une voix un peu ensommeillée.

— Denise, répondit Adam d'une voix hésitante, je trouve vraiment que tu es une fille super mais je suis déjà plus ou moins avec quelqu'un…

— Tu parles de la bâtarde de Duke, n'est-ce pas ? fit la jeune femme avec une violence qui le surprit. Qu'est-ce qu'elle a de plus que moi ?

— Denise, il est tard et nous sommes tous les deux fatigués. Je crois que nous avons besoin de repos.

Denise le fusilla du regard et sortit de la voiture sans dire un mot, claquant violemment la portière derrière elle.

Au cours de la semaine qui suivit la fête du Sucre, Adam chercha désespérément une occasion de suivre les conseils de Casey et d'avouer à Noelani ce qu'il éprouvait pour elle. Hélas, il ne parvenait jamais à la croiser. Plus il se levait tôt et plus elle le devançait. Plus il veillait tard et plus elle s'attardait au moulin.

Il se concentra donc sur son travail, essayant vainement de chasser de ses pensées cet insaisissable fantôme qui le rendait fou. Un jour, alors qu'il parachevait l'installation du plancher de cyprès, il vit Casey surgir dans la cuisine. Elle paraissait littéralement affolée.

— Est-ce que tu as vu Jackson ? demanda-t-elle d'une voix paniquée. Est-ce que tu sais où il est ?

— Je l'ai vu partir avec Murray. Que se passe-t-il ? Tu as besoin d'aide ?

— Je viens de recevoir un coup de téléphone du moulin, expliqua la jeune femme. Apparemment, Noelani a glissé sur l'une des plates-formes en métal qui dominent la salle des machines et elle est tombée dans les escaliers. L'employé qui l'a trouvée dit qu'elle était inconsciente et qu'elle s'est probablement cassé le bras. Il a appelé une ambulance qui l'a emmenée aux urgences…

— Dans ce cas, allons-y ! s'exclama Adam, gagné par l'inquiétude de Casey.

Mais celle-ci avait déjà sorti son téléphone portable et composé le numéro de Murray.

— Salut, dit-elle, est-ce que Jackson est avec toi ?

Elle écouta quelques instants puis coupa la communication.

— Ils sont allés à la raffinerie ensemble mais Murray vient de rentrer chez lui. Il dit que Jackson ne devrait pas tarder. Je suis désolé de te demander cela, sachant ce que tu ressens pour Noelani mais il faudrait que tu restes ici pour prévenir Jackson dès qu'il rentrera. Moi, je file à l'hôpital. Ils auront peut-être besoin d'un membre de la famille pour les formalités.

— D'accord, s'exclama Adam. Je reste. Mais si Jackson n'est pas là dans quinze minutes, je te rejoins. Et appelle-moi sur mon portable dès que tu auras du nouveau.

— D'accord !

Quelques instants plus tard, il l'entendit démarrer en trombe et se mit à faire les cent pas comme un fauve en cage. Fort heureusement, Jackson n'arriva que quelques minutes plus tard. Adam courut à sa rencontre pour lui expliquer ce qui s'était passé.

— Monte ! s'exclama aussitôt Jackson avant de faire un demi-tour en épingle à cheveux. Qu'est-ce qui nous arrive ? ajouta-t-il en tapant sur son volant. Nous accumulons les coups de malchance, ces temps-ci.

— A moins qu'il ne s'agisse encore d'un acte de malveillance, répondit sombrement Adam.

— Ne sombrons pas dans la paranoïa, protesta Jackson en s'engageant à vive allure sur la route de Baton Rouge. Ce genre d'accident arrive régulièrement au moulin. Le sucre se dépose partout et rend les plates-formes glissantes. Il m'est arrivé plus d'une fois de me casser la figure.

— Tout de même, insista Adam. Lorsque Noelani et moi sortions plus ou moins ensemble, elle m'a parlé d'un certain nombre d'incidents troublants. Par deux fois, on a retrouvé une barre de métal dans les machines du moulin. Elle m'a promis qu'elle m'appellerait si d'autres événements de ce genre se produisaient…

— Si cela peut te rassurer, nous avons discuté de ces fameux incidents. Et nous sommes arrivés à la conclusion qu'ils étaient probablement d'origine accidentelle. Quelques ouvriers étaient mécontents que Noelani ait repris le poste de Duke, mais je les ai convoqués et je leur ai expliqué qu'elle avait toute l'expérience nécessaire pour cela. Depuis, il n'y a pas eu de problème.

Lorsqu'ils arrivèrent enfin à l'hôpital, une infirmière leur demanda de patienter dans une salle d'attente. Quelques instants plus tard, ils furent rejoints par Casey.

— Comment va-t-elle ? demanda aussitôt Adam.

— Bien, répondit aussitôt la jeune femme. Elle s'est fait mal à l'épaule. Le médecin pense que la clavicule n'est que fêlée mais il vient de lui faire passer une radio pour s'en assurer. Tu peux aller la voir, si tu veux.

Dès qu'elle lui eut indiqué où Noelani se trouvait, Adam partit au pas de course sous l'œil amusé des deux autres. Lorsqu'il entra dans la chambre, il constata avec soulagement que, bien que pâle, la jeune femme paraissait en forme.

— Noelani, j'ai eu tellement peur ! Que s'est-il passé ? demanda-t-il après s'être approché pour prendre doucement sa main valide dans la sienne.

— C'est arrivé très vite, lui dit-elle. Je suis montée de mon bureau au labo pour vérifier les échantillons du jour. J'ai remarqué qu'une des ampoules du couloir avait grillé. A ce moment, le sifflet a retenti pour indiquer un problème de machine et je me suis retournée pour voir ce qui se passait. C'est là que quelqu'un m'a poussée et que j'ai roulé au bas des escaliers.

— Tu es sûre qu'on t'a poussée ? demanda Adam.

— Oui. Juste avant que le sifflet retentisse, je me souviens avoir entendu un bruit de pas. J'aurais dû réagir ! Je suis censée être une experte en arts martiaux.

— C'est vrai ? demanda Nick, interloqué par cette nouvelle révélation.

— Oui. Et tu ferais mieux de te le tenir pour dit, ajouta-t-elle en souriant d'un air malicieux.

A cet instant, Casey entrouvrit la porte et passa la tête par l'embrasure.

— Je viens d'avoir au téléphone l'employé qui t'a trouvée, déclara-t-elle. Il m'a assuré qu'il n'avait vu personne dans le couloir.

— Cela ne veut rien dire, objecta Adam. Nous ne savons pas combien de temps Noelani est restée inconsciente. Son agresseur a pu avoir tout le temps de s'enfuir.

— Ça n'a aucun sens, protesta Casey. Remy est persuadé que Broderick a agi de son propre chef et il se trouve à présent sous les verrous.

— Mais votre famille a peut-être d'autres ennemis, remarqua Adam.

— C'est possible, concéda Jackson qui les avait rejoints. J'ai du mal à croire que cette accumulation d'incidents ne soit qu'une coïncidence. D'autant que la police refuse toujours de nous faire parvenir les effets personnels de Duke et de maman. Chaque fois que je les ai au téléphone, ils se montrent un peu trop évasifs à mon goût. Visiblement, il ne s'agit plus d'une enquête de routine.

— Si tu crois vraiment que quelqu'un a poussé Noelani, nous devrions appeler Remy, déclara Casey.

— Je suggère que nous essayions d'abord de mener notre propre enquête, proposa Adam. Nous obtiendrons certainement plus de témoignages que des policiers en uniforme.

A ce moment précis, le médecin chargé de Noelani pénétra dans la chambre.

— Bien, j'ai les résultats de votre radio, mademoiselle Hana. Votre clavicule n'est effectivement que fêlée. Par contre,

233

je vais vous garder une nuit en observation. Vous êtes restée inconsciente durant une période de temps indéterminée et je ne tiens pas à courir le moindre risque. Si tout va bien, vous pourrez sortir dès demain.

— Je veux sortir ce soir, protesta la jeune femme.

— Pas question ! s'exclamèrent en chœur le médecin et tous ses visiteurs.

— Je viendrai te chercher demain, déclara Adam.

A contrecœur, la jeune femme se résigna donc à passer la nuit à l'hôpital.

234

13.

Comme convenu, Jackson, Adam et Nick se retrouvèrent au moulin à 6 heures du matin. Ils divisèrent le bâtiment en trois zones qu'ils entreprirent d'explorer avant de se retrouver sur le parking, une heure plus tard.

— Tous j'ai interrogés ont entendu parler de l'accident de Noelani sans y avoir assisté directement, déclara Jackson. Personne ne l'a vue tomber et personne ne se souvient avoir entendu quelqu'un dire qu'il l'avait vue tomber.

— Je suis arrivé exactement au même résultat, soupira Nick. Le type qui l'a trouvée s'en tient à la version qu'il a donnée : il a compris que quelque chose n'allait pas en voyant le trousseau de clés de Noelani tomber à ses pieds. Si elle ne l'avait pas tenu à la main, elle aurait pu rester inconsciente beaucoup plus longtemps.

— Un technicien a confirmé qu'une des ampoules avait claqué. Il l'a remplacée ce matin même. J'ajoute que je n'ai aucune raison de croire que qui que ce soit m'ait menti. Les hommes qui font tourner les évaporateurs et les centrifugeuses semblent avoir beaucoup de respect pour Noelani.

— Ce qui nous ramène au point de départ, conclut Jackson.

A ce moment précis, deux femmes sortirent de la salle de prélèvement des échantillons et s'arrêtèrent non loin des trois hommes. L'une d'elles tira un paquet de cigarettes et en alluma une dont elle tira une profonde bouffée.

— Salut, Sue Ann, fit Jackson. Bonjour, Denise.

— Adam, fit celle-ci en s'approchant de lui, un sourire radieux aux lèvres. Qu'est-ce que tu fais ici ? J'ai essayé de t'appeler. Luc Renault doit jouer au parc, ce week-end, et un de mes amis m'a donné deux tickets pour le concert. Cela te dirait de venir ?

Adam se sentit brusquement déprimé : deux jours auparavant, il avait acheté des places pour ce même concert avec l'intention d'y inviter Noelani. Evidemment, avec sa clavicule fêlée, elle ne pourrait probablement pas l'y accompagner. Il avait donc pensé les offrir à Nick et Casey.

— C'est gentil, Denise, répondit-il. Mais je suis très occupé, en ce moment.

— Tu devrais y aller, lui dit Nick, un éclair provocateur dans le regard. Ce sera sûrement très bien.

— J'ai trop de travail, répondit Adam un peu sèchement.

Visiblement très déçue, Denise haussa les épaules et retourna auprès de Sue Ann qui finissait sa cigarette. Les deux jeunes femmes discutèrent encore un peu avant de rentrer dans le moulin.

— Pourquoi est-ce que tu as repoussé son invitation ? demanda Nick à son ami.

— Cela ne te regarde pas, répondit Adam. Disons simplement que Denise aimerait sortir avec moi et que je ne partage pas ses sentiments. D'ailleurs, j'ai déjà acheté des places pour emmener Noelani. Mais elle ne pourra probablement pas y aller après cet accident... Est-ce que tu aimerais y emmener Casey ?

— Nous avons déjà des places, répondit Nick. Et la raison pour laquelle je te poussais à accepter l'invitation de Denise,

236

c'est que tu aurais pu apprendre d'elle certains détails qui nous ont échappé ce matin.

— C'est vrai, concéda Jackson. Mais si Adam n'a pas envie de passer une soirée avec elle, nous n'allons quand même pas l'y forcer.

— Ce n'est pas ce que je voulais dire, protesta Nick. Bon, allons manger un morceau. Retrouvons-nous chez Frank, au premier étage du White Gold.

— As-tu appelé le médecin pour savoir à quelle heure il comptait laisser partir Noelani ? demanda Jackson à Adam.

— Vers 10 heures. Je lui ai parlé. Apparemment, il lui a ordonné une semaine de repos complet. Tu imagines comment elle a pris la chose.

Les trois amis continuèrent à deviser quelque temps avant de remonter dans leurs voitures respectives pour se diriger vers le casino. Là, Adam fut surpris de découvrir que de nombreux clients se trouvaient déjà sur place.

— Qui peut bien vouloir jouer à huit heures du matin ? s'étonna-t-il.

— Toutes sortes de gens, répondit Nick en haussant les épaules. Surtout des vacanciers…

Lorsqu'ils arrivèrent au restaurant, il y avait également la queue devant le buffet. Ils remarquèrent aussi que quelqu'un était en train de faire un scandale à l'avant de la file.

— Excusez-moi, fit Nick, je ferais mieux d'aller voir ce qui se passe. Après tout, le White Gold est à moi tant que Harry Dardenne n'a pas signé.

— Je reconnais ce type, souffla Adam à Jackson tandis qu'ils suivaient Nick. C'est Riley…

— Oui, acquiesça Jackson. Et, apparemment, il est aussi soûl que d'habitude.

De fait, Riley était en train d'expliquer agressivement au caissier que les Fontaine lui devaient de l'argent et que Nick ne pouvait lui refuser un repas gratuit. Ce dernier, furieux, saisit le mauvais plaisant par le col de sa veste.

— Nick, souffla Adam, ne te mets pas en tort à cause de lui, il n'en vaut pas la peine.

Nick parut hésiter un instant puis relâcha Riley qui avait brusquement perdu ses couleurs. A cet instant, les agents de la sécurité les rejoignirent et prirent l'ivrogne par les bras pour l'emmener à l'extérieur.

— Si jamais tu reparais dans ce casino pour harceler mon personnel, déclara Nick, je te jure que je te colle un procès ! Désolé de ce contretemps, ajouta-t-il en se tournant vers les clients qui faisaient la queue derrière eux. Vous deux, reprit-il à l'intention de ses amis, prenez une table pendant que j'appelle la police.

A 10 heures et demie, Adam se trouvait dans la salle d'attente de l'hôpital, où il attendait Noelani depuis près d'une demi-heure.

— Adam ! s'exclama la jeune femme en le rejoignant. Je ne savais pas que tu étais là… Je viens d'appeler Casey pour lui demander de te donner un de mes paréos. Avec ce bras bandé, j'ai vraiment beaucoup de mal à enfiler un T-shirt.

— Désolé, mais je n'étais pas à Bellefontaine. Nous sommes allés au moulin, Jackson, Nick et moi. Puis nous sommes allés prendre un petit déjeuner au White Gold.

— Cela ne fait rien. Je n'en suis pas à un T-shirt près… En fait, le plus dur, c'est de garder mon équilibre lorsque je marche.

— Jackson m'a prêté sa voiture. Il te sera plus facile d'y monter que dans mon 4x4.

— C'est très gentil. Mais, dis-moi, est-ce que vous avez découvert quelque chose, au moulin ?

— Rien du tout. Nous en avons conclu qu'il s'agissait bel et bien d'un accident…

— Je sais ce que j'ai ressenti, protesta la jeune femme. Quelqu'un m'a poussée ! Tu crois peut-être que j'ai eu une hallucination mais je t'assure que ce n'est pas le cas.

Adam ne chercha pas à la contredire. Il signa pour elle les divers formulaires de sortie et alla chercher la Jaguar pour la garer juste devant la porte. Là, il aida la jeune femme à monter à bord avant de reprendre le volant.

— Est-ce que tu as besoin de quoi que ce soit avant que nous retournions à Bellefontaine ?

— Le médecin m'a prescrit des cachets contre la douleur. J'en ai déjà pris un tout à l'heure et c'est pour cette raison que je me sens un peu vaseuse. Je déteste cette sensation et je crois que je ferais mieux de m'abstenir de ce genre de médicaments. Après tout, la clavicule n'est que légèrement fêlée.

— Tu devrais pourtant acheter ces pilules, juste au cas où, lui conseilla Adam. Tu as quand même fait une sacrée chute.

— D'accord, soupira-t-elle avant de se tourner pour s'emparer de sa ceinture de sécurité.

Ce simple geste lui arracha un petit cri de douleur.

— Laisse-moi faire, lui dit Adam avec une pointe de mauvaise humeur. Bon sang, pourquoi faut-il toujours que tu joues les femmes indépendantes ? Tu sais que tu peux demander de l'aide de temps en temps. Personne ne t'en voudra pour ça.

— Je sais, soupira-t-elle. Mais je suis habituée à tout faire moi-même. Merci, Adam. L'ordonnance est dans mon sac.

— Essaie de dormir, je vais appeler Jackson pour qu'il passe chercher tes médicaments en revenant du tribunal.

— A propos de tribunal, est-ce que tu as fait ton offre d'enchère ? demanda la jeune femme, curieuse.

— Mince ! J'ai complètement oublié… Hier, j'ai décidé d'arrêter de tergiverser et de la déposer aujourd'hui. Mais c'est à ce moment-là que Casey est venue me trouver pour me dire que tu étais tombée. Depuis, je n'ai plus repensé à la vente.

— Combien de temps te reste-t-il ?

— Encore une semaine. Je me demande toujours jusqu'où je dois aller. C'est ridicule, d'ailleurs. De toute façon, je suis limité à ce que j'ai mis de côté…

— En appelant Jackson, demande-lui de flirter un peu avec les employées du tribunal. Je sais que les enchères sont secrètes, mais qui sait ? Elles auront peut-être entendu mentionner un chiffre au passage.

— Je suppose que Jackson va m'envoyer paître, répondit Adam en souriant. Mais tu as raison, je peux toujours essayer.

Joignant le geste à la parole, Adam décrocha le téléphone de la voiture et composa le numéro de Jackson tandis que Noelani fermait les yeux. Il lui transmit les références des médicaments et lui fit part de la suggestion de la jeune femme. Jackson éclata de rire et accepta de jouer le jeu.

Lorsqu'il raccrocha, Noelani se tourna vers lui en souriant.

— Tu vois ? Ce n'était pas si difficile que cela… Je suis certaine que Jackson se fera un plaisir de jouer les bourreaux des cœurs. Ce n'est pas un homme du Sud pour rien. A l'occasion, demande-lui aussi de sonder Murray au sujet de l'enchère de Roland. Lors de la fête du Sucre, j'ai cru

240

comprendre qu'il avait plus de respect pour Duke Fontaine que pour son propre père.

— A propos de cette fête, Noelani…

Le visage de la jeune femme se ferma brusquement et elle se détourna.

— Il faut que nous en parlions, protesta Adam. Durant toute cette semaine, j'ai essayé de te croiser mais tu ne cessais de te défiler.

— Ecoute, Adam. Tu es libre d'agir comme tu le souhaites. Tu ne me dois aucune explication.

— Si. Et j'ai essayé de t'en fournir… Denise n'est qu'une amie. Quelqu'un que je connaissais lorsque j'étais enfant. Il faut que tu me croies. D'ailleurs, j'avais acheté des places pour t'emmener au concert de Luc Renault, ce week-end. Mais je suppose qu'avec ce bras en écharpe tu ne pourras pas y aller.

— Tu voulais m'emmener à un concert ? répéta Noelani, d'un ton ironique. Est-ce que Denise était occupée ?

— Bon sang ! s'exclama Adam, agacé. Si tu tiens vraiment à le savoir, elle m'a invité à y aller et j'ai refusé. C'était aussi elle qui m'avait invitée à la fête du Sucre. Nous nous sommes croisés par hasard à la quincaillerie. Je ne l'avais même pas reconnue mais elle se souvenait que nous étions allés à l'école ensemble et que nous avions été très proches, étant enfants. Nos parents ont connu une période difficile à peu près au même moment et nous en discutions souvent tous les deux.

— Ne me dis pas que tu ne t'es pas amusé, à cette fête.

— En vérité, non. Je n'arrêtais pas de penser à toi. Finalement, j'ai laissé Denise avec ses amis et je suis parti à ta recherche pour t'inviter à danser. Mais, apparemment, tu étais déjà repartie.

— Cela valait peut-être mieux. La dernière fois que nous avons dansé…

— C'était fantastique.

— Là n'est pas la question, protesta-t-elle avec véhémence. Après tout, Denise a peut-être raison de te courir après. Vous avez beaucoup de points communs, elle et toi.

— Oui et non. Nous avons eu une enfance difficile l'un et l'autre mais, contrairement à moi, cela l'a rendue dure. Moi, au contraire, je n'aspire qu'à retrouver le bonheur que j'ai perdu étant petit.

— Je comprends. C'est pour cela que tu veux absolument racheter Magnolia Manor. Cette maison symbolise ce retour au bonheur que tu souhaites si ardemment. Au fond, je ne suis pas très différente : je veux racheter la plantation de Shiller parce que c'est là que j'ai passé toute ma jeunesse.

— Tu as peut-être raison, acquiesça Adam. Je n'avais jamais vu les choses de cette façon…

— Et pourtant, rien n'a plus d'importance à tes yeux que cette maison. En la rachetant, tu veux te prouver que tu seras capable de faire ce que ton père n'a pas réussi : bâtir un foyer stable et heureux pour ta famille. Un endroit où il pourrait s'installer s'il revient un jour.

Adam resta longuement silencieux tandis qu'ils se rapprochaient de Bellefontaine. Noelani avait peut-être raison, songea-t-il. Peut-être essayait-il en rachetant Magnolia Manor de porter le deuil de son père d'une façon détournée. Il reconstruisait ce que la disparition de ce dernier avait détruit comme si cela pouvait le faire revenir.

Quelques minutes plus tard, ils atteignirent la plantation et Adam se gara au bas des marches de la maison pour aider la jeune femme à sortir de la voiture.

— Tu veux que je t'aide à monter jusqu'à ta chambre ? demanda-t-il gentiment.

— Volontiers… Je ne me sens pas encore très solide.

D'un geste, il la souleva de terre pour la prendre dans ses bras. Elle fit mine de protester mais y renonça et se contenta de nouer son bras valide autour de son cou, se sentant brusquement en sécurité.

Tante Esme, qui attendait apparemment leur retour avec impatience, ouvrit la porte pour le laisser entrer. Toodles se précipita également vers eux et leur fit fête malgré les remontrances de sa maîtresse qui craignait qu'il ne fasse trébucher Adam.

Brusquement, Noelani eut l'impression qu'elle rentrait à la maison. Elle laissa Adam la porter jusqu'à sa chambre et tante Esme la border affectueusement. Puis, incapable de résister plus longtemps, elle s'endormit.

Trois jours plus tard, Noelani commença à se lasser de l'inaction forcée à laquelle elle était tenue. Son épaule se remettait rapidement et elle avait pu ôter l'écharpe qui retenait son bras, ne laissant que le bandage qui le protégeait.

— Je crois que je vais devenir folle à force de rester enfermée ici, déclara-t-elle à Adam qu'elle regardait travailler dans la cuisine.

— Est-ce que tu veux que nous allions faire un tour ? suggéra-t-il en rassemblant ses outils.

— Avec plaisir. Mais je ferais mieux d'aller avertir tante Esme et Megan qui se sont mis en tête de jouer les anges gardiens.

C'était si vrai qu'au cours de ces derniers jours Noelani s'était beaucoup rapprochée de tante Esme. Malgré ses préjugés aussi nombreux que très arrêtés, la vieille dame avait un cœur d'or.

Elle était également férue d'histoire et passait des heures à parler à Noelani de la Louisiane d'autrefois, de la généalogie des grandes familles du Sud, de l'origine des nombreux objets qui meublaient la maison des Fontaine.

Adam et Noelani allèrent donc trouver la vieille dame qui leur donna sa bénédiction, les enjoignant néanmoins à prendre soin d'eux-mêmes.

— Nous pourrions prendre de quoi pique-niquer, proposa Noelani comme ils revenaient dans la cuisine.

— Excellente idée. Cela conviendra parfaitement à l'endroit où je veux t'emmener.

— Ah, ah ! Tu as donc une idée derrière la tête ?

— Peut-être…

Noelani fit tout ce qu'elle put pour arracher leur destination à Adam mais ce dernier resta obstinément muet. Ils rassemblèrent donc de quoi improviser un bon dîner puis gagnèrent la voiture d'Adam alors que le soleil commençait déjà à descendre à l'horizon, teintant de sang la cime des arbres.

Ils suivirent durant quelques kilomètres la route de Baton Rouge avant de s'engager dans un chemin latéral qui partait en cahotant sur leur gauche.

— Désolé pour les nids-de-poule, s'excusa Adam en coupant brusquement les phares. J'espère que tu n'es pas trop secouée.

— Ça va… Je me demande juste où tu m'emmènes.

Ils dépassèrent un vieux hangar à moitié défoncé qu'Adam contourna pour se garer.

— Drôle d'endroit pour un pique-nique, fit observer la jeune femme.

— Attends un peu… La semaine dernière, je suis retourné à Magnolia Manor. Je cherchais un moyen d'entrer pour prendre des photos de l'intérieur, au cas où Roland déciderait de détruire l'endroit. Et j'ai fini par trouver ce chemin, ajouta-t-il en désignant un sentier qui partait en direction des arbres. Il conduit sur l'arrière de la maison.

Sautant à terre, il contourna le 4x4 pour aider Noelani à descendre. S'emparant alors du panier et d'une lampe torche, il prit la jeune femme par la taille.

— Accroche-toi à moi. J'ai apporté de la lumière mais je préfère ne l'allumer qu'au dernier moment. Je ne voudrais pas que nous soyons surpris par un des habitants du coin.

Il faisait à présent nuit noire et l'obscurité était d'autant plus grande que la lune était cachée, ce soir-là. Noelani se laissa donc guider par Adam qui paraissait miraculeusement se repérer. Il la conduisit jusqu'à un rideau d'arbres qu'ils traversèrent pour découvrir la masse sombre de Magnolia Manor.

Une fois parvenu en haut des marches, Adam s'approcha de la porte d'entrée dont il fit jouer la clenche à plusieurs reprises jusqu'à ce qu'elle s'ouvre.

— Dis, est-ce que ce n'est pas ce qu'on appelle une effraction ? demanda la jeune femme.

— Seulement si on se fait arrêter. Mais je suis venu ici plusieurs fois et je n'ai jamais été pris.

Ils entrèrent donc et Adam referma la porte derrière eux, les laissant dans une obscurité plus profonde encore.

— Attends une minute, souffla Adam avant de s'éloigner.

Elle entendit un petit sifflement suivi par une odeur de gaz caractéristique. De la lumière envahit alors la pièce, révélant une grande pièce qui avait dû être une salle à manger. Des lustres superbes pendaient au plafond.

— Regarde ce plancher ! s'exclama Adam. Il est en parfait état. Les frises des murs sont intactes, elles aussi, comme elles le sont dans le salon. Toutes les poignées de porte sont d'origine, en porcelaine peinte à la main.

L'enthousiasme qui transparaissait dans la voix d'Adam était communicatif. A la lueur de la lampe à gaz qu'il portait, elle voyait ses yeux briller d'une excitation presque enfantine. Elle comprit alors que cette maison représentait bien plus à ses yeux qu'un simple foyer.

— Viens voir l'étage, dit-il à la jeune femme. Nous passerons par l'escalier de service qui se trouve à l'arrière pour éviter que la lumière ne soit visible de la route.

Noelani le suivit une fois de plus à travers les couloirs de la vieille demeure.

— Cette maison est beaucoup plus grande qu'il n'y paraît, observa-t-elle.

— Elle fait à peu près la moitié de la taille de Bellefontaine.

— Est-ce que nous allons voir la chambre où tu vivais lorsque tu étais enfant ? demanda Noelani.

— Hélas, non. Je ne peux pas non plus te montrer la chambre principale parce qu'elles font toutes deux face à la route. Mais il y a cinq chambres en tout, à l'étage. Et trois salles de bains…

Parvenus en haut de l'escalier, Adam conduisit la jeune femme jusqu'à une chambre dont le papier peint était rose et blanc.

— C'était la nursery, autrefois. A mon époque, le papier peint représentait des petits soldats. Mais je suppose que le propriétaire suivant avait une fille.

Il ouvrit la porte qui se trouvait dans le mur de droite.

— La chambre d'enfant communique avec la salle de jeux, ajouta-t-il en éclairant une pièce au sol couvert de moquette et aux murs couleur crème.

— Tu dois avoir raison. Cette salle de jeu ressemble à celle de Megan, à Bellefontaine. Je me demande ce qui est arrivé à la famille qui vivait ici après vous. Pourquoi ont-ils donné la maison à l'Etat ?

— Je ne sais pas, avoua Adam. Je pourrais faire des recherches... Mais ce sont des choses qui arrivent, tu sais. Tous les jours, des gens perdent leur emploi, des familles se déchirent ou déménagent.

— C'est vrai, soupira Noelani. A Hawaii, toutes les vieilles maisons sont en train de disparaître pour laisser place à des résidences de vacances modernes et des hôtels. Bruce dit que les dernières plantations ne tarderont pas à disparaître à leur tour parce que les agriculteurs d'Amérique du Sud vendent leur canne à sucre et leurs ananas moins cher. Je ne suis pas d'accord avec lui. Pour moi, les méthodes d'exploitation modernes pourraient nous redonner l'avantage, comme c'est le cas en Australie.

Pendant qu'elle parlait, Adam avait étendu la couverture qu'il avait apportée sur la moquette de la salle de jeux. Après avoir disposé dessus leur pique-nique, il déboucha la bouteille de vin blanc et remplit leurs verres avant de le goûter.

— Délicieux, déclara-t-il. Il vient de chez un caviste de Baton Rouge qui s'est spécialisé dans l'import de vins français.

Noelani dégusta le succulent breuvage tandis qu'Adam coupait le pain pour fabriquer des petits toasts au tarama et au fromage. Ils commencèrent à manger avec appétit mais Noelani leva son verre.

— A quoi buvons-nous ? demanda Adam après l'avoir effleuré du sien.

— A la réalisation prochaine de ton rêve, répondit-elle. Tu seras peut-être bientôt le nouveau propriétaire de ces murs !

Le visage d'Adam se fit plus grave et Noelani perçut une brusque tristesse qui assombrissait ses yeux.

— Qu'est-ce qui ne va pas ? demanda-t-elle, inquiète.

— Eh bien… Je ne voulais pas te le dire mais la raison pour laquelle je suis venu ici ce soir, c'est pour dire adieu à cette maison.

— Adieu ? répéta-t-elle, interdite. Mais les enchères ne sont pas encore clôturées. Tu n'as même pas encore fait ton offre !

— Tu te souviens que tu m'avais conseillé de demander à Jackson de faire quelques recherches au tribunal de commerce ? Eh bien, il l'a fait. D'après lui, je pourrais battre sans problème les deux enchères les plus basses. Mais la troisième dépasse de trente mille dollars le maximum que je me suis fixé. Et encore, je ne pourrais l'atteindre qu'en obtenant le règlement de la dernière partie de ma facture à Bellefontaine. Or l'assurance n'a toujours pas payé et je ne veux pas mettre Casey et Jackson dans l'embarras. Enfin…, soupira-t-il. Je suppose que j'ai toujours plus ou moins su que je ne parviendrais pas à racheter cet endroit.

— Mais tu pourrais très bien contracter un emprunt auprès d'une banque, protesta Noelani. Trente mille, ce n'est pas une somme si élevée. D'autant que tu pourras garantir ton emprunt grâce à la maison, si tu gagnes.

— Mais cela veut dire que je n'aurai plus un sou pour effectuer les réparations et meubler les lieux. Or il y a des urgences : les murs, le toit et les fondations sont bons mais il faut refaire le système électrique et un certain nombre de canalisations.

— Est-ce que tu as pensé à demander un prêt à Nick ? suggéra la jeune femme.

— Crois-tu que si l'achat des chantiers navals lui avait laissé de quoi prêter de l'argent, il n'en aurait pas donné pour réparer Bellefontaine ?

— Adam ! s'exclama Noelani. Je ne peux pas accepter que tu renonces à ton rêve alors que tu étais sur le point de le réaliser. J'ai bien plus de trente mille dollars de côté, sans compter ce que je vais toucher en cédant ma part de l'héritage. Je peux te faire un chèque tout de suite, si tu veux.

— Il n'en est pas question, protesta-t-il vivement. Il est hors de question que tu me prêtes un sou. Tu en auras besoin pour racheter cette plantation et réaliser ton propre rêve.

Il y avait de la colère dans sa voix mais aussi une infinie tristesse et Noelani ne put s'empêcher de le prendre dans ses bras pour poser doucement ses lèvres sur les siennes.

Lentement, Adam l'attira contre lui, prenant garde à ne pas lui faire mal à l'épaule. La jeune femme se laissa faire, consentant d'avance à ce qui allait suivre.

Ni l'un ni l'autre n'avaient prévu ce moment. Mais tous deux l'acceptaient parce que leur désir paraissait brusquement la chose la plus naturelle au monde.

Adam se renversa en arrière et Noelani entreprit de déboutonner sa chemise. Avec une seule main, c'était assez difficile mais rien ne les pressait et elle prit tout son temps.

Il y avait entre eux quelque chose de très beau et de très triste, songea Adam. C'était comme si, en disant au revoir à cette maison, ils se disaient aussi au revoir l'un à l'autre. Et cette impression inexplicable lui faisait peur.

Lorsque la jeune femme caressa doucement son torse, il poussa un profond soupir de bien-être. Il tenta de se relever pour déshabiller Noelani mais elle ne le laissa pas faire, le repoussant en arrière.

Sans cesser de l'embrasser, elle acheva de les déshabiller tous les deux, lentement puis, à mesure que leur désir augmentait, avec une frénésie de plus en plus grande.

Lorsqu'ils furent libérés des vêtements qui les gênaient, elle prit délicatement Adam entre ses doigts et le fit entrer en elle.

Leurs gestes se firent plus avides, plus impatients, alors qu'ils escaladaient ensemble les degrés de la volupté. Ils atteignirent simultanément l'extase, sombrant dans un tourbillon de passion brûlante.

Pendant l'éternité des minutes qui suivirent, ils restèrent immobiles, pantelants, nichés l'un contre l'autre. Ni l'un ni l'autre ne voulaient revenir à la dure réalité qu'ils avaient laissée derrière eux.

C'était un temps hors du temps. Un instant suspendu.

— Parle-moi des idées que tu avais pour restaurer la maison, dit enfin la jeune femme. J'ai déjà vu les prodiges que tu étais capable d'accomplir à Bellefontaine et je serais curieuse de voir Magnolia Manor à travers tes yeux.

— Laisse-moi plutôt te montrer, fit Adam. Peu importe que quelqu'un nous voie. Je vais te faire faire le tour du propriétaire !

Il se leva et aida la jeune femme à s'habiller avant d'enfiler ses propres vêtements. Puis il prit Noelani par la main et, s'emparant de la lampe torche, il l'entraîna vers la chambre principale.

A partir de là, il la guida de pièce en pièce, lui décrivant minutieusement chaque rénovation, chaque aménagement, chaque pièce de mobilier qu'il apporterait à la vieille maison s'il en était propriétaire.

Ses indications étaient si précises que Noelani avait l'impression de voir la demeure prendre vie sous ses yeux. Cela faisait probablement des années qu'il réfléchissait à tout cela. Et il n'était plus aujourd'hui qu'à une enchère de son rêve.

Une enchère qu'il ne pouvait se permettre...

Elle comprenait parfaitement la frustration qu'il devait éprouver. Elle-même voyait lentement son propre rêve lui échapper. A plusieurs reprises, cette semaine-là, elle avait essayé de contacter Bruce. Mais ce dernier cherchait visiblement à l'éviter. Midori lui avait révélé qu'il était en discussion avec un acheteur et qu'apparemment l'offre de ce dernier était plus qu'alléchante.

Il y avait donc de grandes chances qu'il vende la plantation avant même qu'elle ne rentre à Maui.

— C'est à peu près tout, conclut Adam alors qu'ils atteignaient la dernière pièce. Mais tu m'as laissé parler pendant près d'une heure sans rien dire... Qu'en penses-tu ? Est-ce que tu te verrais vivre dans la maison que je t'ai décrite pendant cinquante ou soixante ans ?

— Disons que je t'y verrais parfaitement vivre, répondit-elle en souriant. Tu m'as décrit si précisément ce que tu voulais en faire que je suis presque surprise de ne voir que des murs nus.

— Oui... J'ai passé de longues années à tout mettre au point, soupira Adam tristement. Enfin... Remontons finir notre pique-nique.

— Je t'avoue que je suis un peu fatiguée à force de monter et descendre ces escaliers. Cela ne t'ennuierait pas que nous rentrions ?

— Tu as raison, fit Adam en jetant un dernier coup d'œil rêveur à la pièce qui l'entourait. Je vais aller chercher nos affaires... Il vaut mieux que nous y allions avant que les gens du coin n'appellent la police ou ne se mettent à raconter des histoires de fantômes.

14.

Au cours de sa visite chez le médecin, Noelani eut la
bonne surprise de découvrir que son épaule se remettait
rapidement et qu'elle pourrait reprendre son travail dès le
lundi suivant.

Le samedi soir suivant, la jeune femme alla assister au
concert de Luc Renault en compagnie d'Adam, de Casey,
de Viv, de Murray et de Nick. Luc prouva une fois de plus
son talent incomparable en enchaînant les morceaux avec
une maestria époustouflante.

Noelani aperçut Denise qui se trouvait non loin d'eux et la
fusillait du regard chaque fois que leurs yeux se croisaient.
Elle était accompagnée par un groupe d'amis chahuteurs
auxquels elle avait dû raconter sa déception amoureuse et
qui ne masquaient pas leur hostilité.

Pendant que le groupe faisait une pause, Nick, Murray et
Adam allèrent chercher des bières et Viv suggéra qu'ils s'en
aillent pour échapper à ces mauvais plaisants.

— Nous leur donnerions la satisfaction de nous avoir
poussés dehors, protesta Casey. Il n'en est pas question...
Ignore-les. Ou adresse-leur des sourires provocateurs.

— Adam et moi pourrions vous laisser, suggéra Noelani.
C'est à nous qu'ils en veulent. Denise a invité Adam et il

lui a dit qu'il avait du travail. Or voilà qu'elle le retrouve au concert avec moi.

— C'est la vie, répondit Casey en haussant les épaules. Après tout, Adam est libre de décider avec qui il veut sortir.

A ce moment, les trois hommes revinrent avec leurs consommations.

— Le groupe va encore jouer deux ou trois morceaux, déclara Nick. Ensuite, Luc propose que nous allions manger au restaurant de fruits de mer qu'a ouvert son cousin Darnell du côté de Vermilion Parish. Ça te va, mon ange ?

— Parfaitement, répondit Casey en posant doucement la tête sur son épaule.

— Darnell prépare une omelette de fruits de mer absolument succulente, précisa Viv.

— Je ne sais pas si nous allons vous suivre, remarqua Adam.

Notant la déception de la jeune femme, il se reprit.

— A moins que Noelani n'y tienne, bien sûr.

— Non, non, protesta celle-ci. Je sais que tu aimes beaucoup le groupe qui joue après et je ne voudrais pas t'empêcher de les entendre.

— Ce n'est pas pour cela que j'ai décliné leur offre, objecta Adam. J'ai juste remarqué que tu paraissais fatiguée.

— Mais je…

— Stop ! s'exclama Casey. Je sens venir la dispute stupide ! Soit nous y allons ensemble, soit nous restons tous ici, d'accord ?

Finalement, ils optèrent pour le restaurant et s'entassèrent dans l'énorme 4x4 de Murray. Comme l'avait assuré Viv, la cuisine de Darnell était réellement délicieuse. Noelani lui commanda une omelette végétarienne qui s'avéra si bonne qu'il décida de l'inscrire au menu sous le nom d'« omelette de Noelani ».

Finalement, Luc et ses musiciens improvisèrent un bœuf dans le restaurant et la soirée se finit en beauté sur le coup de 2 heures du matin pour le plus grand plaisir de tous les clients.

Tandis qu'ils revenaient vers la banlieue de Baton Rouge où ils avaient laissé leurs voitures, la jeune femme se nicha entre les bras d'Adam. Elle eut alors une sorte de révélation.

Elle aurait pu passer sa vie entière de cette façon. Cette idée inattendue avait quelque chose de terriblement séduisant. Et plus elle la considérait, moins elle parvenait à imaginer la vie sans Adam...

Elle se sentait étrangement unie à lui. Comme elle était unie à Jackson et Casey qu'elle considérait de plus en plus comme son frère et sa sœur. En fait, en arrivant à Bellefontaine, elle avait sans même s'en rendre compte trouvé une famille.

— Qu'y a-t-il ? demanda Adam en la sentant frissonner contre lui. Est-ce que je t'ai fait mal à l'épaule ?

— Non, répondit-elle, encore trop désorientée par la tournure que prenaient ses pensées pour lui en faire part.

Elle avait besoin de temps pour remettre de l'ordre dans son esprit.

— Je crois que je suis fatiguée, c'est tout, ajouta-t-elle évasivement.

Lorsqu'ils eurent retrouvé leurs voitures et pris congé les uns des autres, Adam et Noelani reprirent la route de Bellefontaine. Là, il raccompagna la jeune femme jusqu'à sa chambre et elle lui dédia un doux baiser pour lui souhaiter une bonne nuit.

Elle fut tentée de lui demander de dormir là avec elle mais le bruit des pas de Jackson qui remontait l'escalier l'en dissuada.

Durant toute la journée de dimanche, Noelani réfléchit à ce qu'elle allait faire durant les mois à venir. Finalement, après maintes tergiversations, elle parvint à une décision. Le lundi matin, elle alla trouver Casey à Wisteria Cottage.

— Aujourd'hui est le dernier jour pour déposer les enchères de Magnolia Manor, expliqua-t-elle à sa demi-sœur. Je sais qu'Adam a peur de ne pas pouvoir offrir assez pour remporter la vente. Pour être tranquille, il faudrait lui régler la dernière partie des travaux de Bellefontaine. Il n'ose pas demander ce paiement parce qu'il sait que les assurances rechignent à vous rembourser. Nous savons tous qu'il finira les travaux comme promis. La question est juste de savoir si nous pouvons le payer maintenant.

— Bien sûr ! s'exclama Casey. Il aurait dû venir m'en parler. Je vais lui faire un chèque et tu pourras le lui donner.

Pendant que Casey allait chercher son carnet de chèques, Noelani sortit le sien et en rédigea un. Elle le plaça dans une enveloppe avec un petit mot et y ajouta celui de Casey après l'avoir remerciée avec enthousiasme.

Elle gagna ensuite en courant la cuisine où elle déposa l'enveloppe pour qu'Adam la trouve en arrivant sur le chantier. Ensuite, satisfaite, elle prit sa voiture pour gagner le moulin.

Quelques heures plus tard, alors qu'elle finissait de passer en revue les statistiques très encourageantes de leurs capacités de production, elle vit Adam entrer dans son bureau avec autant de légèreté qu'un ouragan déferlant sur les grandes plaines.

Il tenait à la main la lettre dans laquelle elle lui expliquait qu'elle avait décidé de rentrer à Maui mais qu'elle lui avançait l'argent de la maison jusqu'à ce qu'il soit capable de la rembourser.

— Qu'est-ce que ça signifie ? s'exclama-t-il d'une voix emplie de colère en déposant violemment les deux chèques sur son bureau.

— Que tu as maintenant assez d'argent pour faire une offre que l'on ne pourra pas refuser, répondit-elle en tentant d'adopter un ton décontracté tout en maîtrisant les battements redoublés de son cœur.

— Ce n'est pas ce que je voulais dire et tu le sais très bien, Noelani ! s'écria-t-il. Pourquoi est-ce que tu me fais ça ?

— Quoi ?

— Tu me fais croire que nous avons une chance avant de faire brusquement marche arrière ! C'est la deuxième fois que ça arrive… Comment as-tu pu penser que j'accepterais seulement ton argent, Noelani ? Je t'aime ! C'est toi que je veux, pas un maudit chèque !

Noelani eut brusquement l'impression qu'elle venait d'être foudroyée sur place par cette déclaration aussi violente qu'inattendue. Elle bénit silencieusement la chaise qui l'empêchait de s'effondrer sous le choc.

Puis elle comprit qu'elle était prise entre le marteau et l'enclume : soit elle repoussait l'homme qu'elle aimait et qui lui demandait de partager sa vie, soit elle renonçait à Maui, l'île où elle avait passé toute sa vie.

— Noelani, reprit gravement Adam. Est-ce que tu veux m'épouser ?

— Oui, murmura-t-elle d'une toute petite voix.

Ce fut au tour d'Adam de rester interdit, comme s'il n'avait pas même imaginé qu'elle puisse lui faire cette réponse.

— Qu'est-ce que tu as dit ? souffla-t-il.

Noelani trouva la force de se lever pour contourner le bureau et le prendre dans ses bras.

— J'ai dit oui, répéta-t-elle. Je veux t'épouser.

256

Adam poussa un cri de joie assourdissant avant de la soulever de terre pour l'embrasser tout en l'entraînant dans une folle danse autour du bureau.

— Tu es vraiment sûre ? demanda-t-il en recouvrant brusquement son sérieux, comme s'il avait peur qu'elle ne change d'avis.

— Certaine, répondit-elle. Mais tu ferais bien de filer au tribunal si tu ne veux pas que nos projets d'avenir soient réduits à néant. Reviens au moulin vers 7 heures et nous irons dîner. Cela nous laissera le temps de discuter.

Adam parut hésiter mais il aperçut alors l'un des employés qui se tenait sur le seuil de la pièce, s'efforçant de dissimuler un sourire amusé.

— 7 heures précises, dit-il avant de récupérer les chèques qui se trouvaient sur le bureau. Bonne journée !

Il s'éclipsa et Noelani fit signe à l'employé d'entrer.

— Il y a eu un problème avec la pointeuse, expliqua-t-il. Elle a confondu les employés du soir avec ceux du matin. Joe a résolu le problème mais il a besoin de votre signature pour pouvoir corriger nos cartes.

— Si seulement tous nos problèmes étaient aussi simples, s'exclama la jeune femme en souriant.

Elle signa les documents et les rendit à l'employé.

— Au revoir, fit ce dernier. Et félicitations, ajouta-t-il d'un air malicieux.

Noelani le remercia et décida d'appeler Bruce pour lui annoncer la nouvelle. Si quelqu'un méritait d'être informé le premier de ses brusques changements de projets, c'était bien lui.

— Midori ? dit-elle lorsqu'elle tomba sur la secrétaire de Bruce. C'est Noelani… Tu peux me le passer ? Dis-lui que c'est une question de vie ou de mort et que je ne raccrocherai pas tant qu'il n'aura pas accepté de me parler, d'accord ?

Noelani se mit à dessiner une petite silhouette en robe de mariée sur son bloc-notes tandis que Midori transférait l'appel.

— Noelani ? fit Bruce d'une voix inquiète. Midori m'a dit que tu avais une drôle de voix... Que se passe-t-il ?

— Eh bien... A vrai dire, je ne sais pas trop comment t'annoncer ça, commença la jeune femme. Je ne compte pas revenir à Maui. Je sais que je n'ai cessé de te supplier pendant des années de me vendre ta plantation, mais Adam Ross m'a demandée en mariage et j'ai accepté.

— C'est formidable ! s'exclama Bruce avec enthousiasme. En plus, cela m'ôte une sacrée épine du pied. Un acheteur vient de me faire une proposition exceptionnelle et je ne savais comment te l'annoncer.

— C'est une excellente nouvelle, déclara Noelani, rassurée.

— Je ne te le fais pas dire ! Mais dis-moi quand a lieu le mariage. Je te considère comme ma propre fille et je compte bien te conduire à l'autel si tu m'y autorises.

— Bien sûr ! s'exclama la jeune femme, les larmes aux yeux. Nous n'avons pas encore fixé de date. Mais je te préviendrai dès que ce sera le cas. J'ai hâte de te revoir, tu sais. Maui et toi, vous me manquez depuis que je suis arrivée ici.

— Il est temps de prendre un nouveau départ, Noelani, conclut Bruce.

Au cours de la journée, Noelani tenta à plusieurs reprises d'appeler Adam sur son portable mais il était sur répondeur. Elle allait téléphoner à Bellefontaine au cas où il s'y serait trouvé mais, à cet instant précis, le téléphone retentit.

— Adam ? dit-elle. C'est toi ?

— Non... C'est Mike Arceneaux, du laboratoire. Je suis désolé de vous déranger mais cela fait trois jours de suite que je constate des différences substantielles entre les chiffres du polariscope et ceux de l'appareil de contrôle à la sortie de l'évaporateur.

— Vous êtes sûr que les échantillons correspondent aux cannes à sucre traitées ? demanda la jeune femme.

— Absolument, répondit le technicien avec une pointe d'agacement.

— Mike, je ne mets pas en cause votre travail, lui assura-t-elle. Je me demande juste s'il n'y aurait pas pu y avoir un problème au niveau de l'étiquetage des échantillons.

— C'est impossible. C'est Casey elle-même qui les a déposés. Elle m'a dit que c'était ceux des plants hybrides. Ils ont même un code spécial pour qu'on puisse les reconnaître.

— Vous voulez dire que quelqu'un a volontairement trafiqué les échantillons.

— Oui. S'il ne s'était pas agi de ces hybrides, je ne l'aurais peut-être pas remarqué. Mais il y a de telles différences que ça m'a sauté aux yeux.

— Mike, c'est une accusation très sérieuse, dit lentement Noelani. Casey fait partie de la famille et je ne peux pas l'accuser à la légère d'avoir trafiqué ses échantillons pour tricher sur la qualité des plants. Je vais avoir besoin de preuves solides.

— Eh bien... C'est peut-être un peu plus compliqué que cela, soupira Mike. Si Casey triche sur ses échantillons, elle n'est vraiment pas maligne : ils indiquent des taux de sucre inférieurs à ceux constatés à la sortie des évaporateurs.

— Mais ça n'a aucun sens... Ça lui fait perdre de l'argent.

— Exactement. C'est pour cela que je vous ai appelée. Je n'y comprends rien.

— Très bien. Vous avez bien fait de me prévenir, Mike. Je viens tout de suite. Ne bougez pas et n'en parlez à personne.

— Pas de problème, mademoiselle. Je vous attends.

Très inquiète, Noelani essaya une fois de plus de joindre Adam. Elle tomba de nouveau sur son répondeur et raccrocha sans lui laisser de message. Elle fut alors tentée d'appeler Jackson. Mais que lui aurait-elle dit ?

Mieux valait avoir la certitude qu'il ne s'agissait pas d'une erreur quelconque. Après tout, les Fontaine avaient déjà eu leur lot de problèmes sans qu'il soit nécessaire d'en rajouter d'imaginaires.

S'emparant de son bloc-notes, de ses stylos et de sa calculatrice, la jeune femme décida d'aller vérifier elle-même tous les calculs de Mike avant de donner l'alerte.

Le laboratoire se trouvait au troisième étage du bâtiment, au bout de la plus haute passerelle. Depuis sa chute, la jeune femme se montrait excessivement prudente dans les escaliers et elle monta donc en se tenant fermement à la rampe de sécurité.

Lorsqu'elle rejoignit Mike, il était seul dans le labo.

— Je suis désolé, lui dit-il aussitôt, je viens de recevoir un coup de téléphone de ma femme. Elle m'a rappelé que c'était à mon tour d'aller chercher notre fille à son cours de danse. Il finit à 7 heures, ce qui me laisse moins d'une demi-heure.

— Allez-y tout de suite, répondit Noelani. Je n'avais pas vu qu'il était aussi tard. Je ne devrais pas avoir de mal à vérifier ces chiffres toute seule.

— Merci beaucoup. J'ai sorti tous les registres de tests ainsi que les listings des résultats à la sortie de l'évaporateur. Voulez-vous que je revienne après avoir ramené Ginny à la maison ?

— Non, c'est gentil, Mike. Je me débrouillerai. Par contre, est-ce que vous pourriez me rendre un petit service en partant ?

— Bien sûr.

— J'attends quelqu'un qui devrait passer à mon bureau vers 7 heures. Je vais écrire un mot que vous n'aurez qu'à coller sur ma porte. Comme cela, il me rejoindra directement ici si je ne suis pas redescendue.

— Pas de problème ! Vous savez, je trouve cette situation très bizarre. Cela fait neuf ans que je travaille ici, depuis ma sortie de l'université. J'ai parfois relevé des erreurs mais jamais rien d'aussi systématique.

Noelani hocha la tête et écrivit le mot à l'intention d'Adam avant de le tendre à Mike.

— Dites-moi, si vous travaillez ici depuis neuf ans, vous deviez bien connaître Duke. Comment était-il, exactement ?

— C'était un homme bien, répondit gravement le technicien. Il était très généreux, vous savez. Yvette, ma femme, a eu une grossesse difficile. Les médecins ont dû pratiquer une césarienne au bout de huit mois et ma fille et elle sont restées très longtemps hospitalisées. Duke m'a accordé trois mois de congés payés sans contrepartie pour que je puisse m'occuper d'elles. Et, lorsqu'il a vu que notre assurance ne couvrirait pas l'intégralité des frais médicaux, il a réglé la différence malgré mes protestations. Il a dit que j'aurais besoin de mes économies pour acheter des jouets à la petite. Malheureusement, je ne pourrai plus jamais rembourser ma dette, maintenant qu'il est mort.

— Ce n'est pas vrai, Mike, protesta Noelani. C'est exactement ce que vous faites en demeurant loyal à sa famille. Bien, ajouta-t-elle, vous feriez mieux d'y aller, à présent. Ne faites pas attendre votre fille.

Mike s'éclipsa et elle prit sa place devant l'ordinateur. Pendant quelques instants, elle réfléchit à ce que Mike venait de lui dire. Ce n'était pas la première fois qu'elle entendait une histoire de ce genre au sujet de Duke.

Il avait apparemment su faire preuve à l'égard de ceux qui l'entouraient d'une générosité et d'une grandeur d'âme incomparables. Pour la première fois de sa vie, Noelani se sentit fière d'être la fille d'un tel homme.

Avec cette fierté, un profond chagrin l'envahit en songeant qu'elle-même ne l'avait jamais connu. Et, sans même s'en rendre compte, elle fondit en larmes, pleurant amèrement celui qu'elle avait mis tant d'années à accepter comme son père.

Au bout de plusieurs minutes, elle recouvra le contrôle d'elle-même et s'essuya les yeux. C'était à son tour de se montrer fidèle à son père en défendant l'honneur de sa famille.

Elle se mit donc au travail, passant méthodiquement en revue tous les tests effectués au cours des derniers mois. Il ne lui fallut que quelques minutes pour confirmer les conclusions de Mike.

Les analyses des échantillons de Casey faisaient apparaître des taux de sucre bien supérieurs à ceux qui étaient constatés à la sortie de l'évaporateur. Cela signifiait que le moulin payait sa canne à sucre moins qu'il n'aurait dû, engrangeant au passage un bénéfice de plusieurs milliers de dollars.

Mais cela n'avait aucun sens puisque le moulin comme les plants de Casey appartenaient aux Fontaine. En d'autres termes, cette fraude était un jeu à somme nulle qui ne lésait pas la famille…

A moins que quelqu'un n'ait décidé de pousser Casey à renoncer à la culture des hybrides dont les résultats apparaissaient bien moins intéressants qu'ils ne l'étaient en réalité. Il pourrait alors s'agir d'un planteur jaloux de ce succès qui voulait ruiner les mois de travail acharné consenti par Casey pour mener à bien son expérience.

Une autre explication était envisageable. Ce sabotage pouvait être un coup monté contre le moulin. Il suffirait en effet que la justice ait accès à ces chiffres pour conclure à des pratiques frauduleuses. Le moulin serait alors condamné à payer une amende. Pire, cela ruinerait la réputation de probité des Fontaine, leur faisant perdre de très nombreux clients.

Il fallait absolument qu'elle avertisse Jackson.

Jetant un coup d'œil à sa montre, la jeune femme constata qu'il était déjà 7 h 10. Adam aurait dû être là depuis une bonne dizaine de minutes. A moins que la note que Mike avait collée sur sa porte ne se soit détachée.

Rassemblant les documents sur lesquels elle venait de travailler, la jeune femme redescendit du laboratoire. A peine avait-elle ouvert la porte de son bureau que quelqu'un se jeta sur elle, la poussant sans ménagement à l'intérieur.

L'espace d'un instant, elle crut qu'il s'agissait d'Adam qui lui faisait une mauvaise blague mais, en se retournant, elle se retrouva face à Denise Rochelle.

— Bon sang, Denise ! s'exclama-t-elle. Vous m'avez fait une peur bleue.

Posant les dossiers du laboratoire sur son bureau, Noelani observa sa visiteuse.

— Je ne savais pas que vous étiez dans l'équipe de nuit, aujourd'hui, remarqua-t-elle. J'espère que vous n'avez pas eu de problème avec la pointeuse. Il paraît qu'elle est déréglée.

— La ferme ! s'exclama Denise en repoussant la porte du pied.

Celle-ci resta entrouverte, au grand soulagement de Noelani qui commençait à trouver l'attitude de Denise des plus suspectes. Heureusement, elle avait suffisamment d'années de boxe hawaïenne derrière elle pour ne pas se laisser impressionner physiquement.

Mais Denise n'avait visiblement pas jugé bon de prendre le moindre risque. De la poche de son blouson, elle sortit un petit revolver. Le cœur battant à tout rompre, Noelani fit un pas en arrière et buta contre son bureau.

— Denise, parlez-moi... S'il y a un problème, je suis sûre que nous pouvons en discuter calmement et trouver une solution. Posez cette arme, je vous en prie.

— Il est trop tard, répondit Denise en la fusillant du regard. Et c'est Duke Fontaine le responsable ! Il a jeté mon père dehors, il y a des années, il l'a acculé à la ruine et j'ai juré de me venger !

— Mais je n'étais même pas en Louisiane à cette époque, protesta Noelani. Vous ne pouvez pas me tenir pour responsable des erreurs de Duke.

— Vous êtes de son sang, cracha Denise. La fille paiera pour le père puisque ce porc est mort !

— C'est vrai, je suis sa fille, admit Noelani. Et je peux peut-être redresser le tort que ma famille vous a fait. Si vous pouvez prouver que votre père a été licencié à tort, je suis certaine que Jackson acceptera de vous dédommager.

— Ne me prenez pas pour une imbécile ! Je suis sortie pendant cinq ans avec un détective privé et il m'a appris tout ce que je voulais savoir. Je n'ai eu aucun mal à mettre ce bureau sur écoute, conclut Denise en glissant la main derrière une armoire pour récupérer un petit boîtier noir.

Noelani sentit un frisson la parcourir : si Denise avait placé un mouchard dans ce bureau, elle avait probablement fait la même chose au laboratoire. Ce qui signifiait qu'elle connaissait absolument tout de la situation actuelle du moulin.

— Je n'ai pas l'intention de laisser la bâtarde de Duke ruiner un plan que j'ai mis tant de temps à mettre au point. Alors vous allez me suivre comme si nous étions les meilleures amies du monde. Ensuite, vous irez prendre une leçon de natation au fond du Mississipi.

— Si vous pensez que ces menaces vont me convaincre de vous suivre, vous vous trompez ! s'exclama Noelani.

— Très bien. Si vous insistez, je peux aussi vous tirer dessus ici même. De toute façon, le bruit des machines couvrira le coup de feu.

A cet instant, Noelani vit une silhouette passer à travers l'entrebâillement de la porte. Ce devait être Adam, songea-t-elle. Il fallait que ce soit lui…

Puis elle prit conscience que, si tel était bien le cas, lui aussi se trouvait en danger.

— Adam, attention ! s'écria-t-elle au moment où la porte s'ouvrait.

Adam entra dans le bureau, un repas chinois à emporter à la main. En voyant Denise et l'arme qu'elle tenait, il se figea, lâchant son paquet qui se renversa sur le sol. Quelques nems roulèrent jusqu'au pied de son amie d'enfance.

En un mouvement réflexe, il se jeta alors sur elle mais elle avait prévu son geste. Elle fit un pas de côté et pointa son arme sur sa tête. Noelani comprit brusquement qu'elle avait dû entendre la proposition de mariage qu'Adam lui avait faite le matin même. Elle devait donc lui en vouloir au moins autant qu'à elle.

— Comme c'est touchant, commenta Denise, moqueuse. Nos deux amoureux sont maintenant réunis…

Baissant un peu sa garde, elle s'approcha d'Adam et le regarda droit dans les yeux.

— Tu as eu tort, tu sais, murmura-t-elle. Nous aurions fait un joli couple, toi et moi. Je me serais occupée de Magnolia Manor comme ta mère le faisait autrefois…

Comme Denise ne la regardait pas, Noelani décida de saisir sa chance.

— Noelani, non ! s'exclama Adam en la voyant bondir en avant.

Comprenant le danger, Denise se tourna vers Noelani au moment précis où celle-ci lui décochait un coup de pied fouetté dans le bras pour la désarmer.

Le coup de feu retentit et Noelani poussa un cri, se jetant en arrière pour se protéger. Elle heurta violemment le bureau, renversant les dossiers qui s'y trouvaient ainsi que le presse-papiers en cristal que lui avait offert Adam et qui explosa sur le sol.

Une violente douleur à l'épaule lui indiqua que sa clavicule venait une fois de plus de prendre un mauvais coup. Luttant contre la nausée, elle se redressa avec difficulté. Voyant que Noelani n'était que superficiellement touchée, Adam se lança à la poursuite de Denise qui venait de quitter le bureau en courant.

Gagnant le téléphone, la jeune femme appela la police et demanda du renfort, insistant pour que Remy Boucherand, l'inspecteur que connaissait Casey, soit mis au courant de toute l'affaire.

Noelani quitta alors le bureau d'un pas vacillant pour rejoindre la salle principale. Là, Adam avait réussi à ceinturer Denise qui se débattait avec fureur.

— Laisse-moi partir ! hurlait-elle. Duke Fontaine a ruiné mon père ! Je vais faire payer ses enfants les uns après les autres ! Adam, ne prends pas leur parti. Ce sont les gens comme eux qui nous exploitent et qui brisent nos familles.

Adam, écoute-moi, ils ne valent pas mieux que les médecins qui ont dépouillé ta mère.

— Denise, calme-toi, répondit Adam d'une voix glaciale. En souvenir de notre amitié passée, je ne veux pas te faire de mal. Mais si tu m'y forces, je n'hésiterai pas. Noelani ? Est-ce que tout va bien ?

— Oui, articula la jeune femme. J'ai appelé la police. Par contre, mon bras est tout engourdi…

A ce moment, deux employés arrivèrent avec de la corde et aidèrent Adam à attacher Denise qui continuait à se débattre comme une diablesse.

Quelques minutes plus tard, la police arrivait, toutes sirènes hurlantes. Après s'être assuré que la situation était sous contrôle, Remy interrogea Noelani sur ce qui s'était passé. La jeune femme lui rapporta ce que lui avait dit Denise et lui montra le mouchard, ajoutant qu'il en trouverait probablement un autre dans le laboratoire.

— Quand vous interrogerez Denise, n'oubliez pas de lui parler des autres accidents qui se sont produits au moulin, ajouta Adam. Et demandez-lui aussi si c'est elle qui a poussé Noelani dans les escaliers, l'autre jour.

Se tournant vers sa fiancée, il s'aperçut qu'elle était blanche comme un linge.

— Tu es sûre que tu vas bien ? demanda-t-il, inquiet.

— Ça ira quand je serai sûre que Denise est bouclée pour de bon.

— Ne vous en faites pas, mademoiselle, la rassura Remy. Nous avons bien assez de preuves pour la mettre au frais quelque temps.

— Bien, fit Adam. Si vous avez besoin de nous joindre, nous serons aux urgences. Je vous serai reconnaissant de prévenir Casey et Jackson de ce qui s'est passé ici.

— Je m'en occupe. Et j'espère sincèrement que cet épisode mettra un terme à la série de malheurs qui se sont abattus sur la famille Fontaine.

Adam entraîna Noelani jusqu'à son 4x4 à bord duquel il l'aida à monter. Ce n'est qu'alors qu'il remarqua avec terreur que sa veste de couleur sombre était trempée de sang. Contrairement à ce qu'il avait cru, la balle de Denise l'avait touchée…

268

15.

Casey, Nick, Jackson et Murray retrouvèrent Adam qui faisait nerveusement les cent pas dans la salle d'attente de l'hôpital.

— Tu es sûr que tu ne devrais pas rester assis ? demanda Jackson, inquiet.

— Je vais bien, répondit Adam. Ils sont en train de faire passer des radios à Noelani. Le médecin est convaincu qu'elle s'est de nouveau fracturé la clavicule. Il m'a dit que la balle n'avait fait que l'effleurer sans entrer dans la chair. Mais son chemisier était imbibé de sang.

— Lorsque Remy nous a appelés, nous avons cru que vous aviez tous les deux été touchés. Je n'arrivais pas à le croire lorsqu'il m'a dit que Denise avait complètement perdu les pédales et s'était mise à ouvrir le feu. C'est vraiment ce qui s'est passé ?

— Elle n'a tiré qu'une fois, répondit Adam. Je ne sais pas si c'était exprès ou si le coup est parti tout seul lorsque Noelani a tenté de lui arracher son arme.

— C'est dingue ! s'exclama Murray. Elle est donc encore pire que son père… C'était un véritable ivrogne. Duke l'avait renvoyé et mon père a eu pitié de lui et l'a embauché à la raffinerie. Pas étonnant, d'ailleurs, qu'avec des employés comme ça, il ait été acculé à la vendre.

— Denise était sobre, elle, répondit Adam. Mais je me demande ce qu'elle aurait fait à Noelani si j'étais arrivé un peu plus tard... Bon sang, ajouta-t-il en secouant la tête, c'est ma faute ! Si j'avais été à l'heure, j'aurais pu empêcher tout ce gâchis.

— Ou tu te serais fait tuer, protesta Jackson. Il est inutile de te faire ce genre de reproches. Personne n'aurait pu deviner ce qui allait se passer. L'important, c'est ce que nous allons faire maintenant.

— Je ne savais pas que tu étais si philosophe, observa Casey.

— Disons que je n'ai pas le choix... Je suis bien obligé de prendre des décisions depuis que papa n'est plus là pour me dire ce que je dois faire ou ne pas faire.

— Je croirais t'entendre parler de mon père, soupira Murray. Surtout en ce moment...

— Est-ce que Roland serait encore dans une de ses mauvaises semaines ? demanda Casey, compatissante.

— Oui. Depuis hier, il est absolument imbuvable. Je ne sais pas quelle mouche l'a piqué.

— Peut-être est-il malade. Il n'était pas à la réunion du syndicat, vendredi dernier.

Murray haussa les épaules d'un air résigné. Adam jeta alors un coup d'œil à sa montre et poussa une exclamation.

— Ils ont dû ramener Noelani à sa chambre, déclara-t-il. Je vais aller voir comment elle va.

Tous insistèrent pour l'accompagner et ils se retrouvèrent bientôt serrés les uns contre les autres de chaque côté du lit de la jeune femme. Adam s'approcha d'elle et lui prit doucement la main.

— Je vois que vous êtes tous au courant des derniers événements, fit la jeune femme avec un pâle sourire.

— Ils ne savent pas tout, corrigea Adam. J'attendais que tu sois là pour leur annoncer l'essentiel.

— Je suis sûre que vous vous êtes réconciliés, déclara Casey. Peut-être même fiancés, ajouta-t-elle avec un sourire malicieux.

— Comment as-tu deviné ? demanda Adam, stupéfait.

— Elle fait ça tout le temps, soupira Nick.

— C'est ce qu'on appelle l'intuition féminine, je suppose, confirma Jackson.

— Justement, il faut que je t'explique pourquoi je suis arrivé en retard au moulin, fit Adam en regardant gravement Noelani. Après avoir déposé mon enchère au tribunal de commerce, j'ai passé l'après-midi à chercher une bague de fiançailles.

— Une bague ? s'exclama Noelani en ouvrant de grands yeux.

— Allez, vas-y, encouragea Nick. Montre-la !

— Euh, tu crois vraiment que tu aurais apprécié qu'une bande d'hurluberlus te regarde pendant que tu me faisais ta demande en mariage officielle, Nick ? demanda Casey. Nous ferions mieux de les laisser seuls…

— Non, protesta Noelani. Je tiens à partager ça avec vous. C'est une étape importante de notre vie à tous les deux. Au fait, ajouta-t-elle d'une petite voix à l'intention d'Adam, je crois que j'ai cassé ton presse-papiers en cristal.

— Cela ne fait rien, répondit-il. Je t'en offrirai un autre.

A cet instant, le médecin pénétra dans la chambre de la jeune femme en brandissant une radiographie.

— Dites donc ! s'exclama-t-il. Nous n'acceptons pas les clients à répétition, ici ! La dernière fois, vous aviez la clavicule fêlée mais, cette fois, elle est cassée. Il va vraiment falloir que vous arrêtiez de faire n'importe quoi dans ce moulin où vous prétendez travailler !

Le sourire du praticien leur indiqua que la blessure ne devait pas être si grave que cela.

— Au moins, je ne me suis pas cogné la tête, cette fois, remarqua Noelani en souriant. Est-ce que je pourrai rentrer à la maison avec les autres ?

— Oui. Je pense que ce sera possible dès que je vous aurai bandée. Mais vous allez devoir demander à votre fan-club de sortir vous attendre dans le couloir.

— Attendez ! s'exclama Adam. J'étais sur le point d'offrir une bague de fiançailles à Noelani.

— Excellente idée ! s'exclama le médecin. Cela a généralement une bonne influence sur le moral des patients !

Adam sortit donc une petite boîte de sa poche et l'ouvrit pour la présenter à sa fiancée. Elle contenait un anneau d'or sur lequel était monté un unique diamant jaune.

— J'ai trouvé qu'il ressemblait à un soleil, déclara-t-il d'une voix émue. Et je me suis dit que c'était celui qui t'irait le mieux... Mais nous pourrons le changer si tu veux...

Noelani ne répondit pas, laissant glisser l'anneau à son annulaire. Dans ses yeux emplis de larmes, tous lurent l'amour qu'elle portait à Adam et ils comprirent que, quoi qu'il arrive, elle porterait ce diamant jaune jusqu'à la fin de ses jours.

Deux semaines après la sortie de l'hôpital de Noelani, les femmes de Bellefontaine se réunirent au premier étage de la maison pour donner leur avis sur la robe de mariage de Noelani que Midori lui avait envoyée de Hawaii.

Elle était tout simplement magnifique, coupée dans un satin d'une finesse étonnante qui bruissait doucement au gré des gestes de la jeune femme. Ce son causait d'ailleurs une véritable frayeur à Toodles, le seul mâle admis dans la petite assemblée.

— J'ai commencé à penser à la décoration de Bellefontaine, déclara tante Esme en prenant le petit chien dans ses bras. Il faudra que tu me donnes ton avis, Noelani.

— Je n'arrive toujours pas à croire que vous vous donnez tout ce mal pour moi, murmura sa nièce, gênée. Et je ne vous remercierai jamais assez de nous prêter Bellefontaine pour l'occasion. Nous pensions nous marier à Magnolia Manor mais Adam s'est rendu compte qu'il ne parviendrait jamais à finir les rénovations nécessaires d'ici Noël.

— D'autant qu'avec la récolte personne n'a le temps de lui donner un coup de main, remarqua Casey.

— En tout cas, je suis heureuse qu'Adam ait remporté les enchères, fit observer Viv.

— Vous ne croyez pas que le décolleté est un peu… décolleté ? demanda tante Esme en fronçant les sourcils. La robe blanche est censée être un symbole de virginité.

Casey étouffa un petit rire et Noelani rougit jusqu'aux oreilles.

— J'espère que le médecin t'enlèvera ce bandage d'ici là, fit observer Viv pour faire diversion. Vous savez ce qu'il manque, tante Esme ? Une coiffe tressée de magnolias et de boutons de roses…

— Moi aussi, j'en voudrais une ! s'exclama Megan qui portait une superbe robe rose.

Elle avait été absolument ravie lorsque Noelani était venue la voir pour lui demander solennellement d'être leur demoiselle d'honneur.

— J'ai une meilleure idée, suggéra Noelani. Nous pourrions demander à Bruce de nous rapporter deux couronnes de Hawaii puisqu'il arrivera le matin du mariage. Avec des fleurs d'hibiscus et de gingembre...

— N'oubliez pas qu'il faut quelque chose de bleu, quelque chose de vieux, quelque chose de neuf et quelque chose d'emprunté. Nous devons mettre toutes les chances de notre côté pour chasser le mauvais sort qui poursuit notre famille.

— Cassandra ! protesta tante Esme. Je n'ai jamais rencontré quelqu'un de plus pessimiste que toi.

— Taisez-vous, s'exclama alors Viv. Je crois que j'entends des pas dans l'escalier.

Casey sauta sur ses pieds et se précipita sur la porte pour la bloquer.

— Qui va là ? demanda-t-elle d'un ton menaçant.

— Nous, répondit Adam. On en a assez d'attendre en bas !

Jackson et Nick approuvèrent vivement tandis que Viv allait entrouvrir la porte.

— Vous ne savez pas lire ? demanda-t-elle en désignant la pancarte où elle avait écrit « Interdit aux garçons ». Allez-vous-en, pendant que nous finissons de contempler la robe de Noelani.

— Je suis juste venu lui rappeler que c'est l'heure de son rendez-vous chez le médecin, répondit Adam. Il faut que nous partions dans dix minutes pour découvrir si elle pourra enlever ses bandages pour le mariage.

— Nous ferons aussi vite que possible.

— Tu es sûre qu'on ne peut pas jeter un tout petit coup d'œil ? demanda alors Nick.

— Il n'en est pas question ! répliqua Viv d'une voix qui n'admettait pas de réplique. Votre famille a eu plus que son pesant de malheurs.

Les trois hommes se retirèrent en échangeant quelques plaisanteries. Quelques minutes plus tard, les femmes les rejoignirent et Noelani et Adam se préparèrent à partir pour l'hôpital.

Mais, à ce moment, le portable de Jackson retentit. Il décrocha et écouta en silence ce que lui disait son mystérieux correspondant. Après quelques instants, son sourire mourut sur ses lèvres et son visage se décomposa. Aussitôt, tout le petit groupe fit silence, le regardant avec attention.

— Jackson ? s'exclama Casey lorsqu'il raccrocha. Qui était-ce ? Que s'est-il encore passé ?

Jackson détourna les yeux sans mot dire, visiblement secoué par ce qu'il venait d'entendre. Inquiète, Noelani posa une main sur son bras.

— Il s'est passé quelque chose au moulin ? demanda-t-elle. Ou à la raffinerie ?

— La police n'a tout de même pas relâché Denise ? ajouta Casey en fronçant les sourcils.

— Non… C'était le policier responsable de l'enquête concernant l'accident de papa et maman. D'après lui, le réservoir de l'avion aurait été trafiqué. Ils l'ont signalé à Remy qui a interrogé Broderick et Denise. Mais le premier était en prison lorsque l'avion s'est écrasé et la seconde n'a pas manqué un seul jour de travail. Ils ne sont pas responsables de ça…

— Est-ce qu'ils ont interrogé Chuck Riley ? demandèrent Nick et Adam d'une seule voix.

— Apparemment, ils n'ont pas réussi à le localiser. Ils vont vérifier si les registres de vol de Duke contiennent la moindre mention qui pourrait permettre d'impliquer ce salopard.

— Adam, c'est affreux… Nous ferions mieux de repousser le mariage.

275

— C'est absolument hors de question, protesta Jackson. Ce problème concerne les autorités. Cela n'a rien à voir avec toi ou avec Adam.

— Bien sûr que si ! protesta la jeune femme avec véhémence. J'ai passé vingt-huit ans à renier Duke Fontaine mais, maintenant que je vous ai rencontrés, c'est devenu impossible. Nous sommes frères et sœurs et, que nous le voulions ou non, cet accident nous concerne tous les trois.

— Noelani a raison, acquiesça gravement tante Esme. Le sang de Duke coule dans vos veines à tous les trois. Et, si j'en crois ce que j'ai vu au cours de ces dernières semaines, il serait fier de vous. La famille Fontaine a traversé plusieurs guerres et un nombre incalculable de crises sans jamais baisser la tête. Alors, ce mariage aura lieu ! Et cela prouvera à nos ennemis qu'ils sont très loin d'avoir gagné la partie.

Durant les semaines qui suivirent, Bellefontaine bourdonna d'une incessante activité. Betty prenait ses marques dans la nouvelle cuisine dont elle ne cessait de chanter les louanges. Pendant près d'un mois, elle se lança dans la fabrication en série de canapés, de pâtisseries et de petits-fours.

Tante Esme, quant à elle, veilla avec un soin tout particulier à la mise en place de la décoration pour le mariage. La maison fut bientôt ornée d'une véritable débauche de tentures, de bougies, de rubans et de fleurs qui donnaient à l'ensemble un romantisme effréné.

Enfin, le grand jour arriva.

Dans la chambre de Noelani, tante Esme, Casey et Viv étaient rassemblées autour de la jeune femme pour arranger sa toilette. Lorsqu'elles s'écartèrent enfin pour la laisser se contempler dans la glace, elle ne put retenir un petit cri d'admiration qui arracha un sourire réjoui à Casey.

— Si Adam ne tombe pas à la renverse, déclara-t-elle, c'est que ce pauvre vieux a besoin d'un ophtalmo ! Tiens, petite sœur, ajouta-t-elle en la couronnant des fleurs qu'avait rapportées Bruce le matin même. Comme ça tu es parfaite.

En entendant la façon dont Casey l'avait appelée, la jeune femme sentit sa gorge se serrer.

— C'est le plus beau jour de ma vie, murmura-t-elle en luttant désespérément pour retenir ses larmes qui mettaient à rude épreuve son maquillage. Grâce à vous, j'ai trouvé une famille, un époux et une maison…

Jackson frappa alors à la porte et entra avec Megan qui était aussi belle qu'un ange. En voyant Noelani, son frère laissa échapper un sifflement admiratif.

— Tu es ravissante ! s'exclama-t-il.

— Merci, fit Noelani d'une petite voix.

— Bien… Tout le monde est installé et on n'attend plus que nous.

Comme convenu, ils se placèrent en haut de l'escalier dans l'ordre qu'ils avaient établi à force d'interminables discussions. Jackson ouvrait la marche avec Megan, suivi des quatre témoins : Casey et Luc, puis Viv et Nick.

Bruce et Noelani ne descendraient que lorsque tous se seraient placés près de l'autel que le prêtre avait installé le matin même dans la grande salle de bal de Bellefontaine.

— Tu me fais terriblement penser à ta mère, déclara Bruce en prenant le bras de Noelani. Elle serait ravie de voir à quel point tu es heureuse, tu sais.

— Oui. Je sais à présent pourquoi elle ne s'est jamais mariée. Je suis sûre qu'elle aimait Duke comme j'aime Adam. Et un tel amour ne meurt jamais…

Bruce ne répondit pas, se contentant de la serrer doucement contre lui. Puis, comme Tanya attaquait la marche nuptiale au piano, il prit son bras et tous deux commencèrent à descendre lentement l'escalier.

S'appuyant sur Bruce, la jeune femme pria pour que ses jambes ne la trahissent pas. Tous ses amis l'attendaient en bas, ainsi que la famille que, contrairement à la majorité des gens, elle avait eu la chance de pouvoir choisir.

Puis elle aperçut Adam qui l'attendait au pied de l'autel, les yeux brillant d'un mélange de joie, d'admiration et d'émotion. Leurs regards restèrent rivés l'un à l'autre tandis que Bruce l'emmenait jusqu'à lui.

Lorsqu'elle fut enfin à côté de lui et qu'ils se tournèrent vers le prêtre, elle comprit brusquement que toute sa vie elle avait attendu ce moment.

Chère lectrice,

Vous nous êtes fidèle depuis longtemps?
Vous venez de faire notre connaissance?

C'est pour votre plaisir que nous avons
imaginé un rendez-vous chaque mois
avec vos auteurs préférés, vos
AUTEURS VEDETTE dans les
collections Azur et Horizon.

Les AUTEURS VEDETTE vous
donneront rendez-vous pour de
nouveaux livres vedette.

Pour les reconnaître, cherchez
l'étoile... Elle vous guidera!

Éditions Harlequin

LE FORUM DES LECTEURS ET LECTRICES

CHERS(ES) LECTEURS ET LECTRICES,

VOUS NOUS ETES FIDÈLES DEPUIS LONGTEMPS?

VOUS VENEZ DE FAIRE NOTRE CONNAISSANCE?

SI VOUS AVEZ DES COMMENTAIRES, DES CRITIQUES À FORMULER, DES SUGGESTIONS À OFFRIR, N'HÉSITEZ PAS… ÉCRIVEZ-NOUS À:
>LES ENTERPRISES HARLEQUIN LTÉE.
>498 RUE ODILE
>FABREVILLE, LAVAL, QUÉBEC.
>H7R 5X1

C'EST AVEC VOS PRÉCIEUX COMMENTAIRES QUE NOUS ALLONS POUVOIR MIEUX VOUS SERVIR.

DE PLUS, SI VOUS DÉSIREZ RECEVOIR UNE OU PLUSIEURS DE VOS SÉRIES HARLEQUIN PRÉFÉRÉE(S) À VOTRE DOMICILE, NE TARDEZ PAS À CONTACTER LE SERVICE D'ABONNEMENT; EN APPELANT AU (514) 875-4444 (RÉGION DE MONTRÉAL) OU 1-800-667-4444 (EXTÉRIEUR DE MONTRÉAL) OU TÉLÉCOPIEUR (514) 523-4444 OU COURRIER ELECTRONIQUE: AQCOURRIER@ABONNEMENT.QC.CA OU EN ÉCRIVANT À:
>ABONNEMENT QUÉBEC
>525 RUE LOUIS-PASTEUR
>BOUCHERVILLE, QUÉBEC
>J4B 8E7

MERCI, À L'AVANCE, DE VOTRE COOPÉRATION.

BONNE LECTURE.

HARLEQUIN.

VOTRE PASSEPORT POUR LE MONDE DE L'AMOUR.

COLLECTION HORIZON

Des histoires d'amour romantiques qui vous mènent au bout du monde!

Découvrez la passion et les vives émotions qu'apportent à la Collection Horizon des auteurs de renommée internationale!

Captivantes, voire irrésistibles, ces histoires d'amour vous iront assurément droit au coeur.

Surveillez nos trois nouveaux titres chaque mois!

ROUGE PASSION

De fiévreuses histoires d'amour sensuelles!

De provocantes histoires d'amour passionnées et romantiques qu'on lit d'une seule traite. Aventureuses, parfois humoristiques, et sensuelles, elles mettent en vedette des hommes et des femmes d'aujourd'hui.

**ROUGE PASSION...
trois nouveaux titres
chaque mois.**

L'ASTROLOGIE EN DIRECT
TOUT AU LONG
DE L'ANNÉE.

(France métropolitaine uniquement)
Par téléphone 08.92.68.41.01
0,34 € la minute (Serveur SCESI).

Composé et édité par les
*éditions*Harlequin
Achevé d'imprimer en juin 2004

BUSSIÈRE
GROUPE CPI

à Saint-Amand-Montrond (Cher)
Dépôt légal : juillet 2004
N° d'imprimeur : 42725 — N° d'éditeur : 10649

Imprimé en France